LE MASQUE
Collection de romans d'aventures
créée par
ALBERT PIGASSE

SERVICE DES AFFAIRES INCLASSABLES

Maître des problèmes de chambre close, John Dickson Carr est né en Pennsylvanie en 1906. Après des études peu brillantes et un séjour d'un an à Paris, il écrit son premier roman policier, publié en 1930, *Le marié perd la tête.* Il crée en 1933 et 1934 ses deux héros le Dr Gedeon Fell et sir Henry Merrivale (sous le pseudonyme de Carter Dickson), respectivement inspirés de G. K. Chesterton et Winston Churchill.
Président des Mystery Writers of America en 1949, il obtient la même année un Edgar spécial pour sa biographie de Conan Doyle. Ses œuvres *(La chambre ardente, Hier, vous tuerez; Le secret du gibet, etc...)* oscillent toujours entre le fantastique et l'énigme pure — domaines contradictoires s'il en est — et l'art avec lequel il jongle entre les deux a fait de lui l'un des plus grands de la littérature policière. Il est mort le 27 février 1977.

DU MÊME AUTEUR

DANS LE MASQUE :

SUICIDE À L'ÉCOSSAISE
LE SPHINX ENDORMI
LE JUGE IRETON EST ACCUSÉ
ON N'EN CROIT PAS SES YEUX
LE MARIÉ PERD LA TÊTE
IMPOSSIBLE N'EST PAS ANGLAIS
LES YEUX EN BANDOULIÈRE
SATAN VAUT BIEN UNE MESSE
LA MAISON DU BOURREAU
LA MORT EN PANTALON ROUGE
JE PRÉFÈRE MOURIR
LE NAUFRAGÉ DU TITANIC
UN FANTÔME PEUT EN CACHER UN AUTRE
MEURTRE APRÈS LA PLUIE
LA MAISON DE LA TERREUR
L'HOMME EN OR
SERVICE DES AFFAIRES INCLASSABLES
PATRICK BUTLER À LA BARRE
TROIS CERCUEILS SE REFERMERONT...
LA FLÈCHE PEINTE
LE LECTEUR EST PRÉVENU
LE GOUFFRE AUX SORCIÈRES
LA POLICE EST INVITÉE
MORT DANS L'ASCENSEUR
LES MEURTRES DE BOWSTRING
LE RETOUR DE BENCOLIN
LE MEURTRE DES MILLE ET UNE NUITS
PASSE-PASSE
EH BIEN, TUEZ MAINTENANT !
ARSENIC ET BOUTONS DE MANCHETTE
À RÉVEILLER LES MORTS
LUNE SOMBRE
LA CHAMBRE ARDENTE
HIER, VOUS TUEREZ
CAPITAINE COUPE-GORGE
LE MORT FRAPPE À LA PORTE
IL N'AURAIT PAS TUÉ PATIENCE
CELUI QUI MURMURE
LE SECRET DU GIBET
L'HABIT FAIT LE MOINE
ILS ÉTAIENT QUATRE À TABLE
À LA VIE À LA MORT
UN COUP SUR LA TABATIÈRE
LES MEURTRES DE LA LICORNE
LES DÉMONIAQUES
LE MANOIR DE LA MORT
LES NEUF MAUVAISES RÉPONSES
LA MORT SOUS UN CRÂNE
LA FIANCÉE DU PENDU
LA MAISON DE LA PESTE
LA MORT DANS LE MIROIR
LE CHAPELIER FOU
LE BARBIER AVEUGLE
FEU SUR LE JUGE !
LE FANTÔME DU CAVALIER
PAPA LÀ-BAS

John Dickson Carr

SERVICE DES AFFAIRES INCLASSABLES

Librairie des Champs-Élysées

Ce recueil a paru sous le titre original :

THE DEPARTMENT OF QUEER COMPLAINTS

UN SCRIBE DU MIRACLE

Si c'est Magique, c'est Merveilleux.
S'il y a un truc, c'est encore plus fort.
Michel LEBRUN

Après Henri Bencolin, chef de la Sûreté parisienne, après le Dr Gideon Fell, distingué criminologiste, après sir Henry Merrivale familièrement surnommé H.M., ancien avocat, haut fonctionnaire et chef temporaire du War Office, le colonel March est le quatrième héros né de l'imagination fertile et brillante de John Dickson Carr. Les exploits de Bencolin sont contés dans quatre romans et cinq nouvelles. Ceux du Dr docteur Gideon Fell totalisent vingt-trois romans et cinq nouvelles. H.M. promène son encombrante silhouette dans vingt-deux romans et deux nouvelles. Le colonel March, lui, n'apparaît en tout et pour tout, que dans neuf nouvelles. Et paradoxalement, c'est lui qui est demeuré dans la mémoire du grand public. Sans doute grâce à Boris Karloff qui lui prêta ses traits à l'écran.

Si l'on a coutume d'avancer que Gideon Fell fut inspiré à son créateur par le tempérament – et l'apparence – de Gilbert K. Chesterton, et que sir

Henry Merrivale serait plutôt d'origine « Churchillienne », la personnalité du colonel March fut modelée sur celle d'un ami intime de Carr, lui aussi auteur réputé de romans policiers : le très britannique major de carrière Cecil John Charles Street (1884-1964), plus connu sous son pseudonyme de John Rhode. Carr écrivit d'ailleurs un ouvrage en collaboration avec lui, *Mort dans l'ascenseur* (Drop to his Death, 1939) qui sera prochainement réédité au Masque.

Caricature évidente du vieux soldat en retraite (stature imposante, moustache généreuse, fumeur de pipe invétéré, abord aimable et même doucereux), le colonel March anime le bureau le plus invraisemblable de Scotland Yard, le D-3, connu aussi comme le Département des Causes Bizarres, des Affaires Anormales : le service le plus célèbre de la littérature criminelle après celui des Affaires Classées de Roy Vickers... Expert en peintures anciennes, versé dans les sciences héraldiques, passionné d'escrime (ou es-crime, comme l'on voudra), March est par-dessus tout féru d'occultisme, de magie blanche et noire, et de démonologie... Cette vaste culture, a priori sans utilité dans le domaine de la détection, touche également à la botanique et à la numismatique, et lui permet de résoudre les cas pour le moins étranges qui lui sont soumis, ceux qui ne semblent pas avoir d'explications rationnelles. Car son domaine de prédilection se situe en marge des préoccupations habituelles de la police la plus célèbre du monde : les puzzles, les miracles, les crimes impossibles, tout ce qui dérange, inquiète et déconcerte la majorité de ses collègues du Yard. Un Harry Dickson officialisé en quelque sorte... Comme il aime à le dire : « *Les criminels auxquels je suis confronté sont de véritables artistes, non de vulgaires assassins*! » On admet que rien ne peut l'étonner ou le surprendre. Au grand dam de son assistant, l'incrédule inspecteur Ames, ancien capitaine qui servit jadis sous ses ordres et incarne l'indispensable référence à la « normalité » : comparse fugitif et un tantinet ridicule, toujours désorienté par les goûts inaccoutumés – et subtilement provocateurs – de son patron, et un rien dédaigneux pour sa conduite qu'il considère souvent comme extravagante... Tandis que March, avide de mystères, accueille toujours avec délectation les intrusions de l'insolite...

Paru simultanément à Londres et à New York, *The department of queer complaints,* l'ouvrage de John Dickson Carr le plus rare et le plus recherché par les amateurs, comprend onze nouvelles dont sept seulement appartiennent au cycle du colonel March. Carr écrivit deux autres histoires mettant en scène son singulier limier : *L'appartement vide* (The Empty Flat) sorti en mai 1939 dans *The Strand* et non repris en 1940, et *La louche entreprise de William Wilson* (William Wilson's Racket) paru en février 1941 dans le même journal. Ces deux textes ne furent rassemblés en volume qu'en 1963 dans *The men who explained miracles,* qui donnait la vedette à sir Henry Merrivale dans un court roman mais comprenait également deux affaires résolues par le Dr Gideon Fell et deux autres récits rassemblés sous la dénomination de « Service Secrets stories ».

Les quatre autres nouvelles composant le présent recueil comprennent deux histoires mêlant policier et fantastique et deux récits « historiques ». *Le réveil des morts* et *Le comble de l'horreur* se rattachent au courant classique de l'histoire de fantômes avec un développement qui rappelle celui de *La chambre ardente* : chacune d'elles se termine par une explication rationnelle qui n'élimine pas pour autant l'éventualité d'une intervention surnaturelle... *L'arme invisible* est un récit d'investigation « historique » – l'un des premiers du genre tenté par l'auteur qui devait, par la suite, en faire l'un de ses domaines de prédilection. L'idée centrale fut néanmoins reprise et adaptée au cours des années cinquante pour l'un des épisodes du « Colonel March » filmés pour la télévision anglaise (voir *Postface*). Enfin, je recommande tout particulièrement au lecteur la nouvelle *Le second bourreau*, qui s'appuie sur une brillante démonstration de criminologie et permet à un assassin ingénieux de détourner la Loi pour commettre un crime non seulement parfait mais... légal!

On se rendra compte dans la *Bibliographie détaillée* qui clôt ce volume que la majorité de ces histoires – preuve indiscutable de leur valeur – furent choisies fréquemment par les compilateurs d'anthologies d'outre-Atlantique. Dès sa parution d'ailleurs, Ellery Queen n'avait pas hésité à répertorier *The department of queer complaints* comme l'un des cent un ouvrages-clés de la littérature criminelle pour sa valeur intrinsèque et son importance historique.

On le sait, l'art de la nouvelle accumule les difficultés et requiert de la part de l'auteur un don pour la concision qui constitue un obstacle épineux. Bien peu d'écrivains ont réussi à briller dans ce domaine : William Irish, Fredric Brown, Saki, Henry Slesar, Roald Dahl ou Edward D. Hoch figurent parmi les exemples les plus représentatifs. Pour beaucoup de spécialistes, John Dickson Carr est l'un des rares à montrer un égal bonheur dans le domaine de l'histoire courte comme dans celui du roman. Mais, contrairement à la majorité de ses confrères qui construisent leurs nouvelles à partir d'*une idée* de base exploitée jusqu'à épuisement, Carr édifie la plupart du temps ses courts récits comme des romans miniatures, condensant en une vingtaine de pages toutes les péripéties essentielles d'une intrigue élaborée : exposé, développement, nouveaux indices, coup de théâtre, explication. Il excelle à brosser en quelques traits une atmosphère, à décrire avec ironie les situations les plus surprenantes, à introduire dans la réalité quotidienne l'Ange du Bizarre. Sa puissance d'évocation se manifeste avec envergure dans de savantes accumulations de détails singuliers toujours agrémentés d'une touche de macabre et d'un zeste de terreur. Sans oublier cet humour permanent qui insuffle à tous ses écrits un charme et une saveur incomparables. Un humour qui autorise et même soutient la mystification du lecteur, conduit malgré lui à une perception des événements déviée de leur signification véritable. Car l'auteur est le roi du « red herring », le faux indice qui mène insidieusement à la fausse piste. La critique s'accorde à reconnaître en lui l'un des plus grands « mathématiciens » du « crime novel ».

Les récits du colonel March sont à cet égard exemplaires : tout y est « sacrifié » à l'échafaudage du problème. Banissant sans vergogne ce qui ne contribue pas au défi intellectuel, l'écrivain y montre son unique préoccupation à polir la construction. Le style d'écriture, la sécheresse de ton, et l'angle sous lequel sont observés ces petits bijoux de manipulation de l'intellect, mettent constamment en valeur cet art de la *misdirection*. Dans ses meilleures réussites, la maîtrise de Carr s'apparente à celle d'un prestidigitateur auquel il emprunte d'ailleurs plus d'une astuce pour bâtir ses trucs...

Mais trêve de discussions. Je vous propose de pénétrer sans plus attendre dans le bureau du colonel March et de faire connaissance avec quelques-uns des curieux clients du D-3. Vous y rencontrerez notamment l'infortuné Horace Rodman, qui prétend avoir été le témoin de l'assassinat d'un vieillard – mort depuis vingt ans – par des mains sans corps (*L'homme qui vit l'invisible*), ou Jerry Winton qui assista au meurtre d'un homme poignardé dans la nuque par un agresseur invisible (*Le rideau d'argent*); vous assisterez à l'inexplicable disparition du butin d'un hold-up dans le bureau d'un avocat véreux (*Chaud devant!*); ou à la mort d'un homme poignardé sur une plage à l'aide d'une épingle à chapeau alors que personne ne s'est approché de lui (*La patte de lion*); vous connaîtrez l'étrange aventure survenue à Ronald Denham qui, croyant rentrer chez lui, découvrit le cadavre d'un inconnu revêtu d'un imperméable *retourné* dans un appartement introuvable (*Chez personne*); vous remarquerez la trace saugrenue d'un soulier sur la neige immaculée recouvrant une haie qui ne pourrait pas supporter le poids d'un chat (*L'empreinte de pas dans le ciel*)... Et bien d'autres étrangetés dans des lieux hantés où se passent des phénomènes de bilocations et où l'on meurt de peur...

A ces seuls énoncés, l'amateur aura reconnu les thèmes de prédilection de l'auteur, la fameuse « Carr's Touch ». Laissez-vous entraîner dans le sillage du singulier colonel March. Il vous semblera que la célèbre locution de Maurice Renard, que le regretté Jacques Bergier avait inscrite sur sa carte de visite, fut conçue pour définir son créateur : « *Amateur d'Insolite et Scribe de Miracles.* »

ROLAND LACOURBE

L'HOMME QUI VIT L'INVISIBLE

Un taxi le déposa devant l'entrée de New Scotland Yard dans Derby Street. C'était un homme bien habillé, avec des yeux un peu protubérants, un nez inquisiteur, et un air extrêmement sérieux. Il était tellement surexcité que le planton de service à l'entrée n'arrivait pas à bien saisir ce qu'il disait.

– Assassiné devant moi! bredouillait l'arrivant en tenant son melon d'une main comme s'il craignait de le voir s'envoler. Il aurait pu me tuer... et il s'en est d'ailleurs fallu de peu, puisque l'autre balle a atteint l'abat-jour de la lampe près de moi et...

– Mais enfin monsieur, dit le planton en s'efforçant de l'apaiser, qui a fait tout ça?

– Une paire de gants, lui répondit l'arrivant.

– Une quoi?

– Une paire de gants. Seulement, il n'y avait pas de mains dedans. Ni bras, ni corps! Ce type était invisible. Et si on ne fait rien, la petite va y passer aussi!

L'agent de police recula d'un pas pour mieux détailler son interlocuteur. L'homme n'avait pas l'air d'un fou. Ses yeux larmoyaient et son haleine fumait par bouffées dans l'air vif.

– Bien monsieur, dit alors le policier. Entrez tout droit, et troisième porte à gauche.

C'était la formule rituelle. La porte qu'il indiquait n'arborait d'autre indication que D-3, COLONEL MARCH. C'était le réceptacle des affaires bizarres et ce service avait été créé à seule fin de les recueillir. Chaque jour, la police métropolitaine reçoit des visiteurs qui viennent lui raconter des choses paraissant défier le bon sens. Mais, à moins que le visiteur ne soit visiblement timbré, ces affaires appellent une enquête dont le Service D-3 s'occupe.

D-3 a un personnel à part, comprenant notamment l'inspecteur (ex-capitaine) Roberts qui, en d'autres temps, a servi sous les ordres du colonel March. Ce service relève uniquement du directeur de Scotland Yard. Certains affirment que si le colonel March s'est vu confier le D-3, c'est parce que rien au monde ne pouvait l'étonner, et aussi parce qu'il adorait les puzzles.

L'inspecteur Roberts siège dans l'antichambre, et les visiteurs admis à pénétrer dans le bureau suivant se trouvent alors en présence d'un homme aimable – pesant dans les 110 kilos – avec un visage tacheté, un œil très bleu au regard incisif, et une courte pipe pointant sous une moustache très rousse.

Ce matin-là, l'homme au chapeau melon accéda rapidement au bureau du colonel March, car les affaires étaient plutôt calmes depuis quelque temps, et le colonel aspirait à plus d'activité.

– Je me rends très bien compte, dit le visiteur, non sans dignité, que vous devez me croire fou. Soit! Admettons que je sois fou... (Toutefois une certaine prudence le fit se reprendre :) Euh... non, quand même pas... Mais bouleversé, ça, oui. Je pense néanmoins que mon nom et mes fonctions doivent être une caution suffisante... Je m'appelle Rodman, Horace Rodman, et je suis le principal associé de Rodman et Hugues, la firme d'experts-comptables. Cela fait seize ans que j'habite au nº 24 de St Nicholas Row, à Hampstead. Eh bien, monsieur, je viens de voir commettre un meurtre et je sens que personne ne voudra le croire!

Sous l'effet de la passion qui l'animait, sa voix avait pris une intonation d'asthmatique.

– Mais non, soyez tranquille, lui assura March. J'ai déjà connu un homme qui se trouvait dans la même situation. Parlez, nous vous écoutons.

– Je ne sais comment vous raconter ça, dit Rodman. (Il prit un temps pour y réfléchir, puis déclara :) Cela s'est passé dans le nouvel immeuble qui vient d'être construit juste en face de chez moi, dans St Nicholas Row. Il y avait là un certain nombre de petites maisons qui ont été démolies. Mon amie, Mrs Archison, qui habite au 18, m'a dit n'avoir pas regretté de voir disparaître le nº 23, car il avait une très sale réputation du temps de son grand-père.

– Vous voulez dire que cette maison passait pour être hantée? questionna March avec un intérêt accru.

– Non, non! s'écria l'autre. Je n'ai rien dit de semblable... et je n'imagine pas qu'un fantôme ait pu réinstaller ses pénates dans l'immeuble ultramoderne qui s'élève maintenant en face de chez moi. Il faut d'ailleurs que je vous en décrive l'architecture, car elle est pour beaucoup dans ce que j'ai vu. Je suppose que vous avez déjà eu l'occasion de remarquer ces constructions de style hispano-mauresque que l'on édifie maintenant, avec des murs jaunes plaqués de vert, où tous les angles sont arrondis et où chaque pièce est éclairée par une fenêtre qui s'étend sur toute sa largeur, un peu comme les vitres à glissière des bibliothèques? Hein? Oui. Eh bien, cela devrait vous aider à comprendre comment j'ai pu voir la scène aussi distinctement.

» L'immeuble n'est pas tout à fait terminé mais il y a déjà deux ou trois appartements occupés. Je m'intéresse à mes semblables, monsieur, poursuivit Mr Rodman avec une intonation de défi, et ne cherche nullement à cacher que je me plais à étudier leur comportement.

» J'ai remarqué ainsi le couple qui habite l'appartement de quatre pièces situé juste en face de mes fenêtres du premier étage. Ce sont – en tout cas, c'est ainsi qu'ils se font appeler – Mr et Mrs James Hartley. Le mari est un jeune homme très banal, qui conduit un coupé Hillman d'un modèle ancien et a un bureau dans la Cité. Mais sa femme est vraiment belle et j'ai tout lieu de croire que c'est une personne distinguée.

Rodman se sentit un peu gêné par l'élan plein de lyrisme qui venait de l'emporter.

– J'ai eu souvent l'occasion de remarquer cette jeune femme, continua-t-il, lorsqu'elle sortait de chez elle ou y rentrait et, une fois, je l'ai rencontrée dans la rue. Il m'est arrivé également de la voir, un foulard noué autour de la tête, occupée à nettoyer les vitres de son appartement. Mrs Atchison trouve cela déplacé. C'est également l'opinion de Mr et miss Paulus, qui habitent au 20. Mais, déclara Rodman avec emphase, je ne suis absolument pas de cet avis. Mrs Hartley a les cheveux couleur de... Enfin, bref, ce que je voulais vous dire, c'est qu'elle a terriblement peur de quelque chose. Au nom du Ciel, n'allez pas penser que je me fais des idées pour une raison quelconque. Si vous aviez vu son visage, comme moi je l'ai vu, après ce qui vient de se passer...

» Ça s'est produit la nuit dernière, au moment où j'allais me coucher. Ma chambre est située au premier étage et donne sur la rue. J'ai l'habitude de me retirer ponctuellement à onze heures, mais hier j'étais un peu en retard, parce que, durant toute la soirée, je m'étais senti nerveux sans raison apparente.

» Avant d'allumer dans ma chambre, je suis allé tirer les doubles rideaux. C'est ainsi que je me suis trouvé regarder la fenêtre obscure de l'immeuble d'en face, dont j'étais séparé par une douzaine de mètres environ. Cette fenêtre ne comporte pas de rideaux, car ce n'est pas celle de la chambre à coucher de Mr et Mrs Hartley. A vrai dire, la pièce n'est même pas encore meublée et, en dépit de la moquette qui en recouvre entièrement le parquet, elle présente plutôt l'aspect d'un débarras. Je l'ai vue en plein jour et je puis vous dire qu'elle a grosso modo trois mètres de côté, des murs crème, des portes dans le même ton et une moquette grise.

» La nuit était calme et très froide. Devant l'immeuble d'en face, il y a un double réverbère, dont la clarté pénètre dans cette pièce. J'ai aperçu quelqu'un qui s'y déplaçait rapidement, de façon furtive. Je n'y aurais peut-être pas prêté attention, si je ne m'étais rendu compte qu'il s'agissait d'un homme tenant un revolver à la main. Il était ganté : des gants de coton blanc, assez sale.

Rodman marqua un temps. Le colonel March, comme pour écouter avec plus de concentration, avait la tête penchée en avant. Il jeta un coup d'œil de côté à l'inspecteur Roberts qui n'était plus aussi sûr maintenant, d'avoir affaire à un dingue.

– Vous pouviez voir tout cela de chez vous? demanda March.

– J'avais pris mes jumelles. Ne m'interrompez pas, je vous prie! répondit Rodman avec quelque hauteur. Il s'agissait d'un homme âgé. Je l'ai vu retirer ses gants et les poser, ainsi que le revolver, sur une table ronde qui se trouvait au milieu de la pièce. Ceci fait, il est venu vers la fenêtre et a allumé l'électricité. Il n'y a qu'une ampoule poussiéreuse, qui pend du plafond près de la fenêtre. Mais elle éclairait de façon suffisante et j'ai très bien vu le visage de cet homme.

» Il ne s'agissait pas de James Hartley, ni d'aucun homme que j'aie eu l'occasion d'apercevoir dans cet appartement. Son visage ridé avait quelque chose de méchant, avec une moustache tombante et des lunettes aux verres épais qui lui donnaient le regard fixe du Dr Crippen à la une des journaux. Il portait un pardessus avec un col de fourrure et je l'ai vu promener ses mains sur le rebord de la fenêtre, comme s'il y cherchait quelque chose.

» Rappelez-vous ce que je vous ai dit : cette pièce est quasiment vide. Je la voyais donc parfaitement et puis affirmer qu'il n'y avait personne d'autre. Il y a trois portes dans cette pièce : une au fond, dans le prolongement de la fenêtre, et deux autres qui se font face sur chacun des murs de côté. Si l'une ou l'autre de ces portes s'était entrouverte, ne fût-ce que de quelques centimètres, je m'en serai rendu compte. Elles sont restées fermées. Il n'y avait là pour tout meuble qu'une chaise de cuisine proche de la fenêtre et, au centre de la pièce, cette table nue sur laquelle l'homme en question avait posé ses gants et son revolver. Je ne peux pas mieux vous dire : imaginez une boîte, avec trois portes et une grande fenêtre.

Pas le moindre recoin où quelqu'un ait pu se cacher.

» L'homme continua de fureter sur le rebord de la fenêtre, puis il finit par pousser une des vitres et pencha au-dehors son crâne chauve. Je revois très bien l'ombre de sa tête; la clarté du réverbère la projetait sur la façade de l'immeuble. Il s'est mis alors à siffler d'une façon très particulière et ce bruit a retenti intensément dans le silence de la rue. Après quoi, il s'est redressé et, tout en s'apprêtant à refermer la fenêtre, il a tourné la tête vers la porte située au fond de la pièce.

» Deux détonations ont brusquement éclaté. Je me suis rendu compte qu'elles provenaient de l'autre côté de la table, située au milieu de la pièce, entre la fenêtre et la porte du fond. Ces coups de feu ont été tirés par le revolver posé sur la table. *Je l'ai vu* les tirer. La première balle a atteint l'homme en pleine poitrine, le rejetant vers la fenêtre contre le rebord de laquelle il est tombé. La seconde balle l'a manqué. Elle a traversé la fenêtre, puis la mienne, pour venir briser l'abat-jour de porcelaine d'une lampe qui se trouvait à trente centimètres de ma tête. J'ai vu la main – ou plus exactement le gant – presser la détente du revolver, mais il n'y avait personne d'autre dans la pièce, je vous le répète.

Rodman hocha par deux fois la tête :

– J'ai la balle en question, dit-il avec une sorte d'empressement morbide. Je l'ai extraite du mur de ma chambre pour vous l'apporter.

Le visage du colonel March n'exprimait ni doute ni scepticisme. Ses doigts pianotèrent sur le bureau qui le séparait de Rodman, comme ceux d'un joueur d'échecs s'apprêtant à déplacer une pièce.

– Un instant, je vous prie, dit-il, car je veux être

sûr de vous avoir bien compris. Vous avez *vu* ce revolver tirer les coups de feu?

– Oui.

– Où se trouvait-il exactement?

Le visage de Rodman changea de couleur :

– Il était tenu par un des gants.

– Et le gant était sur la table?

– Non, au-dessus de la table.

– Je comprends... Vous pouviez voir *à travers* l'endroit où l'assassin devait se tenir?

– Exactement, oui.

– Parfait!... Avez-vous un commentaire à faire, Roberts?

L'inspecteur sourit :

– Eh bien, monsieur, je trouve cela assez intéressant, mais où est le cadavre? D'ordinaire, quand un meurtre est commis, on alerte la police. Mr Rodman nous dit que cela s'est passé la nuit dernière. Or j'ai parlé ce matin encore au chef de poste et il n'a rien mentionné de semblable.

– Oh! ça, je m'en doute! glapit Rodman, dont le visage avait toujours une drôle de couleur. Car, voyez-vous, je ne vous ai pas encore dit le pire. Je peux continuer? Merci.

» Je n'ai aucune honte à vous avouer que j'ai eu peur. L'espace de quelques secondes, j'ai été incapable de bouger. Je me rendais pourtant compte que je devais aller en face, que c'était mon devoir, sans parler de la curiosité qui me tenaillait. Mais, avant tout, il me fallait trouver un agent de police. Je me suis précipité au rez-de-chaussée, j'ai mis mon pardessus et mon chapeau, et me suis rué au-dehors.

» Je n'ai eu aucune difficulté à trouver un agent, celui qui effectuait une ronde dans le quartier avait entendu les coups de feu et accourait voir ce qui se passait. Entre-temps, la fenêtre de l'appartement était redevenue obscure. J'ai dit à l'agent ce que j'avais vu, mais il n'a pas paru bien comprendre. Quoi qu'il en soit, nous sommes entrés dans l'immeuble ensemble.

» Il y a là deux ascenseurs, dont aucun ne fonctionne encore. Nous nous sommes mis en quête du concierge, sans hélas ! le trouver. Nous avions l'impression d'être seuls dans cette grande coquille sonore, éclairée par quelques appliques de verre dépoli. Heureusement, grâce à Mrs Atchison, je connaissais le numéro de l'appartement occupé par les Hartley.

» Nous sommes donc montés par l'escalier et nous avons frappé chez eux. Au bout d'une minute ou deux, Mrs Hartley a ouvert la porte. Euh... Elle se prénomme Elizabeth... Betty. Elle était vêtue d'un peignoir rose et donnait l'impression que nous l'avions tirée de son lit. Mais elle était effrayée. Je m'en suis tout de suite rendu compte. Seulement...

– Oui ? fit le colonel March comme l'autre s'interrompait.

– Eh bien, elle a juré ses grands dieux qu'il ne s'était absolument rien passé d'anormal chez elle, qu'elle était dans son lit et n'avait entendu aucune détonation. L'agent lui a objecté : Ecoutez madame, il y a eu des coups de feu, je les ai moi-même entendus. En outre, monsieur dit que l'un des projectiles a failli le tuer. Elle a objecté que les murs intérieurs de l'appartement étaient parfaitement insonorisés et j'ai pu vérifier que c'était exact.

» Nous lui avons alors demandé de nous conduire dans la pièce en question et elle n'a fait aucune difficulté pour nous y conduire. Cette pièce donne sur le hall de l'appartement, où étaient entassées en désordre différentes choses; une machine à coudre, une caisse pleine de photos encadrées, des rouleaux de papier imprimés, et même un petit paravent japonais sur lequel l'agent a malencontreusement marché. Nous avons dû écarter un peu tout cela pour pénétrer dans la pièce; sur le seuil, j'ai eu un frisson qui n'était pas seulement dû au froid.

» Car le vieil homme que j'avais vu n'était plus dans la pièce, ni vivant ni mort. Et il n'y avait aucune trace de balle dans la vitre. Absolument aucune trace, répéta-t-il avant d'ajouter : je vous avoue, messieurs, que ce détail m'ahurit encore davantage que la disparition de la victime. En effet, il s'était écoulé suffisamment de temps pour qu'on ait pu emporter ou cacher le corps. Mais une balle calibre 38 – je l'ai ici – avait traversé la vitre de cette fenêtre pour atteindre la mienne, et il n'y avait plus la moindre éraflure, nulle part. Les gants et le revolver avaient également disparu.

» L'agent de police commençait à me regarder d'un drôle d'air. Je tournais autour de la pièce, presque à la façon d'un chien cherchant une piste. Je puis vous garantir qu'il n'y avait aucune erreur possible : je ne m'étais pas trompé de pièce, c'était bien dans celle-là que j'avais vu le drame se dérouler. C'est la seule qui soit juste en face de ma chambre à coucher, comme il vous sera loisible de le vérifier.

» Je reconnaissais la moquette grise, les murs crème. Je voyais la chaise de cuisine, la table. Il y avait aussi les trois portes équidistantes : celle du fond qui donnait dans le hall, celle de droite qui faisait communiquer la pièce avec le salon, celle de gauche qui masquait un placard complètement vide. La seule chose que je n'avais pu voir de chez moi, c'était le radiateur du chauffage central, lequel était placé sous la fenêtre. Il n'y avait aucune trace d'aucune sorte dans la pièce, sinon une longue marque triangulaire sur la moquette à l'endroit où, nous expliqua Mrs Hartley, se trouvait le paravent japonais avant que cette pièce n'ait été débarrassée de tout ce qui l'encombrait.

» Mais Mrs Hartley était terrifiée par quelque chose, je suis prêt à en jurer. Elle a des yeux noisette, très expressifs, et elle ne semblait même pas entendre ce que je disais. Elle restait plantée dans le froid, en serrant son peignoir autour d'elle. Elle avait le visage comme enfiévré et paraissait tout aussi intriguée que terrifiée. Je la prévins, pour son bien, que si elle fréquentait des bandits et des assassins, elle le regretterait avant longtemps.

Rodman hocha la tête et poursuivit :

– Le pire, ce fut lorsque son mari revint brusquement en nouant la cordelière de sa robe de chambre et se plaignant que nous l'ayons réveillé en braillant chez lui au milieu de la nuit. Je ne braillais pas, mais il était d'une humeur exécrable, avec ses cheveux tout dépeignés qui se dressaient sur le devant de sa tête, comme une visière de casquette. Quant à son visage, dont j'aurais dû vous dire qu'il m'avait toujours paru déplaisant, je le trouvai franchement sinistre.

» A présent, l'agent de police en arrivait presque à faire des excuses, mais je n'étais pas comme lui. « Jamais d'excuses, jamais d'explications » telle pourrait être ma devise... Une devise assez aristocratique, me semble-t-il. Hartley était furieux. Il nia absolument avoir vu ou entendu le vieil homme dont je parlais.

» – Ainsi donc, fit-il en me prenant à partie, vous avez vu une paire de gants saisir un revolver et tirer sur quelqu'un qui n'existe pas? C'est pour me raconter de pareilles sornettes que vous venez me tirer du lit au milieu de la nuit? Vous n'auriez pas vu, par la même occasion, une rangée de cigares suspendus dans les airs et qui se fumaient tout seuls? Regardez donc cet appartement. Il est très ordinaire... du moins, il m'en a toujours donné l'impression. Regardez cette porte. C'est une porte praticable et aucun homme invisible n'en a franchi le seuil. Si vous voulez perquisitionner, faites-le vite, et puis fichez-moi le camp!

» Mais cet emportement ne dura pas. Quand nous passâmes dans le salon, où il faisait chaud, quelque chose se produisit qui chassa la colère de Hartley. A ce moment-là, je commençais à me sentir un peu au bout du rouleau et ne savais plus que faire. Mais brusquement, j'eus la certitude de n'avoir pas été l'objet d'une hallucination. Car devant moi, posée près d'une lampe portative qui l'éclairait en plein, je voyais, dans un cadre à l'ancienne mode, la photographie de l'homme qui avait disparu. C'était bien lui, avec ses lunettes et son regard fixe.

» Hartley se rendit compte que j'avais repéré la photo et il changea d'expression. Dans le même temps, l'atmosphère de toute la pièce s'altéra brusquement. Hartley fit un rapide mouvement pour me cacher la photo ou l'escamoter, mais je fus plus prompt que lui. Son élan en avant avait été si violent qu'il glissa sur la moquette et je pense qu'il dut se tordre la cheville, car il s'effondra avec bruit tandis que son visage devenait livide. Mrs Hartley se précipita vers lui, en l'appelant par son prénom. Lorsqu'elle l'aida à se redresser je fus saisi par le terrible regard qu'elle me jeta car, enfin, qu'avais-je fait?

» Quelques minutes plus tard, je me retrouvai dans la rue et l'agent me conseilla de rentrer me coucher. On m'avait démontré que je m'étais trompé et je ne pouvais rien faire pour l'instant; mais vous ne serez pas étonné, je pense, si je vous dis avoir eu des cauchemars toute la nuit. Alors, comme je suis un bon contribuable et un citoyen respectueux des lois, j'insiste pour savoir ce que tout cela signifie. Car la photographie que j'ai vue était celle du grand-père de Hartley, *mort avant la guerre*!

A ce moment, un planton entra discrètement dans la pièce, une fiche à la main.

– Mr et Mrs Hartley demandent à vous voir, monsieur.

– Dites-leur d'attendre un moment, répondit posément le colonel March.

Avec fracas, l'inspecteur Roberts venait de verser du charbon dans le feu, et son supérieur traversa la pièce pour venir se planter le dos à la cheminée. On retrouvait l'ancien militaire à la façon qu'il avait de se tenir le buste légèrement penché en avant, les bras un peu écartés du corps. Mais cette raideur de l'attitude contrastait avec l'amusement qui transparaissait sur son visage. Tandis qu'il promenait autour de lui le regard de son œil bleu, le fourneau de sa courte pipe faillit lui brûler le nez.

– Avant de les recevoir, dit-il, il nous faut discuter de cette affaire. Je vous envie un peu, Mr Rodman, car l'aventure que vous venez de nous rapporter est absolument « extra », comme disent les jeunes d'aujourd'hui, et vous avez bien de la chance d'en être le héros...

– Si vous êtes en train de vous moquer de moi... l'interrompit Rodman d'un ton glacial.

– Mais pas du tout! lui assura March. Je crois absolument tout ce que vous m'avez dit.

Bien que relativement jeune encore, l'inspecteur Roberts avait déjà acquis une parfaite maîtrise de ses nerfs et c'est pourquoi il ne laissa pas tomber le tisonnier avec lequel il s'employait à activer le feu. Mais il fut à deux doigts de le faire.

– Vous pensez, s'écria Rodman, que j'ai vu un...?

– Fantôme? Oh! non, dit le colonel March, qui ajouta : Du moins pas cette fois-ci.

– Alors, il y a bien eu un meurtre? Un homme en chair et en os a bien été atteint par une balle tirée dans cette pièce?

– J'en suis certain.

Rodman parut aussi abasourdi que s'il n'avait jamais cru à son histoire.

– Mais comment cela a-t-il pu se faire? Dites-moi *comment*? Il n'y avait personne dans la pièce, pas de cadavre, ni de trou dans la vitre. Il...

– Un instant, je vous prie, l'interrompit March. Inutile de prendre des notes, Roberts. Avant d'entreprendre quoi que ce soit, j'aimerais que Mr Rodman nous fournisse quelques précisions supplémentaires. Depuis combien de temps les Hartley occupent-ils cet appartement?

– Il me semble que cela a dû faire quinze jours lundi dernier.

– Et avant cette nuit, aviez-vous eu l'occasion de pénétrer dans la pièce où l'homme a été abattu?

– Non, jamais.

– Cette petite table qui s'y trouvait... Vous nous avez dit qu'elle était ronde. Etait-ce une table à trois pieds?

– Oui. Mais je vous en supplie, écoutez-moi! enchaîna Rodman comme s'il n'avait pu encore placer un mot. Si un homme a été tué dans cette pièce, qui était-ce? J'ai interrogé des gens du voisinage à en avoir une extinction de voix, et personne ne l'a jamais vu, ni n'a entendu parler de lui. Où est son cadavre? Et comment a-t-il été tué? Est-ce Hartley qui lui a tiré dessus? Voilà les questions auxquelles je vous conjure de répondre. Alors ne venez pas me demander si la table avait trois pieds ou bien quatre! Quelle différence cela peut-il faire? Pas plus que de savoir s'il y avait une, deux ou une demi-douzaine de portes!

– Détrompez-vous, dit le colonel March. Le nombre de portes est très important. Si la pièce n'en avait comporté qu'une seule, le criminel n'aurait pu agir comme il l'a fait.

– Mais je vous répète que personne n'est entré ni sorti par aucune des portes!

– Oh! oui, acquiesça le colonel March, ça, j'en suis sûr.

– Alors...

– Cher monsieur, dit March avec une sorte de jovialité féroce en pointant l'index vers son visiteur, vous êtes ravi de tout cela. Jamais il ne vous était rien arrivé d'aussi excitant. Vous êtes venu me voir pour m'ahurir tout comme vous aviez ahuri Mrs Atchison, et tirer ainsi de nouvelles satisfactions de votre aventure. Eh bien, je m'en vais renverser la vapeur et c'est vous qui allez être ahuri comme vous comptiez que je le serais... Faites entrer Mr et Mrs Hartley!

En ce qui concernait Mrs Hartley, à tout le moins, la description faite par Rodman semblait avoir été colorée de très romantique façon. En effet, il n'y avait rien d'éthéré chez Betty Hartley. C'était une jolie fille, donnant une impression de santé, et dont le grave regard des yeux noisette était corrigé par les fossettes des joues; un chapeau de velours marron coiffait ses abondants cheveux blonds. Par-dessus son épaule apparaissait le visage de son mari, un visage énergique marqué par un rien d'ironie. Tous deux s'arrêtèrent pile sur le seuil de la pièce en voyant Rodman.

– Oh! zut alors! s'exclama la jeune femme.

– Entrez, dit le colonel March tout en continuant de se chauffer le dos. Entrez et asseyez-vous. Voici l'inspecteur Roberts... Quant à Mr Rodman, je pense que vous le connaissez déjà. Il vient de nous raconter une très intéressante histoire...

– Je n'en doute pas, fit Hartley d'un air morose. Et qu'en pensez-vous?

– Je pense, répondit le colonel March que vous avez été bien imprudents de venir ici.

Sur un point du moins, Rodman avait vu juste : Betty Hartley avait peur.

– Il a voulu à toute force venir, dit-elle, alors que je le suppliais de n'en rien faire... Mais pas pour la raison que vous pourriez penser. Nous sommes venus vous donner notre version de ce qui s'est passé cette nuit. Toutefois, si Mr Rodman vous a déjà...

– Chère petite madame, dit Rodman comme s'il commençait une lettre et en s'efforçant d'adoucir son ton, comprenez que j'agis uniquement dans votre intérêt. Regardez-vous : vous êtes toute tremblante. Dans la vie, j'ai toujours su prendre mes responsabilités et...

– Oh! la ferme! lui lança Betty Hartley avec irritation.

– Quant à moi, déclara son mari d'un ton enjoué, je m'en tiendrai uniquement au *corpus delicti*. J'ignore comment cela se passe au juste dans la réalité mais, si j'en juge par ce que j'ai lu dans les romans policiers, vous n'avez pas le droit de me pendre tant que vous ne serez pas en mesure d'exhiber au moins les dents ou la moustache de la victime. Et si un fantôme vient faire un tour chez moi, je ne crois pas qu'on puisse m'en tenir responsable. (Puis, changeant de ton, il demanda en levant les yeux :) Pourquoi ai-je été bien imprudent de venir ici?

– Parce que vous devriez être actuellement chez vous et au lit, répondit March. Vous avez une vilaine blessure à l'épaule, là où vous a atteint la balle tirée cette nuit par votre femme.

Il se fit dans la pièce un silence soudain et si total qu'ils perçurent un bruit de pas s'éloignant dans le couloir, d'une porte qui se refermait, d'une voiture démarrant au-dehors. Il fallut quelques instants pour que les paroles prononcées par March fissent pleinement leur effet. Horace Rodman se leva, puis se rassit. Il devait confier par la suite – à Mrs Atchison – qu'il n'avait jamais éprouvé pareille stupeur, surtout en voyant l'effroi se peindre sur le visage de Betty Hartley. Mais il fut encore plus ahuri par ce qui suivit.

Hartley avait fini par s'asseoir, et, paraissant soudain moins souffrant, il partageait l'amusement du colonel March.

– Ah! vous vous en êtes rendu compte? dit-il. Eh bien, tant mieux.

– Oui, et je crains que vous ne vous fassiez sonner les cloches par le docteur, si vous ne remettez pas bien vite votre bras en écharpe. Mrs Hartley, je vous demande pardon. Je sais que la fusillade ne faisait point partie du jeu, mais je ne pense pas que vous ayez d'ennuis...

– Oh! comment pouvez-vous plaisanter à ce sujet!

s'écria la jeune femme. C'était horrible! Vous ne semblez pas comprendre! Je...

– Si, je crois avoir très bien compris, rétorqua le colonel, qui ajouta en se tournant vers Hartley : Vous vous occupez de théâtre, n'est-ce pas?

– Oui, et je m'y débrouille pas mal, répondit l'autre sans hésiter. En deux ans, j'ai monté deux spectacles qui ont assez bien marché. Pas dans le West End, bien sûr, mais... Au fait, puisque vous avez entendu parler de moi, qu'est-ce que vous avez vu jouer? *L'énigme écarlate* ou bien *Les voix de l'Au-delà*?

– A vrai dire, ni l'un ni l'autre, répondit le colonel March d'un ton d'excuse. Mais, en rapportant vos paroles, Mr Rodman a utilisé un mot qu'il n'aurait pas trouvé de lui-même. Vous lui avez dit : Regardez cette porte. C'est une porte praticable. Un terme très caractéristique. Une porte ou une fenêtre *praticable,* c'est une porte ou une fenêtre qui existe réellement, qui n'est pas simplement peinte, et ce mot n'est employé ainsi que dans le monde du théâtre. La caisse renfermant des photos encadrées évoquait aussi le théâtre, tout comme les rouleaux de papier imprimé faisaient penser à des affiches.

» Mais, lorsque j'ai entendu parler de la longue marque triangulaire qui se voyait dans le poil de la moquette, j'ai compris que vous deviez être en train de travailler un célèbre tour d'illusionniste. Ça ne vous ennuie pas de me dire ce que vous projetez?

– Je travaille à une adaptation théâtrale de *L'homme invisible,* répondit Hartley avec enthousiasme. Ça n'a encore jamais été fait, mais moi, je peux le faire! Regardez : si je prends... (Il s'interrompit et demanda :) Mais vous connaissez le tour?

– Oui, et il convient d'en parler avec révérence,

déclara March qui semblait partager l'enthousiasme de Hartley. Il marque, en quelque sorte, l'ère moderne de l'illusionisme. C'est le Colonel Stodare qui le présenta pour la première fois en 1865 et cela s'intitulait alors *Le Sphinx*. C'est sur le même principe que le grand Maskelyne édifia son Cabinet Fantastique et il est à la base de presque tous les numéros de fantômes que l'on a imaginés depuis lors au music-hall.

» Voici comment était présenté *Le Sphinx*. Au milieu d'une scène tendue de noir, il y avait une table ronde à trois pieds. Sur cette table apparaissait une tête dépourvue de corps, qui parlait, répondait aux questions, etc. Le public était pourtant en mesure de voir sous la table et à travers ses pieds que personne ne se dissimulait derrière elle.

» Ah! vous vous rappelez le tour, Roberts? Imaginez un carré, la scène du théâtre et, au centre de ce carré, un triangle formé par les trois pieds de la table ronde, triangle dont le sommet est dirigé vers le public. Sur chacun des deux grands côtés du triangle – face au public – est encastré un miroir. Vous croyez que votre regard passe sous la table et va jusqu'au mur du fond, alors que vous voyez en réalité le reflet des deux murs de côté et du sol. Et si l'on ne voit pas le corps auquel appartient la tête c'est, bien entendu, parce qu'il est dissimulé par les miroirs.

» Vous, Mr Hartley, vous avez amélioré ce tour d'ingénieuse façon. Votre pièce a trois portes, exactement semblables et peintes de la même couleur. Votre table du Sphinx étant posée exactement au milieu, l'un des miroirs reflète la moitié de la partie inférieure de la porte de droite et l'autre, la moitié de la partie inférieure de la porte de gauche. Les murs sont identiques et la moquette recouvre entièrement le parquet. Un observateur placé en face de la table aura le sentiment de voir entre ses pieds jusqu'au mur opposé. Il croit voir la porte du fond, alors qu'il voit la moitié de chacune des portes de côté et les deux moitiés se rejoignent derrière le pied central pour donner l'illusion d'une seule porte.

» Dans votre rôle du sinistre moustachu, il vous fallait prendre certaines précautions. Vous deviez attendre d'avoir déposé les gants et le revolver sur la table, puis de vous être approché de la fenêtre pour pouvoir allumer. Sans quoi, on vous aurait vu reflété dans les miroirs. Ensuite, une paire de gants – manœuvrés par votre femme – pouvaient apparaître au-dessus de la table et se livrer à toutes les manœuvres que l'on voudrait. L'homme invisible... qui, en l'occurrence était la femme invisible!

Sans rien dire, Hartley fit le geste d'applaudir, mais Betty Hartley était au bord des larmes. Quant à Mr Horace Rodman, son état confinait à l'hystérie.

– De l'illusionnisme! hurla-t-il. Ne venez pas me raconter que ce que j'ai vu était une illusion, car je ne le croirai jamais! Une *balle* véritable a brisé ma vitre et failli me tuer. Mais elle avait traversé leur fenêtre sans...

– Continuez votre raisonnement, je vous en prie, dit poliment Hartley au colonel March.

– Merci, fit le policier. Si je me trompe, vous voudrez bien rectifier. Cette balle est l'effet d'une erreur. Pas plus que votre blessure elle n'était prévue au programme. (Il se tourna vers Rodman.) D'après ce que vous m'avez rapporté, j'ai très bien compris ce qui s'était passé. Vous m'avez dit que lorsque vous avez fait irruption dans la pièce tragique, il y faisait froid, me décrivant Mrs Hartley serrant frileusement son peignoir autour d'elle. Or il y avait un radiateur de chauffage central sous la fenêtre et dans le reste de l'appartement il régnait une agréable chaleur.

» Je ne crois pas me montrer particulièrement subtil en suggérant que s'il faisait froid dans cette pièce, c'est que sa fenêtre était restée ouverte pendant un certain temps. Vous m'avez dit vous-même que ces longues fenêtres ressemblaient aux vitres à glissière des bibliothèques. Le terrible moustachu a fait glisser l'une des vitres, puisque vous l'avez vu se pencher au-dehors et siffler... pour attirer votre attention, au cas il n'y serait pas encore parvenu. Il avait laissé la vitre à mi-course et n'a pensé à la refermer complètement que lorsque vous êtes survenu avec un agent de police. Voilà, je pense, comment la balle de revolver a pu traverser la fenêtre sans faire de trou dans la vitre.

Tout en serrant son bras contre lui, Hartley dit d'un air rêveur :

– Mon cher vieux grand-père... Le plus sinistre bonhomme qu'on ait jamais vu faire la quête le dimanche à l'église! Je me suis plusieurs fois inspiré de sa photographie quand il me fallait incarner un bandit ou un homme à l'âme particulièrement noire dans des mélodrames du répertoire...

– Suis-je en train de devenir fou, coupa Rodman en regardant le colonel March, ou vous ai-je entendu dire qu'il aurait sifflé *pour attirer mon attention?* Attirer *mon* attention? Dans quel but, grands dieux?

Hartley se tourna gentiment vers sa femme :

– A toi de jouer, dit-il.

– Avec joie! acquiesça-t-elle avant de faire face à Rodman pour lui lancer rageusement : Savez-vous ce que vous êtes?

– Ma chère petite madame...

La chère petite madame laissa exploser sa colère trop longtemps contenue :

– Savez-vous ce que vous avez fait, vous et votre Mrs Atchison? Vous n'avez cessé de nous espionner depuis que nous avons emménagé dans cet appartement. Vous êtes d'ailleurs toujours à surveiller et épier les gens du voisinage, mais vous vous occupiez encore davantage de nous, parce que nous étions nouveaux dans le quartier et que vous brûliez d'en apprendre le plus possible sur notre compte. Avec des jumelles, vous me suiviez d'une pièce à l'autre, me rendant la vie absolument impossible!

La jeune femme n'était plus pâle, de la couleur avivait ses pommettes.

– Alors, puisqu'il nous fallait répéter le truc du miroir, j'ai pensé que c'était l'occasion de vous flanquer une sacrée frousse et de donner une bonne leçon. C'est moi qui suis responsable de tout... J'ai cru que le revolver était l'accessoire, chargé de cartouches à blanc, alors que, du fait de notre déménagement, je m'étais trompée d'arme. Mais j'ai été contente d'avoir démoli votre satanée fenêtre où vous étiez toujours embusqué. Seulement, quand nous nous sommes rendu compte de l'émotion que nous avions causée en tirant avec de vraies cartouches, il nous a fallu prétendre qu'il ne s'était rien passé, sans quoi vous nous auriez fait arrêter en clamant que nous avions voulu vous tuer. Par ailleurs, Jim aurait été obligé de raconter en détail comment l'illusion était créée et cela aurait ôté tout l'attrait de la pièce qu'il veut monter...

– « Lumière de ma vie... » tenta de la calmer son mari.

– Dire que j'ai dû m'employer à vous retarder

pendant que Jim ôtait son maquillage du grand-père, retirait les miroirs encastrés dans la table pour les cacher sous notre lit, et fermait la fenêtre! Le reste encore, ça m'est égal, mais ce que je ne puis vous pardonner, c'est cet air vertueusement triomphant que vous avez eu en apercevant la photo du grand-père... A cause de vous, j'ai vu mon pauvre Jim glisser et tomber de tout son poids sur son épaule blessée...

Elle s'était tournée impulsivement vers son mari et quand elle voulut de nouveau faire face à Rodman, il avait disparu, laissant grande ouverte la porte du bureau.

– Oui, Mrs Hartley, dit l'inspecteur Roberts, Mr Rodman vient de nous quitter précipitamment...

Elle se calma alors et remarqua avec un sourire malicieux :

– J'ai quand même eu le temps de lui servir ce que j'avais sur le cœur! A vrai dire, je regrette quand même de m'être trompée de revolver. Est-ce qu'il peut nous intenter des poursuites?

– Je ne pense pas qu'il le fasse, dit son mari. Si cette histoire venait à circuler, le boucher et la mercière entendraient un autre son de cloche, et sauraient ce qu'il convient réellement de penser du courage héroïque témoigné par Mr Rodman en la circonstance.

Le colonel March hocha majestueusement la tête, tel un empereur.

– Oui, dit-il. C'est lui qui pour le coup devrait jouer l'homme invisible!

Traduit par Maurice-Bernard Endrèbe.
Titre original :
THE MAN WHO SAW THE INVISIBLE.

L'EMPREINTE DE PAS DANS LE CIEL

Elle se réveilla en sursaut au milieu de rêves confus, et demeura étendue pendant une minute à fixer le plafond blanc de sa chambre avant d'arriver à se convaincre qu'il s'agissait bien de rêves.

Pourtant, c'était bien cela.

Les pâles rayons du soleil entraient par la fenêtre ouverte. Le vent léger et froid qui gonflait les rideaux agitait le mince manteau de neige qui recouvrait l'appui de la fenêtre. Brusquement, l'air parut s'animer dans la petite chambre nue. Dorothy Brant le respira longuement.

Tout allait bien. Elle se trouvait dans la maison de campagne où son père, Harry et elle étaient venus patiner sur le lac gelé, peut-être même faire un peu de ski si la neige tombait comme l'annonçait la météo. Et la neige était tombée en effet. Dorothy aurait dû s'en réjouir. Mais, chose étrange, la vue de celle qui s'accumulait sur l'appui de la fenêtre la frappa d'une sorte de terreur.

Frissonnante dans le lit chaud, les couvertures tirées jusqu'au menton, elle jeta un coup d'œil sur le réveil à la tête de son lit : 9 h 20. Elle avait dormi plus tard que d'habitude. Papa et Harry devaient attendre leur petit déjeuner. Elle se répéta que tout allait bien. Mais à présent bien réveillée, elle savait que ce n'était pas vrai. La querelle de la veille lui revint en mémoire. La voisine, Mrs Topham... cette mégère, et voleuse aussi...

La seule chose qui pût gâter ce week-end qu'ils attendaient avec impatience. Ils avaient évoqué à l'avance le plaisir du patinage : le bruit sourd ou clair des lames tranchantes sur la glace, la longue course, le crissement des patins dans les virages, les ormes noirs se détachant sur le ciel froid et sans nuage. Et voilà que cette Mrs Topham, avec sa montre volée, ses bonnes manières et son habituelle malveillance, venait tout gâcher.

Pense à autre chose! A quoi bon ressasser? Oublie!

Dorothy Brant prit son courage à deux mains, et, sortant de son lit, chercha sa robe de chambre et ses pantoufles. Mais, sur le fauteuil, à la place de cette robe de chambre, elle trouva étendu son manteau de fourrure, et, à côté, une paire de pantoufles de cuir souple – des mocassins ornés de perles que Harry lui avait rapportés des Etats-Unis. Leurs semelles paraissaient froides, humides, dures, presque gelées. Ce fut alors qu'une peur subconsciente saisit Dorothy, l'envahit tout entière, et ne la quitta plus.

Elle alla fermer la fenêtre et gagna la salle de bains. La petite maison aux rideaux blancs et à l'odeur de vieux bois était si tranquille que Dorothy percevait les voix venant du rez-de-chaussée. Elles formaient un murmure incompréhensible : celle de ténor de Harry, celle plus lente et basse de son père, et une autre, inconnue, plus lente et plus basse.

Que se passait-il? Elle se hâta de prendre son bain et de s'habiller. Les hommes debout devaient préparer leur petit déjeuner, car Dorothy sentait monter l'odeur du café.

Pourtant elle n'arrivait pas à se dépêcher. Malgré ses neuf ou dix heures de sommeil, elle se sentait énervée, épuisée, comme si elle avait été debout toute la nuit.

Elle donna un dernier coup de peigne à ses cheveux bruns coupés à la Ninon, et, sans poudre ni rouge à lèvres, elle descendit en courant l'escalier. A la porte du living-room, elle s'arrêta brusquement. Dans la pièce étaient assis son père, son cousin Harry, et le commissaire de police.

– Bonjour, mademoiselle, dit ce dernier.

Elle se souvint toujours par la suite de la petite pièce et du visage de ceux qui s'y trouvaient. Le soleil y pénétrait à flots, éclairant les tapis rugueux aux couleurs vives et les pierres brutes de la cheminée. Par les fenêtres de côté, on voyait, à environ vingt mètres et de l'autre côté d'une grande haie de lauriers trouée d'un passage, la maison de Mrs Topham couverte de neige.

Mais ce qui frappa surtout Dorothy en entrant, ce fut l'impression que la conversation s'arrêtait brusquement et que les hommes détournaient les yeux.

– Bonjour, mademoiselle, répéta le commissaire Mason.

Harry Ventnor se mit alors à parler avec une sorte d'angoisse. Son visage naturellement haut en couleur semblait plus rouge encore. Ses grands pieds, ses larges épaules, et ses petites mains musclées s'agitaient.

– Ne dis rien, Dolly! s'écria-t-il. Ne dis rien! On ne peut pas t'y obliger. Attends de...

– Je crois... commença lentement son père tandis que son regard glissait le long de son nez, puis le long du tuyau de sa pipe... Je crois, en effet, continua-t-il après s'être éclairci la voix, qu'il vaudrait peut-être mieux ne pas parler avant que...

– Je vous en prie, monsieur, coupa soudain le commissaire Mason en s'éclaircissant à son tour la voix. Voyons, mademoiselle, j'aurais quelques questions à vous poser. Mais il est cependant de mon devoir de vous dire que vous pouvez ne pas répondre avant d'avoir vu votre avocat.

– Mon avocat? Mais je ne veux pas d'avocat! Pourquoi m'en faudrait-il un? s'exclama Dorothy.

Le commissaire jeta un coup d'œil significatif à son père et à Harry, comme pour les inviter à prendre note.

– C'est au sujet de Mrs Topham, mademoiselle.

– Oh!

– Pourquoi faites-vous *oh*!...

– Continuez, je vous en prie. Que se passe-t-il?

– D'après ce que j'ai cru comprendre, Mrs Topham et vous avez eu des mots ensemble, hier. Une petite prise de bec, pourrions-nous dire.

– Vous pouvez.

– A quel sujet?

– Je regrette, fit Dorothy, mais je ne peux pas vous répondre. Cela ne ferait que donner l'occasion à cette vieille folle de prétendre que je dis du mal d'elle. Que vous a-t-elle raconté?

– Vous savez, mademoiselle, répondit Mason en se grattant la mâchoire avec un crayon qu'il venait de sortir de sa poche, je crains bien qu'elle ne soit pas en mesure de nous dire quoi que ce soit. Elle se trouve actuellement dans une clinique de Guildford, le crâne en assez mauvais état. Entre nous, elle aura du mal à s'en remettre.

Tout d'abord, Dorothy ne sentit plus son cœur,

puis il lui sembla se mettre à battre follement dans sa poitrine. Le commissaire la fixait d'un regard ferme. Elle se força à demander :

– Mais enfin, parlez! Elle a eu un accident?

– Pas tout à fait. D'après le docteur, elle aurait été frappée trois ou quatre fois avec le presse-papiers en verre que vous devez avoir vu sur une table chez elle. N'est-ce pas?

– Vous croyez... vous croyez que quelqu'un l'a frappée *volontairement*? Mais qui?

– Eh bien, fit le commissaire en la regardant encore plus attentivement, de sorte qu'il ne fut plus devant les yeux de Dorothy qu'un énorme visage de puritain avec un petit grain de beauté à côté du nez, vous me voyez obligé de vous dire que, selon toute vraisemblance, ce quelqu'un serait vous.

Ce n'était pas vrai. Cela ne se pouvait pas. Plus tard, Dorothy se souvint d'avoir examiné le visage devant elle avec un certain détachement : les petites rides aux coins des yeux de Harry au soleil, ses cheveux blonds coiffés à la hâte, sa veste de cuir dont la fermeture à glissière n'était qu'à demi remontée. Elle se rappela avoir pensé que, malgré ses prouesses athlétiques, il avait l'air un peu stupide et bon à rien. Elle s'entendit dire : « Mais c'est absurde! »

– Je l'espère, mademoiselle. Sincèrement. Maintenant, répondez-moi. Etes-vous sortie de cette maison la nuit dernière?

– Quand?

– A n'importe quelle heure.

– Oui. Non. Je ne sais pas. Oui, je crois que oui.

– Pour l'amour du ciel, Dorothy, intervint son père, ne dis rien de plus avant qu'un avocat ne soit ici. J'ai téléphoné en ville. Je ne voulais pas t'inquiéter. Je ne voulais même pas te réveiller... Il doit y avoir une explication. Il y en a forcément une!

Ce ne fut pas ses propres sentiments, mais plutôt l'air malheureux de son père, qui la poussa à tenir bon. Corpulent, à moitié chauve, tourmenté par ses affaires, inquiet de tout ce qui se passait dans le monde... ainsi était John Brant. Assis en plein soleil, le visage désespéré, il pressait contre lui son bras gauche paralysé que terminait un gant noir.

– Je... je l'ai vue, expliqua-t-il. Ce n'était pas beau. Non que je n'aie jamais vu pire. A la guerre, ajouta-t-il en touchant son bras. Mais tu es une petite fille, Dolly. Seulement une petite fille. Tu ne peux pas avoir fait cela.

Son accent plaintif quémandait une confirmation.

– Un moment, monsieur, coupa le commissaire Mason. Voyons, mademoiselle! Vous venez d'admettre *être sortie* cette nuit?

– Oui.

– Dans la neige?

– Oui, oui!

– Vous souvenez-vous de l'heure qu'il était?

– Non.

– Dites-moi, mademoiselle, quelle pointure chaussez-vous?

– Trente-sept.

– Une pointure plutôt petite, n'est-ce pas? (Et comme Dorothy hochait silencieusement la tête, le commissaire Mason ferma son carnet.) Venez avec moi.

La maison possédait une porte latérale. Sans toucher à la poignée de cette porte, Mason en fit tourner l'axe et ouvrit. L'avancée du toit avait protégé les deux marches du perron. Mais au pied de celui-ci, une mince couche de neige recouvrait le sol jusqu'à la maison aux volets fermés de Mrs Topham.

Dans cette neige, on voyait très nettement des traces de pas en deux files distinctes. Dorothy savait de qui elles étaient. Fortement marqués, ces pas en ligne sinueuse s'arrêtaient au perron de la maison Topham. D'autres, parfaitement identiques, mais seulement un peu plus confus, et plus espacés (la personne avait manifestement couru), revenaient de la maison Topham.

Une panique silencieuse s'empara de Dorothy. Elle se souvenait à présent. Ce n'était pas un rêve. Elle l'avait bien fait. Inconsciemment, elle le savait depuis le début. Elle se souvenait d'autres choses encore : le manteau de fourrure serré sur son pyjama, la morsure de la neige qui mouillait ses mocassins, la fuite aveugle dans le noir.

– Ce sont vos pas, n'est-ce pas, mademoiselle? demanda le commissaire.

– Oui, oui, ce sont les miens.

– Allons, remettez-vous, bougonna Mason. Vous paraissez un peu pâle. Venez vous asseoir. Je ne vous mangerai pas. (Puis, dans sa voix, monta un peu d'irritation.) Mais pourquoi avez-vous fait cela, mademoiselle? Grand Dieu, pourquoi? Pour prendre dans le bureau de Mrs Topham une poignée de colifichets ne valant guère plus d'une dizaine de livres? Et sans même vous donner le mal de brouiller ensuite vos traces!

Il toussa, ce qui l'arrêta brusquement. La voix de John Brant s'éleva alors, acide :

– Parfait, cher ami. Enfin une remarque sensée.

J'espère que vous ne voulez pas dire aussi, que ma fille est folle?

– Non, monsieur. Mais il s'agissait des bijoux de sa mère, si j'ai bien compris.

– Qui vous a parlé de cela? Harry?

Harry monta la fermeture à glissière de sa veste jusqu'en haut comme pour s'enfermer sur lui-même. Il semblait vouloir faire croire qu'il était un bon garçon que tout le monde persécutait, ne souhaitant qu'être ami avec tout le monde. Tant de sincérité affichée sur son visage rendait difficile de douter de ses bonnes intentions.

– Ecoutez, mon vieux. Il *fallait* le leur dire. Cela ne vaut rien de cacher des choses pareilles. Dans les romans...

– Dans les romans!

– Bon, appelez ça comme vous voudrez. La police trouve toujours et ça rend les choses encore pires qu'elles étaient. (Il laissa ses paroles faire leur effet.) Je vais vous dire, vous n'êtes pas dans le bon chemin. Supposons que Dolly ait eu un crêpage de chignon avec la Topham au sujet des bijoux? Supposons qu'elle soit allée là-bas la nuit dernière? Supposons que les empreintes soient les siennes? Tout cela prouve-t-il que c'est elle qui a cogné la Topham? Non! Pourquoi ne serait-ce pas un cambrioleur?

Le commissaire Mason secoua la tête.

– Parce que c'est impossible, monsieur.

– Mais pourquoi? Pourquoi, je vous le demande?

– Si vous voulez bien m'écouter, je vais vous le dire. Vous vous souvenez probablement que la neige s'est mise à tomber hier soir un peu après onze heures.

– Non. Nous étions déjà couchés.

– Eh bien, vous pouvez me croire, répondit patiemment Mason. J'ai passé la moitié de la nuit au commissariat. Il neigeait. Et cela n'a cessé que vers minuit. De plus, il vous faudra me croire car nous pouvons facilement le prouver, Mrs Topham vivait et se portait même très bien, un certain temps après minuit. Parce que, voyez-vous, monsieur, elle a téléphoné au commissariat. Elle ne dormait pas et se sentait nerveuse parce qu'elle pensait qu'il y avait des cambrioleurs dans le voisinage. Comme la vieille dame faisait cela en moyenne... (Mason fit une grimace) trois fois par mois, nous n'en avons pas tenu compte. Mais ce que je peux vous dire c'est que son appel téléphonique eut lieu à minuit dix, par conséquent dix minutes au moins après que la neige eut cessé de tomber.

Harry eut une légère hésitation.

– Comprenez-vous, monsieur? continua le commissaire avec la même patience. Mrs Topham n'a été attaquée qu'après la fin de la neige. Autour de sa maison, en ce moment, il y a une neige intacte sur vingt mètres à la ronde, exception faite des traces de pas que miss Brant admet être les siens. (Puis, se levant, exaspéré :) Il n'est pas possible qu'il s'agisse de quelqu'un d'autre. Même si miss Brant refusait de les reconnaître, ces empreintes n'ont pu êtres faites que par elle. Vous, Mr Ventnor, chaussez du 43. Mr Brant, du 42. Que vous ayez essayé de marcher dans des traces de pas faites par du 37? A d'autres! Quelqu'un est entré dans cette maison avec une clé, a frappé à mort la vieille femme, dévalisé son bureau, et est reparti. Or il n'existe aucune autre sorte d'empreinte dans la neige. Qui est allé faire cela? Qui?

Dorothy réfléchissait maintenant presque avec

indifférence. Elle se souvenait du presse-papiers de Mrs Topham. Il trônait sur une table dans un salon qui sentait le renfermé. Une lourde boule de verre avec, à l'intérieur, un minuscule paysage. Quand on secouait cette boule, une tempête de neige en miniature s'élevait. Les coups du meurtrier lui apparurent encore plus horribles.

Elle se demanda si elle y avait laissé l'empreinte de ses doigts. Soudain lui revint en mémoire le visage de Renée Topham. Renée Topham... la meilleure amie de sa mère.

– Je la haïssais dit-elle.

Et, brusquement, elle se mit à pleurer.

Dennison Jameson, de l'étude Morris, Farnsworth & Jameson, Lincoln's Inn Fields, ferma sa serviette d'un coup sec. Il mettait son chapeau et son manteau quand Billy Farnsworth passa la tête dans l'entrebâillement de la porte.

– Bonjour! dit-il. Vous allez dans le Surrey pour l'affaire Brant?

– Oui.

– H'm. Alors, vous croyez aux miracles?

– Non.

– Cette fille est coupable, mon vieux. Vous le savez aussi bien que moi.

– Il est de notre devoir de faire l'impossible pour nos clients.

Farnsworth le regarda attentivement.

– Je le vois sur votre visage. Le don-quichottisme n'est pas mort. Le jeune idéaliste vole au secours de la jolie fille en détresse jurant ses grands dieux que...

– Je ne l'ai rencontrée que deux fois, répondit Jameson. Elle me plaît assez, oui. Mais, si l'on réfléchit une seconde, que peut-on bien trouver d'extraordinaire contre elle?

– Eh bien, que vous faut-il!

– Ecoutez. De quoi accuse-t-on cette fille? On a donné à Mrs Topham plusieurs coups sur la tête avec un presse-papiers en verre. Aucune empreinte digitale sur ce presse-papiers, ce qui prouve qu'il a été essuyé. Mais, après avoir soigneusement pris cette peine, Dorothy Brant serait rentrée se coucher en laissant derrière elle deux séries de pas qu'un avion d'observation aurait pu repérer à quinze cents mètres d'altitude. Vous trouvez cela normal?

Farnsworth semblait pensif.

– Peut-être dira-t-on qu'elle n'a pas toute sa raison, fit-il remarquer. Mais qu'importe la psychologie! Ce sont les faits matériels qui comptent. Nous avons la mystérieuse veuve Topham toute seule dans sa maison. L'unique domestique ne couche pas là. Dans la neige, les traces de pas d'une seule personne : Dorothy Brant qui d'ailleurs, les reconnaît. Matériellement, personne d'autre n'a pu entrer ou sortir de la maison. Quelle conclusion tirez-vous de cela?

– Je ne sais pas, répondit Jameson avec désespoir. Mais je tiens à connaître avant tout sa propre version des faits. La seule chose dont personne ne semble se préoccuper, c'est ce qu'elle pense elle-même.

Lorsqu'il arriva devant la grille, le crépuscule descendait. Un crépuscule bleuâtre qui faisait paraître la neige grise. Jameson s'attarda un instant à cette grille, à regarder l'étroite haie de lauriers qui séparait la propriété Brant de celle de Mrs Topham. Cette haie n'avait rien de spécial. Haute d'environ un mètre quatre-vingts, on y avait pratiqué un paysage en forme d'arc gothique. Précisément devant le passage, se tenait une forte silhouette en imperméable et chapeau qui semblait examiner avec attention la neige qui recouvrait le côté de la haie. Elle avait, pour Jameson, un air familier. A côté, un homme, manifestement le commissaire de police du pays, tenait un appareil photo. Un flash jaillit. Bien que trop loin pour entendre clairement, Jameson eut cependant l'impression curieuse que de la haute silhouette fusait un rire bruyant.

Harry Ventnor, qu'il connaissait un peu, lui ouvrit la porte.

– Elle est là, lui dit-il en désignant d'un signe de tête la pièce de devant. Heu... vous ne la bousculerez pas, n'est-ce pas? Mais... que diable font-ils donc près de cette haie?

Harry regardait au-delà de la pelouse.

– La bousculer? répéta Jameson avec une certaine âpreté. Je suis ici pour l'aider dans la mesure du possible. Ne voulez-vous pas, Mr Brant ou vous, m'apporter votre aide? Pensez-vous vraiment que miss Brant, dans son état normal, ait pu faire ce dont on l'accuse?

– Etat normal? fit Harry.

Et, regardant Jameson de façon bizarre, il n'ajouta rien. Il se détourna brusquement et traversa à grands pas la pelouse.

Pourtant, quand Jameson vit Dorothy, celle-ci ne lui donna pas l'impression de n'avoir pas toute sa raison. Ce fut sa franchise qu'il apprécia surtout, comme il l'avait déjà appréciée auparavant. Ils s'assirent dans la petite pièce toute simple où brûlait un feu de cheminée. Sur le manteau de celle-ci, des coupes d'argent témoignaient des prouesses athlétiques de Harry, et d'autres trophées des succès de jeunesse de John Brant à Saint-Moritz. Dorothy était elle aussi une fille sportive.

– Pour me conseiller? dit-elle. Pour que je sache quoi répondre quand on viendra m'arrêter?

– Ce n'est pas encore fait, miss Brant.

Elle lui sourit.

– Et pourtant, je parierais que cela vous étonne. N'est-ce pas? Oh! je sais à quel point je me trouve prise dans cette affaire! Je suppose que la police est en train de chercher quelque preuve plus évidente. Et il y a quelqu'un d'autre ici maintenant. Un certain March, de Scotland Yard. Je m'en sens presque flattée.

Jameson se leva. Il comprenait pourquoi la haute silhouette près de la haie lui avait paru familière.

– Le colonel March?

– Oui. Un homme affable, vraiment, répondit Dorothy en abritant ses yeux de sa main. (Sous son ton léger, Jameson sentait ses nerfs tendus.) Ils ont encore une fois fouillé ma chambre sans pouvoir trouver ni la montre ni la broche ni les bagues que l'on me soupçonne d'avoir volées à tante Renée. Tante Renée!

– Je l'ai entendu dire. Mais... Ces quelques bijoux! Pourquoi les auriez-vous volés, surtout à elle?

– Parce qu'ils ne lui appartenaient pas, dit Dorothy en relevant brusquement son visage pâle et en parlant très vite. C'étaient les bijoux de ma mère.

– Calmez-vous.

– Ma mère est morte, reprit Dorothy. Je ne pense pas que quelqu'un ait frappé Mrs Topham à cause des bagues et de la montre. Il y a certainement autre chose. Ma mère était une grande amie de Mrs Topham. C'était toujours « Tante Renée » par-ci,

« Tante Renée » par-là, et ma mère ne cessait de la choyer. Pourtant ces bijoux devaient me revenir un jour. Mais cette chère tante Renée se les est appropriés. Je ne savais pas, jusqu'à hier, ce qu'ils étaient devenus.

» Connaissez-vous ce genre de femme? Mrs Topham est réellement charmante, aristocratique, agréable...

» Je sais qu'elle a beaucoup d'argent, mais je me demande ce qu'elle peut en faire. La seule raison qui la fait s'enterrer ainsi à la campagne, c'est qu'elle est trop avare pour dépenser cet argent en ville. Je n'ai jamais pu la souffrir. Quand ma mère est morte et que j'ai refusé de continuer à la dorloter, tout a changé. Et en quels termes elle parle de nous! Des dettes de Harry et des affaires précaires de mon père. Et de *moi*. (Elle s'arrêta et sourit de nouveau.) Excusez-moi de vous ennuyer avec cela.

– Vous ne m'ennuyez pas.

– Vous trouvez ces choses plutôt ridicules, n'est-ce pas?

– Ridicules, répéta Jameson, l'air grave, n'est pas le mot que j'emploierais. Donc, vous vous êtes querellée avec elle?

– Oh! oui, et bien! Une magnifique dispute. Tout ce qui se fait de mieux.

– Quand?

– Hier. Parce que je lui ai vu au poignet la montre de ma mère.

Tout en parlant, Dorothy regardait le feu audessus duquel les coupes d'argent brillaient.

– Peut-être me suis-je laissée aller à en dire plus que je n'aurais dû, continua-t-elle. Ni mon père ni Harry ne m'ont apporté leur aide. Je ne blâme pas papa. Ses affaires le tracassent tellement et son mauvais bras aussi parfois, que tout ce qu'il désire, c'est avoir la paix. Quant à Harry, il n'aime pas vraiment Mrs Topham. Mais elle s'est entichée de lui et ça le flatte. Et moi, je suis au milieu de tout cela. C'est « Dolly, fais ceci », « Dolly, fais cela », « chère petite Dolly, ça ne t'ennuie pas... » Mais si, cela m'ennuie. Et quand j'ai vu cette femme portant la montre de ma mère et s'apitoyant sur elle-même parce qu'elle ne peut pas se permettre d'avoir une bonne, j'ai brusquement senti qu'il fallait faire quelque chose. Et je suppose que c'est ce qui a dû arriver.

Jameson lui prit les mains.

– Alors, qu'avez-vous fait?

– Je ne sais pas. C'est bien justement l'ennui.

– Mais...

– Non. C'est justement une chose dont Mrs Topham a toujours ri. Vous ne savez pas ce que vous faites quand vous marchez pendant votre sommeil. Ridicule, n'est-ce pas? continua-t-elle après un nouveau silence. Complètement grotesque. Pour les autres, peut-être. Mais pas pour moi! Je vous assure. Depuis mon enfance, quand je me trouve très fatiguée ou épuisée nerveusement, cela se produit. Une fois, j'ai même descendu l'escalier, j'ai préparé et allumé un feu dans la salle à manger, et mis la table. J'admets que cela n'arrive pas souvent. Et jamais avec un pareil résultat. (Elle essaya de rire.) Mais pourquoi pensez-vous que mon père et Harry me regardent comme ils le font? C'est bien ça le pire. Je ne sais même pas si oui ou non je suis une meurtrière.

C'était terrible.

Jameson dut l'admettre intérieurement. Il se mit à marcher dans la petite pièce. Le regard des yeux bruns de Dorothy ne le quitta pas. Où qu'il regardât lui-même, il voyait la tension de son visage pâle.

– Voyons, fit-il d'une voix calme, tout cela est absurde.

– Oh! je vous en prie, ne dites pas des mots pareils. Ils n'ont rien d'original.

– Pensez-vous sérieusement être allée chez cette femme sans en avoir gardé le moindre souvenir?

– Serait-ce plus difficile que d'allumer du feu?

– Ce n'est pas ce que je vous demande. *Croyez-vous* l'avoir fait?

– Non.

Cette question contenait tout. Dorothy à présent lui faisait confiance. Il y avait entre eux de la compréhension et de la sympathie, une force mentale presque aussi tangible que la chaleur qui se dégage des corps.

– Au fond de moi, non, je ne le crois pas. Je pense que cela m'aurait réveillée. Et puis... enfin, je n'ai pas trouvé de sang sur moi. Mais quelles preuves trouver?

Les preuves. Toujours les preuves...

– Je ne peux nier être allée là-bas. Je me souviens de m'être à moitié réveillée en revenant. Je me trouvais au milieu de la pelouse, dans la neige. Je portais mon manteau de fourrure sur mon pyjama. Je sentais la neige tomber sur mon visage et celle du sol mouiller mes pieds à travers mes mocassins. Je tremblais. Et je me suis mise à courir. C'est tout. Si je ne l'ai pas fait, qui d'autre a pu le faire?

– Je vous demande pardon, dit à ce moment-là une voix nouvelle. Cela vous ennuierait-il que j'allume?

Dennis Jameson sut tout de suite à qui appartenait cette voix. On entendit une main tâtonner pour trouver le commutateur, puis, soudain, il fit clair dans la petite pièce. Le colonel March, souriant, vint se chauffer près de la cheminée. Ses cent cinq kilos disparaissaient sous un imperméable aussi grand qu'une tente. Il portait un grand béret de tweed sous lequel son visage couvert de taches de rousseur était rouge de froid. Il fumait, avec un plaisir bruyant, une pipe au large fourneau qui menaçait de brûler sa moustache.

– Ah! Jameson! s'exclama-t-il. (Et, retirant sa pipe de sa bouche, il fit à Jameson un geste de bienvenue.) C'*était* donc vous. Je pensais bien vous avoir vu entrer. Je ne voulais pas vous déranger, mais je crois utile que miss Brant sache deux choses.

Dorothy se tourna vivement de son côté.

– Premièrement, continua le colonel March, Mrs Topham est hors de danger. Elle a même pu prononcer quelques mots, encore incohérents. Deuxièmement, il y a dans votre jardin la chose la plus étrange que j'aie jamais vue.

Jameson siffla d'admiration.

– Ai-je besoin de vous présenter cet homme? demanda-t-il à Dorothy. Il dirige le Service des Affaires Inclassables. Qu'il arrive quelque chose d'étrange, simple mystification ou affaire sérieuse, on fait appel à lui. Et il est doué d'un tel esprit sagace qu'il tombe juste presque chaque fois. A ma connaissance il a déjà enquêté sur la disparition d'une partie de maison, sur un cadavre ambulant, et retrouvé une pièce de mobilier soi-disant introuvable. S'il en vient à reconnaître qu'il y a ici une chose inhabituelle, vous pouvez le croire.

Le colonel March hocha la tête d'un air très sérieux.

– Oui, dit-il, c'est pourquoi vous me voyez ici. La police a pensé que nous nous intéresserions peut-être à cette empreinte de pied.

– Quelle empreinte? s'écria Dorothy. Vous voulez parler...

– Non, pas de la vôtre, miss Brant. D'une autre. Mais laissez-moi vous expliquer. Je voudrais tout d'abord que vous alliez tous les deux regarder par la fenêtre la haie de lauriers qui sépare ce jardin de l'autre. Il fait presque nuit, faites bien attention.

Jameson marcha vers la fenêtre.

– Eh bien, dit-il, qu'y a-t-il à voir? Ce n'est qu'une simple haie.

– Comme vous le remarquez avec tant de pertinence, c'est en effet une haie. Maintenant, répondez-moi. Pensez-vous qu'une personne pourrait marcher sur le faîte de cette haie?

– Grand Dieu, non!

– Non? Pourquoi pas?

– Je ne vois pas où réside la plaisanterie, dit Jameson. Je vous répondrai simplement que la haie n'étant épaisse que de quatre ou cinq centimètres elle supporterait à peine un chat. Si vous essayiez d'y monter vous tomberiez au travers comme une tonne de briques.

– Parfaitement exact. Alors que penseriez-vous si je vous disais que quelqu'un pesant au moins soixante-quinze kilos a grimpé le long de cette haie?

Personne ne répondit. La chose paraissait tellement invraisemblable que personne ne pouvait parler.

Dorothy Brant et Dennis Jameson se regardaient.

– Il semblerait pourtant, reprit le colonel March,

que quelqu'un l'ait fait. Regardez bien la haie. Vous voyez le passage en arceau? Juste au-dessus, dans la neige accumulée sur le côté de la haie, il y a l'empreinte d'un pied. D'un grand pied. Je crois qu'il est possible de l'identifier par le talon, bien qu'une grande partie soit brouillée et indistincte.

A ce moment-là, d'un pas lourd mais cependant rapide, le père de Dorothy entra dans la pièce. Il semblait avoir quelque chose à dire, mais sans doute préféra-t-il se taire en voyant le colonel March. Il alla vers Dorothy, qui le prit par le bras.

– Ainsi, insista Jameson, quelqu'un aurait grimpé sur cette haie?

– Non, répondit March. Comment l'aurait-il pu?

Jameson se ressaisit.

– Voyons, monsieur, vous avez bien dit, *comment l'aurait-il pu*? Or vous n'êtes pas le genre d'homme à vous avancer sans être sûr de votre coup. Je me doute qu'il doit y avoir un quelconque rapport avec cette affaire. Mais personnellement je ne vois pas l'intérêt de savoir si l'on a pu grimper sur cette haie puisqu'elle ne mène à rien. Elle ne va pas chez Mrs Topham. Elle ne fait que séparer les deux propriétés. La question est de savoir comment on a pu aller d'ici à l'autre maison, à travers vingt mètres de neige intacte, sans laisser de traces? Parce que je suis absolument certain que, comme moi, vous ne croyez pas miss Brant coupable.

Le colonel March eut l'air de s'excuser.

– Je sais qu'elle ne l'est pas, répondit-il.

Dans la mémoire de Dorothy passa de nouveau le souvenir du lourd presse-papiers à l'intérieur duquel on déclenchait en le secouant une tempête de neige en miniature.

– Je savais bien que Dolly n'avait pas fait cela, dit

John Brant en passant brusquement son bras valide autour des épaules de sa fille. Je le savais. Je le leur ai dit. Mais...

Le colonel March lui imposa silence.

– Le voleur, miss Brant, n'en voulait pas aux bijoux de votre mère. Ce qu'il cherchait? Environ quinze cents livres sterling en billets et pièces d'or cachés dans ce vieux bureau. Vous sembliez vous demander ce que Mrs Topham faisait de son argent. Eh bien, voilà. Les premiers mots qu'elle a pu prononcer dans une semi-inconscience furent pour un vieux meuble dans son salon, le dernier endroit où les cambrioleurs pouvaient fouiller. Sauf un.

– Sauf un? répéta John Brant, qui eut l'air de regarder en lui-même.

Un brusque et inquiétant soupçon traversa l'esprit de Jameson.

– Oui, sauf un qui savait, continua March. Vous, miss Brant, vous vous trouviez ainsi immédiatement soupçonnée. Il n'y avait pas de méchanceté en cela, simplement une façon d'éviter ennuis et châtiment. Maintenant, écoutez ce que vous avez fait en réalité, miss Brant. (Le visage de March s'assombrit.) Vous êtes sortie de chez vous la nuit dernière. Mais vous n'êtes pas allée chez Mrs Topham, pas plus que vous n'avez fait ces deux séries d'empreintes de pas artistiques dans la neige. Vous avez dit avoir senti cette neige sur votre visage aussi bien que sous vos pieds. Il est facile d'en déduire qu'il neigeait donc toujours. Vous êtes sortie dehors comme font beaucoup de somnambules. Vous avez été inconsciemment frappée par l'air froid et cette neige et vous êtes revenue ici avant que celle-ci n'ait fini de tomber recouvrant ainsi les traces de pas que vous aviez pu faire.

» Le vrai coupable – lui, bien éveillé – vous a

entendue rentrer et vous remettre au lit. Il a vu là une chance de rejeter sur vous un crime que vous pouviez même croire avoir commis. Il s'est glissé dans votre chambre pour y prendre vos pantoufles, et, quand la neige s'est arrêtée, il est allé chez Mrs Topham. Sans intention de la tuer. Elle ne dormait pas et l'a surpris. Et voilà pourquoi Harry Ventnor l'a frappée.

– Harry...

Dorothy jeta ce nom dans un cri, puis se tut. Elle se tourna vivement vers son père, puis regarda droit devant elle. Et, soudain, elle se mit à rire.

– Naturellement, dit le colonel March, comme d'habitude il laissa se porter les soupçons sur... comment disiez-vous?... sur la « chère petite Dolly »...

John Brant semblait soulagé, mais il avait l'air troublé, ennuyé.

– Monsieur, dit-il au colonel March en fermant à demi les paupières, je ne mets absolument pas en doute ce que vous avancez là. Ce garçon m'a toujours causé beaucoup d'ennuis. Mais ne vous trompez-vous pas?

– Non.

– Il ne peut avoir fait cela! C'est le fils d'Emily, le fils de ma sœur. Il est peut-être mauvais garçon, mais il n'a rien d'un magicien.

– Vous oubliez, fit remarquer le colonel March, une certaine empreinte de pas pointure 43. Vous oubliez cette intéressante trouvaille dans la neige accumulée sur le côté d'une haie qui ne supporterait pas le poids d'un chat. Une empreinte parfaitement reconnaissable.

– Mais c'est justement là que rien ne va plus! s'exclama Brant. Les traces dans la neige ont été faites par des chaussures de pointure 37! Harry n'a pu mettre ces chaussures. C'est une impossibilité matérielle. Il chausse du 43. Vous ne pensez pas qu'il ait pu faire entrer ses pieds dans des mocassins de cuir qui vont à ma fille?

– Non, répondit le colonel, mais il a pu y mettre ses mains.

Il y eut alors un silence. Le colonel avait pris un air songeur, presque content.

– Et à l'aide de ces gants, étranges peut-être, mais bien pratiques, continua-t-il, Harry Ventnor est tout simplement allé chez Mrs Topham en marchant sur les mains. Pour un gymnaste entraîné – comme toutes ces coupes l'indiquent – c'était facile. Pour un écervelé toujours à court d'argent, c'était l'idéal. La couche était mince et ne risquait pas de révéler une différence de poids. Devant chaque porte protégée par l'avancée du toit, un endroit libre lui permettait de se remettre debout. Et les occasions ne lui ont pas manqué de se procurer une clé de la porte de service. Malheureusement il y avait ce passage, assez bas, dans la haie. En marchant sur les mains, ses jambes se trouvaient pliées, ses pieds à la verticale, pour qu'il pût tenir en équilibre. Il a commis la gaffe de laisser cette empreinte de semelle de chaussure sur le côté de la haie. A dire vrai, je suis enchanté de ce stratagème. Cela met le crime à l'envers. Une empreinte de pas dans le ciel, c'est vraiment...

– Une belle arrestation, superbe... conclut le commissaire Mason apparaissant sur le seuil de la porte. Nous l'avons retrouvé du côté de Guildford. Il avait dû flairer quelque chose en nous voyant prendre des photographies. L'argent était sur lui.

Dorothy regarda longuement l'homme épais et

lourd, à la tenue négligée, qui gloussait toujours de plaisir.

Puis elle ne résista pas à cette satisfaction communicative.

– Je vois, remarqua Dennis Jameson, que tout le monde a l'air de bien s'amuser. Pour ma part, j'avoue avoir ressenti aujourd'hui deux chocs bien désagréables. Et, un moment, j'ai craint d'en recevoir un autre. J'ai vraiment cru que vous alliez accuser Mr Brant.

– Moi aussi, avoua Dorothy en souriant à son père. Je suis si contente maintenant.

John Brant parut surpris, mais pas autant que le colonel March.

– Voyons, fit celui-ci, je ne vous comprends vraiment pas. Je dirige, vous l'avez dit, le service des Affaires Inclassables. Que vous ayez un fantôme dans votre grenier, ou une empreinte de pas sur le haut de votre haie, appelez-moi. Je dois vous confier que dans ce service vous devez avant tout tirer parti des certitudes lorsqu'il y en a. Or si vous soupçonnez un homme d'avoir commis un crime en marchant sur les mains, évitez à priori de vous encombrer l'esprit avec le seul qui, dans la maison, ait un bras paralysé...

Traduit par Simone Millot-Jacquin.
Titre original :
THE FOOTPRINT IN THE SKY.

CHEZ PERSONNE

Mr Ronald Denham était rayonnant. Il écoutait une musique magnifique... Il voyait plusieurs soleils... Et tout ça dans sa tête... Quand le gardien du parking le mit dans un taxi, il souriait béatement. Il adressa au chauffeur de taxi un sourire bienveillant. Il souriait encore quand le portier de nuit de l'immeuble où il habitait, dans Sloane Street, l'aida à s'extraire du taxi... Il éprouvait un irrésistible besoin de distribuer des billets de banque à n'importe qui.

Ronald Denham aurait nié énergiquement qu'il avait un peu trop bu. Il ne pouvait pourtant pas nier qu'il avait assisté à un excellent banquet de célibataires pour enterrer la vie de garçon de Jimmy Belchester. Mais il était prêt à affirmer qu'il avait été animé uniquement par des soucis de convenance... et qu'il avait abondamment prouvé son désir de rester sobre en quittant la fête alors que beaucoup de convives festoyaient encore.

Ainsi qu'il l'avait dit dans un petit discours, son propre mariage avec miss Anita Bruce devait avoir lieu dans moins d'un mois. Il se trouvait qu'Anita habitait l'un des appartements meublés du même immeuble que lui, et au même étage. Cette pensée l'avait soutenu sur le chemin du retour. Quand il était un peu gai, il avait une envie folle d'aller réveiller les gens au milieu de la nuit pour leur raconter ses histoires. Il s'était donc demandé s'il allait réveiller Anita. Après réflexion, il y avait renoncé avec beaucoup de mérite. Il ne comptait même pas réveiller Tom Evans, qui partageait avec lui l'appartement, d'autant plus que cet homme d'affaires, austère malgré son jeune âge, restait d'habitude si tard à son bureau qu'il n'était probablement pas encore rentré.

C'est ainsi que, quelques minutes avant minuit, Denham pénétra dans le hall de Medici Court. Pearson, le portier de nuit, le suivit jusqu'à l'ascenseur.

– Tout va comme vous voulez, monsieur? s'enquit-il poliment.

Denham le rassura et lui dit qu'il était vraiment un excellent ténor.

– Vous... euh... vous n'avez pas trop envie de chanter, monsieur? demanda Pearson avec appréhension.

– Ma foi, dit Denham, qui n'avait pas encore envisagé la chose, je crois que si. Vous avez d'excellentes idées, Pearson. Mais alors, je vais chanter des chansons légères... Rien que des chansons où il est question de sentiments nobles, comme...

– Franchement, monsieur, insista le portier, si j'étais à votre place, je ne chanterais pas. *IL* est là-haut, vous savez... Nous croyions qu'il allait partir pour Manchester, mais il a changé d'avis. Il est chez lui!

Cette remarque concernait le despote qui régnait sur Medici Court, Cellini Court, Bourbon Court, ainsi que sur une demi-douzaine d'autres immeubles du même genre. Sir Rufus Armingdale, le roi des bâtisseurs, ne se contentait pas, en effet, de remplir Londres d'appartements meublés qui, vraiment, constituaient le fin du fin en matière de confort pour un prix modéré. Il affichait sa confiance dans la qualité de ses installations en y habitant lui-même. On citait souvent ses propres paroles qu'il appuyait d'un bras tendu catégorique : « Pas de logement spécial pour moi. Pas de château dans le Surrey. Pas de caserne dans Park Lane. Rien qu'un appartement ordinaire. Et pas le plus cher. C'est là que je me trouve le plus à mon aise. C'est là que n'importe qui peut me trouver. »

Même si l'on tenait compte de toutes les facilités que l'on trouvait dans les « Appartements meublés Armingdale », il fallait convenir que ses règlements draconiens étaient à la limite du supportable : Tous les appartements d'un même immeuble étaient meublés de façon absolument identique; les meubles devaient à tout prix rester aux emplacements fixés une fois pour toutes par Rufus Armingdale. (Medici Court était Renaissance, tandis que Bourbon Court était Louis XV) : de luxueuses cellules dans une tour, qui ne se différenciaient l'une de l'autre que par un tableau sur un mur, ou un objet sur une table.

Les baux de location de sir Rufus allaient jusqu'à proscrire le moindre tableau autre que ceux qu'il avait choisis. Le fait qu'il se considérait comme un amateur d'art, et qu'il s'était souvent fait photographier dans son propre salon à côté de son Greuze favori, ou de son Corot préféré, ne manquait pas de provoquer des sourires. Il n'en avait cure. Il fallait en passer par où il voulait : signer le bail tel quel ou aller ailleurs.

S'il en avait été autrement, l'aventure arrivée à

Ronald Denham eût été impossible. Rappelons-nous qu'il revenait d'un dîner de célibataires; qu'il s'abstint de chanter sur le conseil de Pearson; qu'il prit l'ascenseur pour monter à son second étage; et qu'il pénétra dans l'appartement que, le champagne aidant, il croyait être le sien.

Qu'il soit allé au second est indiscutable. Pearson le vit poser le doigt sur le bouton voulu dans l'ascenseur. Mais on ne peut rien affirmer de plus, car le palier était plongé dans l'obscurité. Ayant ouvert une porte – soit qu'il se soit servi de sa propre clef, soit que la porte fût ouverte, Denham se félicita d'être rentré à bon port sans encombre.

La tête lui tournait bien un peu. Il se trouva dans le petit vestibule où la lumière était allumée. Au bout d'un instant, il dut se rendre dans le salon, car il se retrouva assis dans un fauteuil, contemplant, comme à travers un voile, le cadre familier. Les lampes étaient allumées et son regard fut naturellement attiré par les abat-jour dont l'un était orné d'un dessin représentant un dragon.

Cependant, quelque chose lui parut bizarre. Quelque chose au sujet des abat-jour. Après avoir réfléchi, il se dit que ni lui ni Evans n'avaient, dans l'appartement, d'abat-jour comme celui-là. Ils ne possédaient pas non plus de presse-livres en bronze. Quant aux rideaux...

A ce moment, un tableau fixé au mur attira l'attention de son esprit brumeux; il le regarda attentivement. C'était un petit tableau aux couleurs ternes, pendu au-dessus du bahut. Il lui vint aussitôt à l'esprit qu'il s'était trompé d'appartement.

Tout, maintenant, semblait confirmer cette idée.

Ce fut comme une image floue qui devient nette après la mise au point...

– Oh! Je suis vraiment navré, dit-il en se levant.

Il n'y eut pas de réponse. L'énormité même de son erreur lui redonna un peu d'aplomb. Voyons! Chez qui avait-il bien pu entrer? A part le sien, il y avait, au deuxième étage, trois autres appartements. L'un d'eux était celui d'Anita Bruce. Les deux autres étaient occupés, l'un par un jeune journaliste plein d'allant nommé Conyers – et l'autre était celui du redoutable sir Rufus Armingdale...

Soudain, il fut saisi d'une peur panique, à la pensée qu'à tout moment un locataire hors de lui pouvait foncer sur lui et le traiter de voleur, ou même de bandit. L'esprit en déroute, il se précipita vers la porte, et faillit se jeter dans les bras d'un homme.

Cet homme était tranquillement assis dans un grand fauteuil près de la porte du salon. Il était habillé avec recherche, mince, plus très jeune, et portait des lunettes aux verres très épais. Sa tête était penchée en avant comme s'il méditait profondément. Il était coiffé d'un chapeau mou, et revêtu d'un imperméable de couleur violette. Un vêtement bien peu distingué pour un homme élégant. Sur le tissu brillant, les lumières multipliaient leurs reflets.

– Veuillez m'excuser, je vous prie...

Denham parla abondamment pendant plusieurs minutes avant de se rendre compte que l'homme ne bougeait pas.

Il tendit la main et toucha le manteau de pluie. C'était un de ces imperméables américains, presque sans coutures, confectionnés dans un tissu très doux au toucher, jaunâtre à l'extérieur, violet à l'intérieur. Il remarqua qu'il avait été mis à l'envers, le violet au-dehors. Il fut sur le point de le lui faire remarquer, quand la tête de l'homme se pencha un peu plus en avant, le ciré brilla de tous ses feux, et Denham s'aperçut que l'homme était mort.

Quand, à 0 h 45, Tom Evans sortit de l'ascenseur, le palier du second étage était plongé dans l'obscurité la plus complète. Il fit de la lumière en touchant un commutateur près de l'ascenseur. Mais il s'arrêta court en poussant un juron.

Evans, maigre, brun, avec des sourcils ténébreux qui se rejoignaient au-dessus des yeux en une ligne rectiligne, rappelait un peu quelque baron normand d'un roman moyenâgeux. Il portait une serviette et, en dépit de sa jeunesse, paraissait un sévère homme d'affaires. Ce qu'il apercevait en ce moment lui faisait oublier tous ses soucis de travail. Le palier avait quatre portes. Chacune d'elles était pourvue, sur le côté, d'un numéro en chiffres très petits. Près de la porte de l'appartement d'Anita Bruce, Ronald Denham était affalé sur une banquette de chêne... Une trace de coup se voyait à la base de son crâne. Et Evans trouva qu'il respirait d'une façon inquiétante.

Il y avait à peine cinq minutes que Denham avait été plongé dans une demi-inconscience par un coup violent à la tête. La douleur était si intense qu'elle contribua à le faire revenir à lui. Il eut ensuite vaguement conscience de la figure maigre et du nez crochu d'Evans se penchant sur lui, tandis que lui parvenait faiblement la voix qui lui débitait les habituelles remontrances :

– Je ne vois aucun inconvénient à ce que vous vous saouliez. Je dirai même que je m'y attendais. Vous devriez toutefois être capable de tenir le coup mieux que ça... Où diable êtes-vous encore allé traîner?

Les premiers mots que Denham prononça furent :

– Il a mis son imperméable à l'envers.

Peu à peu la mémoire lui revint, il commença à raconter son histoire.

– ... Je vous répète qu'il y a un mort dans l'un des appartements! Je crois qu'il a été assassiné. Tom! Je ne suis pas ivre. Je vous le jure! Quelqu'un s'est glissé derrière moi et m'a assommé. Je venais juste de le trouver...

– Alors, comment êtes-vous venu jusqu'ici?

– Seigneur! Comment le saurais-je? Ne discutez donc pas. Aidez-moi plutôt à me relever. On a dû me traîner. Si vous ne me croyez pas, touchez là, derrière ma tête...

Evans hésitait. C'était un homme positif. On ne pouvait nier que Denham eût été frappé. Plein d'incertitude, il regarda autour de lui.

– Mais qui est cet homme? demanda-t-il. Et dans quel appartement l'avez-vous vu?

– Je ne sais pas. C'était un homme d'un certain âge, avec de gros verres à ses lunettes et un manteau de pluie violet. Je ne le connaissais pas. Il me semble qu'il avait l'air d'un Américain.

– Un manteau violet? C'est idiot. Personne ne porte de manteau violet.

– Je vous répète qu'il le portait à l'envers. Si vous me demandez pourquoi, je me flanque la tête contre le mur et je retombe dans les pommes...

Il aurait eu du mal à mettre sa menace à exécution. Il voyait trouble et sa tête bourdonnait comme une rotative en plein travail. Il ajouta cependant :

– On devrait pouvoir déterminer assez facilement de quel appartement il s'agit. Je peux en donner une description fidèle.

Il s'arrêta brusquement. Deux portes venaient de s'ouvrir en même temps. Alertés par le bruit de leurs voix, Anita Bruce et sir Rufus Armingdale sortaient de chez eux, poussés d'ailleurs par des sentiments différents : l'une par la curiosité, l'autre par la colère.

Si Evans avait été plus psychologue, il aurait pu prévoir leurs réactions. Quoi qu'il en soit, son regard alla de l'un à l'autre et on peut facilement imaginer ses pensées. Car il était le subordonné de sir Rufus, étant le directeur du bureau de Sloane Square des « Appartements meublés Armingdale ». Il ne pouvait pas se permettre le moindre écart.

Anita parut comprendre la situation du premier coup d'œil. Elle était petite, brune, dodue, avec des cheveux flous. Elle portait un élégant déshabillé et fumait une cigarette. Voyant l'embarras des trois autres, elle retira la cigarette de sa bouche et leur sourit. Sir Armingdale, lui, avait l'air plus renfrogné que redoutable. Il avait un visage tourmenté dont les traits chaotiques évoquaient la face d'un bouledogue. Mais sa vieille robe de chambre, serrée jusqu'au menton comme s'il avait froid, lui enlevait toute autorité. Il avait l'air d'un loueur de meublés quelconque.

Il poussa un profond soupir, comme devant un cas désespéré. Mais, apercevant son employé, il parut reprendre de l'assurance.

– Bonjour, Evans, dit-il. Qu'est-ce que tout cela signifie?

Evans, mis en demeure, dut expliquer :

– J'ai bien peur que nous n'ayons des ennuis, monsieur... Mr Denham... eh bien... Mr Denham a trouvé un homme mort dans l'un des appartements...

– Non! s'écria Anita.

– Un homme mort, répéta Armingdale sans paraître surpris. Où?

– Dans un appartement, il ne sait pas lequel.

– Oh! Pourquoi ne sait-il pas lequel?

– Il a reçu un coup formidable sur la tête, dit Anita qui l'examinait.

Elle tourna la tête et leur jeta par-dessus son épaule :

– Ne vous effrayez pas, Tom. Il est i-v-r-e.

– Je ne suis pas ivre, affirma Denham avec un calme impressionnant. Vous me permettrez de vous faire remarquer que je suis capable de lire et d'écrire, et qu'il y a belle lurette qu'on n'a plus besoin de m'épeler les mots... Seigneur! donnez-moi la f-o-r-c-e. Je vous dis que je peux décrire l'appartement.

C'est ce qu'il fit. Quand il eut fini, il y eut un long silence. Anita, les yeux allumés d'une flamme bizarre, jeta sa cigarette qu'elle écrasa du pied sur le plancher de l'autocrate. Mais l'autocrate était trop absorbé pour le remarquer. Ensuite, elle alla s'asseoir près de Ronald.

– Ron, mon vieux, je crois volontiers à tout ce que vous dites. Mais vous savez bien qu'il ne s'agit pas de mon appartement?

– Je peux également vous dire que ce n'est pas le mien, grinça Armingdale. Il ne s'y trouve aucun cadavre, j'en sors, et j'en suis sûr.

S'ils n'avaient pas si bien connu Armingdale, ils auraient pu croire qu'il voulait plaisanter. Mais l'expression de son visage, lourde, tendue, rappelant plus que jamais le bouledogue, démentait pareille supposition. Il reprit :

– Ce tableau, que vous dites avoir vu, celui qui se

trouvait au-dessus du meuble, pouvez-vous le décrire?

– Je crois que oui, dit Denham. Il était plutôt petit. Il représentait une jeune fille regardant de côté des roses, ou des fleurs du même genre. Il était traité dans ce genre gris-brun qu'on appelle, je crois, un sépia.

Armingdale le regarda fixement.

– Alors, je suis sûr qu'il n'est pas chez moi. Je n'ai jamais possédé le moindre sépia. Si vous dites la vérité, jeune homme, il ne reste qu'un appartement, et je crois que je vais prendre sur moi de frapper, et...

Son regard soucieux se porta sur la porte de l'appartement occupé par Mr Hubert Conyers, du *Daily Record.* Mais il n'eut pas à frapper à la porte. Celle-ci s'ouvrit si brusquement que Denham se demanda s'ils n'avaient pas été tout ce temps observés par la fente de la boîte aux lettres. Hubert Conyers s'avança vivement. C'était un petit homme aux cheveux d'un blond roux, à l'air discret, très différent du journaliste tel que l'imaginait Denham. Ce qu'il y avait en lui de plus remarquable, c'était l'extravagance qu'il apportait à sa façon de s'habiller, mélangeant les couleurs les plus opposées et les plus agressives, qu'il s'agît de vêtements, de cravates, ou de chemises. Ce qui ne l'empêchait pas de paraître assez peu soigné. Il était toujours en train de négocier des affaires. Il y avait, dans ses manières, une force de persuasion latente qui devait lui permettre de se tirer des situations les plus embarrassantes. Il s'avança en enfilant son veston et se glissa adroitement au milieu du groupe.

– Désolé... Désolé... Désolé... s'écria-t-il, semblant avant tout soucieux de se faire pardonner sa présence. Je n'ai pu faire autrement que d'entendre ce que vous disiez. Bonsoir, sir Rufus. Car en fait, mon appartement n'est pas en cause. Les seuls objets qui ornent mon salon sont une collection de cendriers pleins jusqu'au bord, et une bouteille de lait... Venez vérifier, si vous voulez.

Il y eut un silence. Conyers paraissait contrarié. Sir Rufus intervint, non sans bon sens.

– Mais il faut bien que ce soit l'appartement de quelqu'un! Cela tombe sous le sens! Un appartement meublé tout entier ne peut tout de même pas disparaître en fumée... A moins que... attendez donc... à moins que M. Denham ne soit allé à un autre étage, dit Armingdale, qui sembla hésiter devant les autres qui le regardaient. (L'autocrate avait l'air ennuyé.) Allons, reprit-il, car en fait, j'ai dans mon appartement un tableau qui ressemble à celui qu'a décrit Mr Denham. C'est « La jeune fille aux primevères », de Greuze. Mais naturellement c'est une peinture à l'huile. Mr Denham parle d'un sépia... si vraiment, il a vu quelque chose... D'ailleurs, cet homme mort existe-t-il réellement?

Les protestations de Denham furent interrompues tout net par un ronflement d'ascenseur. Mais ce n'était pas celui près duquel ils se trouvaient réunis. C'était l'ascenseur de service, à l'extrémité du palier. La porte s'ouvrit, la grille de protection extérieure de la cage fut tirée et la figure épouvantée du portier de nuit apparut.

– Monsieur, dit Pearson, en s'adressant à Armingdale; comme s'il commençait un discours. Je suis content de vous voir, monsieur. Vous nous avez toujours dit qu'en cas d'événement grave, c'était vous, et non le directeur, qu'il fallait avertir... J'ai bien peur que ce soit très grave... car en fait je... je... j'ai trouvé quelque chose dans cet ascenseur.

Denham se dit qu'ils semblaient tous hantés par l'expression : « car en fait ». Tout le monde l'utilisait. Mais il n'eut pas le temps d'y réfléchir. On venait de découvrir le mystérieux cadavre.

L'inconnu gisait dans un coin de l'ascenseur, face contre terre. Une ampoule placée dans le plafond de la cabine éclairait son chapeau de feutre gris, le rebord des grosses montures de ses lunettes, et son ciré. Mais l'imperméable n'était plus violet. Il avait été mis à l'endroit.

Anita, qui était venue se placer silencieusement à côté de Denham, lui saisit le bras. Comme Tom Evans se penchait, le portier de nuit le retint :

– A votre place, monsieur, j'éviterais de le toucher. Il y a du sang.

– Où?

Pearson montra la tache rouge sur le tapis de caoutchouc gris. Il ajouta :

– Si je ne me trompe, il a été tué d'un coup de couteau en plein cœur, mais je... je l'ai un peu soulevé et je n'ai vu aucune arme.

– Est-ce l'homme que vous avez vu? demanda calmement Armingdale à Denham.

Denham fit signe que oui. Quelque chose de tangible, quelque chose de concret enfin, redonna de la puissance à la personnalité d'Armingdale.

– Sauf, poursuivit Denham, qu'il porte maintenant son imperméable du bon côté. Pourquoi? Qui pourra m'expliquer ça?

Oui, pourquoi?

– Ne vous inquiétez donc pas de l'imperméable, Ron, lui dit Anita à l'oreille. Vous ne le connaissez pas, n'est-ce pas, vous me jurez que vous ne le connaissez pas?

Son insistance lui fit peur. La raison lui en échappait. Elle avait parlé si bas que les autres n'avaient pas dû l'entendre. Mais Denham, qui la connaissait bien, savait que derrière la gravité de ses yeux qui ne cillaient pas, il y avait une raison sérieuse. Inconsciemment, elle lui secouait le bras. Peu à peu, il reprenait ses esprits, malgré la douleur lancinante derrière la tête. Il était perplexe.

– Non, bien sûr, je ne le connais pas. Pourquoi?

– Pour rien, pour rien du tout. Chut...

– Eh! mais je sais qui c'est! dit soudain Hubert Conyers.

Il était accroupi sur le bord de l'ascenseur, le cou tendu pour tâcher d'apercevoir le visage sans le toucher. Quand il se redressa, il avait l'air très excité, et son regard était plein de malice.

– Je l'ai interviewé il y a deux jours. Vous le connaissez sûrement, sir Rufus.

– Sûrement est un bien grand mot, jeune homme. Non, je ne le connais pas. Pourquoi?

– C'est Dan Randolph, le roi des constructions immobilières en Amérique, répondit Conyers en observant attentivement Armingdale. Vous en avez tous entendu parler. C'est lui qui a la manie de tout payer en espèces jusqu'à un million de livres... J'aurais reconnu ces lunettes-là n'importe où. Il était aussi myope qu'une chouette... euh... Si mes renseignements sont exacts, sir Rufus, il était venu en Angleterre en vue de traiter une affaire avec vous?

Armingdale sourit froidement.

– Vous êtes mal informé, jeune homme. Vous ne savez rien du tout... Alors, c'est Dan Randolph? Je savais qu'il était arrivé en Angleterre, mais il ne m'a fait aucune proposition d'affaire.

– Il était peut-être venu dans ce but ce soir, non?

– Peut-être, répondit l'autre avec ce ton de condescendance que prennent les grandes personnes pour parler aux enfants. (Il se tourna vers Pearson.) Vous dites que vous l'avez trouvé dans l'ascenseur. Quand? et comment?

Pearson, volubile, répondit :

– L'ascenseur était au rez-de-chaussée, monsieur. Tout à fait par hasard, j'ai jeté un coup d'œil à travers la vitre de la cabine et je l'ai vu, étendu sur le plancher. Alors, j'ai cru qu'il valait mieux faire monter l'ascenseur et vous le montrer... Quant à savoir qui l'y a placé?... (Il montra du doigt le bouton « Rappel » placé à l'extérieur.) D'un étage quelconque, n'importe qui a très bien pu le mettre et, en pressant ce bouton, le renvoyer en bas... Il n'a certainement pas été mis ici au rez-de-chaussée. Je m'en serais aperçu. D'ailleurs, je l'avais vu ce soir quand il est entré...

– Oh! intervint doucement Conyers. Quand ça?

– Il pouvait être 23 heures, monsieur.

– Qui voulait-il voir?

Pearson secoua la tête non sans quelque impatience.

– Cet immeuble, monsieur, n'a pas d'interphone... Vous devriez savoir que nous n'avons pas le droit de questionner les visiteurs, à moins qu'ils ne soient embarrassés ou qu'il s'agisse de quelqu'un de visiblement inopportun. Je ne sais qui il venait voir. Il a pris l'ascenseur principal; c'est tout ce que je puis vous dire.

– Alors, vous devez savoir à quel étage il allait?

– Non, monsieur, je n'en sais rien.

Pearson introduisit son doigt dans son col, dans un geste qui trahissait son embarras.

– Excusez-moi, monsieur, dit-il, mais qu'est-ce qui vous intrigue tellement?

– Nous avons perdu un appartement, dit Ronald. Mais, peut-être que vous pourriez nous aider... Ecoutez, Pearson, il y a longtemps que vous êtes ici. Vous avez pénétré partout... vous avez vu tous les appartements, tous les salons?

– Oui, monsieur, je crois pouvoir dire que je connais toutes les pièces de cette maison.

– Bon. Alors, sachez que nous cherchons un salon qui est décoré de la façon suivante...

Et pour la troisième fois, il décrivit ce qu'il avait vu. Pearson avait l'air de plus en plus déconcerté. A la fin, secouant la tête, il dit très simplement :

– C'est le salon de personne, monsieur. Il n'y a pas un seul salon comme ça dans tout l'immeuble.

A 3 heures du matin, un groupe de gens moroses était installé chez sir Rufus Armingdale. Tous gardaient les yeux baissés. Le travail de la police était presque terminé. Un inspecteur divisionnaire expéditif, flanqué d'un policier, d'un photographe, et aussi d'un monsieur grand, bienveillant, coiffé d'un chapeau haut de forme, avait enregistré les déclarations de toutes les personnes présentes. Mais aucun indice n'avait été recueilli.

Pourtant, en entrant dans l'appartement de sir Rufus, Denham avait reçu un nouveau choc. Sur le moment, il avait cru retrouver le salon mystérieux. Les chaises espagnoles de cuir repoussé, la grande table, les babioles sculptées l'avaient accueilli comme un cauchemar familier. Et, au-dessus du bahut, il avait vu un tableau qu'il avait déjà contemplé : une petite fille regardant de côté par-dessus une brassée de roses.

– Ce n'est pas le même? lui avait glissé Anita.

– C'est le même sujet, avait-il répondu, mais pas le même tableau. Celui-ci est une huile... Mais qu'est-ce qui se passe donc dans cette maison?

Anita s'était habillée avant l'arrivée des policiers. En se retournant vers lui, elle lui dit précipitamment :

– Vite, Ron... avant que les autres n'arrivent... Dites-moi, vous avez dit la vérité?

– Bien sûr que j'ai dit la vérité... Vous ne pensez tout de même pas que...

– Oh! Je n'en sais rien. Et cela m'est bien égal. Ce que je veux, c'est que vous me disiez la vérité... Ron... Ce n'est pas vous qui l'avez tué, n'est-ce pas?

Il n'eut pas le temps de répondre. Sir Rufus, Conyers et Evans entraient. Et les suivait un grand monsieur aimable qui d'après l'inspecteur divisionnaire Davidson s'appelait le colonel March.

– Voyez-vous, expliqua-t-il aussitôt avec de grands gestes, je ne suis pas ici officiellement. J'étais entré par hasard au commissariat pour bavarder avec l'inspecteur Davidson, en sortant du théâtre, et il m'a demandé de le suivre. Aussi, si mes questions vous ennuient, vous n'aurez qu'à m'envoyer promener, même si j'appartiens tout de même à Scotland Yard.

– Je vous connais bien, colonel, dit Conyers avec une grimace. Vous êtes le chef de la section D-3, le Service des Affaires Inclassables. Certains l'ont baptisée « la boîte à malices ».

Le colonel hocha la tête avec un air sérieux. Il portait un manteau sombre, et avait repoussé en arrière son chapeau haut de forme, découvrant un front haut et large. Avec son teint rubicond, ses moustaches rousses, ses yeux bleus débonnaires, il était le portrait type du colonel des journaux illustrés. Il fumait une pipe au fourneau énorme, de sorte qu'il avait plus l'air de renifler la fumée qui en sortait que de l'aspirer par le tuyau. Il avait l'air de bien s'amuser.

– Vous me flattez, cher monsieur, assura-t-il. Plus simplement, je suis celui qu'on a choisi pour mener les enquêtes les plus saugrenues. Par exemple, si on vient me dire que le faubourg de Stepney est terrorisé par un éléphant rose, il faut que j'arrive à savoir s'il s'agit d'une hallucination collective, d'une erreur, d'une mystification, ou d'un délit... Autrement, les hommes de valeur perdraient leur temps. Vous n'avez aucune idée du nombre de plaintes ahurissantes qui nous parviennent. J'ai pensé qu'ici vous vous trouviez dans une situation de ce genre. L'inspecteur est de mon avis. Si vous ne voyez pas d'inconvénient à répondre à mes questions...

– Tant que vous voudrez, coupa sir Rufus Armingdale. A condition qu'il y ait quelque espoir de résoudre cette énigme diabolique...

Le colonel March fronça les sourcils.

– L'inspecteur Davidson a des raisons de croire qu'elle est déjà résolue... Un as, ce Davidson... Croyez-moi...

Il y eut un silence. Le ton affable dont s'était servi jusque-là le colonel March semblait désormais comporter quelque insinuation menaçante. Pendant un bon moment, personne n'osa lui demander ce qu'il voulait dire. Finalement, Conyers répéta :

– Déjà résolue?

– Si nous commencions par vous, sir Rufus, dit March avec courtoisie. Vous avez dit à l'inspecteur que vous ne connaissiez pas personnellement la victime. Cependant, le bruit court que cet homme était venu en Angleterre spécialement pour vous rencontrer.

Armingdale marqua une hésitation.

– Je n'ai pas connaissance des motifs de sa venue. Il se peut que, entre autres projets, il ait eu celui de me voir. C'est même probable. Il m'avait écrit d'Amérique. Mais il ne m'avait pas encore annoncé son arrivée. De mon côté, je n'avais pas bougé. Il s'agissait d'une affaire délicate...

– Quel genre d'affaire?

– Il avait l'intention de m'acheter l'option que je détenais sur un immeuble – peu importe lequel. Je vous le dirai confidentiellement si vous insistez.

– Il y avait une grosse somme en jeu?

Le magnat parut hésiter.

– Quatre mille livres, à peu près.

– Ce n'était donc pas pour vous une affaire d'une importance colossale. Etiez-vous disposé à vendre?

– Probablement.

Le regard du colonel se porta, comme par hasard, sur le tableau surmontant le meuble bas.

– Voyons, sir Rufus, parlons de ce Greuze, « La jeune fille aux primevères ». N'a-t-il pas été reproduit, tout récemment, en vraie grandeur, dans une double page du *Metropolitan Illustrated News*?

– C'est exact, dit Armingdale.

Après un temps, il ajouta :

– En sépia.

Cette remarque, négligemment jetée, les fit tous se pencher en avant. Ils sentaient tous qu'on approchait désormais de la solution du problème. Personne ne comprenait bien encore pourquoi.

– Très bien. Encore deux questions. Je suppose que chacun de ces appartements communique avec un escalier de secours conduisant à la ruelle, derrière la maison?

– Oui, pourquoi?

– Est-ce que la même clef peut ouvrir plusieurs portes d'appartement?

– Non, certainement pas. Toutes les serrures sont d'un modèle différent.

– Merci. Maintenant, monsieur Conyers, à vous. Une simple question. Etes-vous marié?

Jusque-là, Conyers avait paru suivre l'interrogatoire avec un intérêt mêlé de curiosité. Un peu comme le gamin qui s'apprête à prendre la fuite dès qu'il aura cassé le carreau... A la question, son visage se rembrunit.

– Marié? Non.

– Et vous n'avez pas de valet de chambre?

– Colonel, la réponse à une telle question devrait être un formidable éclat de rire. Franchement, je n'apprécie pas vos manières. Beston, notre chroniqueur criminel, me l'avait bien dit. Avec vous, c'est toujours la démesure : « Beston, si jamais vous publiez une simple allusion au cas de Un Tel, j'aurai votre peau... » Qu'est-ce que ça peut vous faire que je sois marié ou non? Ou encore que j'aie ou non un domestique?

– Cela peut avoir une énorme importance, répondit March très sérieusement. A vous, maintenant, miss Bruce... Quelles sont vos occupations, miss Bruce?

– Je suis décoratrice d'intérieur, répondit Anita.

Là-dessus, elle éclata de rire. Un rire un peu nerveux, peut-être. Renversée en arrière sur sa chaise, elle était secouée d'un tel fou rire que ses yeux se remplirent de larmes. Elle étendit les mains en avant, comme pour s'efforcer de s'arrêter...

– Je vous demande infiniment pardon... Vous ne comprenez donc pas? Le meurtre a été commis par un décorateur d'appartement... Voilà une clef possible du mystère...

Le colonel arrêta d'un geste la protestation d'Armingdale.

– Continuez, dit-il brièvement.

– J'ai pensé dès le début qu'il n'y avait pas d'appartement fantôme. On a simplement légèrement modifié l'aspect d'un salon. Tout le mobilier, tables, chaises, meubles bas, sont exactement les mêmes partout. Un appartement ne se distingue d'un autre que par quelques menus objets : tableaux, abat-jour, presse-livres, etc... qu'il est facile de changer en quelques minutes. Ronald a pénétré par hasard dans l'appartement du meurtrier alors qu'il venait de commettre son crime. Cela le mettait dans une situation plutôt gênante. A moins de tuer Ronald, lui aussi, le cadavre le dénonçait, et Ronald pouvait décrire l'appartement. Alors, il a pensé à une meilleure combinaison. Il a placé le corps dans l'ascenseur qu'il a expédié au rez-de-chaussée, il a traîné ce pauvre Ron sur le palier, et il a modifié l'ornementation de son appartement. Il ne lui restait plus qu'à attendre tranquillement qu'on apporte la preuve que c'était dans son appartement que le cadavre avait été vu.

Il était bien difficile de dire si le visage d'Anita exprimait le défi ou la peur.

– Vous chauffez, miss Bruce, dit le colonel. Indiscutablement, vous chauffez. C'est bien pourquoi je me demande s'il est encore utile que je vous raconte tout bonnement ce qui s'est passé.

– Je ne vous comprends pas.

– Voyons, il y a des objections à votre supposition

que l'appartement a été modifié dans sa décoration. Il faudrait supposer que personne n'y avait encore pénétré, ni vu son aspect primitif. Il faudrait admettre que le meurtrier a pu se procurer d'autres tableaux, d'autres abat-jour, d'autres serre-livres, en plein milieu de la nuit. Est-ce qu'il ne convient pas d'examiner plutôt les choses à l'envers?

– Comment, à l'envers?

Le colonel semblait avoir renoncé à tout ménagement.

– D'abord, dit-il, quelqu'un a préparé un faux salon, un salon factice. Il a mis en place d'autres abat-jour, d'autres serre-livres, la copie d'un tableau connu, et même d'autres rideaux. C'est dans cette pièce qu'il a reçu Randolph. Ensuite, le plus simplement du monde, il a enlevé toutes ces bricoles, et redonné à la pièce son aspect antérieur. Et c'est dans ce salon factice que Ronald Denham est entré. C'est pourquoi, monsieur Denham, vous ne l'avez pas reconnu.

– Reconnu quoi? grogna Ronald. Où pensez-vous que j'étais entré?

– Dans le salon de votre propre appartement. Si vous aviez été à jeun, vous auriez pu vous tromper. Mais vous aviez absorbé tellement de champagne que votre instinct vous a conduit droit chez vous comme par la main.

Il y avait deux portes dans la pièce où ils étaient réunis. Dans chacune d'elles s'encadra l'uniforme bleu d'un policeman. Sur un signe de March, l'inspecteur Davidson s'avança et déclara :

– Thomas Evans, je vous arrête pour le meurtre de Daniel Randolph. Je dois vous avertir que tout ce que vous direz désormais sera enregistré, et pourra vous être opposé au cours de votre procès.

Lorsqu'ils furent à nouveau réunis chez Armingdale quelques heures plus tard, le colonel March affirma modestement :

– Non, vraiment, ce n'était pas si difficile que ça. Ce gamin de Bayswater qui raflait des oranges nous a donné bien plus de fil à retordre. Dans le cas présent, il y avait des faits... Evans, un des employés les plus estimés et les plus en vue de sir Rufus, était naturellement bien placé pour être au courant du projet de contrat avec Randolph. Aussi combina-t-il une ingénieuse escroquerie. Car j'ai l'intime conviction qu'il n'avait pas d'autre intention. Or, sir Rufus, vous deviez partir pour Manchester hier après-midi et y rester une semaine. Ça, Mr Denham l'apprit du portier de nuit quand celui-ci lui conseilla de ne pas chanter. Croyant pouvoir utiliser votre appartement, Evans téléphona à Randolph en se faisant passer pour vous, et lui demanda de passer à votre appartement à 11 heures du soir pour régler l'affaire. Il ajouta qu'il était possible qu'il soit appelé d'urgence à Manchester, mais que, dans ce cas, son secrétaire serait en possession de tous les papiers voulus, préparés et signés.

» Dès lors, les choses se présentaient admirablement. Evans aurait pénétré dans votre appartement par l'escalier de secours, en se glissant par une fenêtre, il se serait fait passer pour votre secrétaire; Randolph, qui, souvenez-vous-en, paie rubis sur l'ongle et en espèces, lui aurait remis un paquet de billets de banque en échange d'un document falsifié... et voilà!

» Pourquoi Randolph se serait-il méfié? Il savait, comme tous les gens qui lisent le journal, que sir Rufus habite Medici Court, au deuxième étage; il avait vu des photos de lui auprès de son Greuze favori, placé au-dessus du meuble bas de son salon. Même s'il avait demandé son chemin au portier, il aurait été dirigé sur l'appartement voulu. Et même si le portier lui avait annoncé son absence, le terrain avait été si bien préparé qu'il aurait été prêt à rencontrer le secrétaire.

» Malheureusement, il y a eu un pépin... Sir Rufus a brusquement décidé de ne pas se rendre à Manchester. Et il ne l'a décidé qu'hier après-midi, après qu'Evans eut organisé tout son scénario. Randolph devait arriver ici quelques heures plus tard seulement. Or, Evans avait besoin de cet argent. Nous avons appris depuis qu'il en avait un besoin absolu!

» Alors, il changea ses plans. Sir Rufus étant là, il ne pouvait utiliser son appartement. Mais, tous les appartements se ressemblant, à quelques détails près, pourquoi ne pas « dupliquer » l'appartement de sir Rufus? L'escroquerie si bien préparée demeurait possible, sauf que Randolph n'entrerait pas chez vous. Il arriverait par l'ascenseur à 11 heures; Evans l'attendrait, la porte entrouverte, et l'introduirait dans un logement ressemblant à l'autre. Il y a très peu de portes sur le palier, et l'Américain était très myope, presque aveugle. Pourvu qu'Evans se grimât un peu, il serait bien difficile d'identifier l'escroc. Et Evans ne courait aucun risque en se servant de l'appartement qu'il partage avec Denham.

Anita intervint :

– Parfaitement. D'autant plus que Ronald était allé à un banquet de célibataires et qu'il était plausible d'escompter qu'il ne rentrerait pas avant 2 ou 3 heures du matin. Il se trouve qu'exceptionnellement il rentra de bonne heure.

Denham fit entendre une sorte de grognement.

– Tout de même, je ne peux arriver à le croire. Tom Evans, un assassin!

– Il ne voulait pas tuer, reprit March. Mais voyez-vous, Randolph a dû se douter de quelque chose. Il a dû le laisser voir et alors, en homme réaliste qu'il est, Evans a dû se résoudre à tuer... Savez-vous pourquoi?

– Non. Pourquoi?

– Parce qu'Evans est daltonien. C'est d'ailleurs ce qui l'a perdu, car, voyez-vous, le crime ne pouvait être que le fait d'un daltonien. Or, aucun d'entre nous n'est atteint de cette affection. Il serait idiot, par exemple, d'affirmer qu'un amateur d'art comme sir Rufus, ne peut distinguer les couleurs. De même qu'il serait inimaginable qu'un décorateur fût atteint de cette imperfection. Enfin, Mr Conyers, lui, montre, par la façon dont il juxtapose les bruns, les bleus de ses complets, de ses chemises et de ses cravates, qu'il recherche des effets de couleurs. N'ayant ni femme ni domestique, c'est donc lui qui choisit.

» Evans, par contre, est un daltonien complet. Il vous l'a d'ailleurs montré lorsque le cadavre de Randolph a été renvoyé à l'étage par Pearson dans l'ascenseur de service. Quand Evans s'est avancé, Pearson lui a conseillé de ne pas toucher le corps parce qu'il y avait du sang. Evans demanda : où? bien que son regard fût dirigé en plein sur une tache de sang bien visible sur le tapis de caoutchouc gris. Pour les daltoniens, le rouge ne se voit pas, sauf s'il se détache sur du vert ou du jaune.

» C'est également la raison pour laquelle la victime portait son imperméable à l'envers. En pénétrant dans l'appartement, il avait retiré son chapeau et son manteau. Après l'avoir poignardé, Evans lui remit l'un et l'autre avant de se débarrasser du corps. Mais il ne pouvait distinguer l'extérieur jaune de l'intérieur violet, de ce vêtement sans coutures.

» Vous, Mr Denham, vous êtes entré chez vous avec votre clef, ce qui, par le fait même, nous a permis de localiser l'appartement. Il n'y a pas, en effet, deux clefs semblables. Je crois aussi que miss Bruce aurait pu nous désigner dès le début l'appartement fantôme. Je la soupçonne fort d'avoir vu Randolph entrer chez vous. Mais sans doute a-t-elle craint de vous voir impliqué dans le meurtre. Quoi qu'il en soit, c'est à un homme déjà mort que vous avez adressé la parole. Ce qui permit d'ailleurs à Evans de rectifier l'erreur de l'imperméable avant de le placer dans l'ascenseur. Mais, pour le faire, il a fallu qu'il vous assomme. Il n'avait cependant aucune intention de vous faire du mal. Il est descendu dans la ruelle par l'escalier de secours, s'est débarrassé des accessoires qui lui avaient permis de camoufler l'appartement, mais a commis l'imprudence de garder sur lui l'argent et le couteau. (On les a retrouvés au cours de la fouille.) Ensuite, il a pris l'ascenseur principal, comme d'habitude, exactement comme s'il revenait de son bureau. Et a joué ensuite l'ami très ennuyé, quand il vous trouva encore inconscient sur la banquette du palier.

Il y eut un long silence. Un soupir d'Armingdale finit par le rompre.

– Mais comment, dès le début, avez-vous eu l'idée que le meurtrier devait être daltonien?

Le colonel se tourna pour lui faire face.

– Ne l'avez-vous pas encore deviné? Ce sont les raisons mêmes qui provoquèrent les doutes de Randolph, qui n'avait rien d'un amateur d'arts. Il aurait avalé sans hésitation n'importe quelle « croûte » comme étant l'original de « La jeune fille aux primevères » à condition qu'elle fût en couleurs. Evans n'a pas pensé qu'il n'y a qu'une seule chose qu'un myope puisse distinguer à une certaine distance : la couleur.

» Dans sa tentative malheureuse de reproduire l'ornementation du salon de sir Rufus, l'imbécile a eu la prétention de présenter comme une peinture à l'huile ce qui n'était qu'une reproduction en sépia dans un magazine illustré.

Traduit par Pierre Caillard.
Titre original :
THE CRIME IN NOBODY'S ROOM.

CHAUD DEVANT!

Un mardi de décembre, juste avant la fermeture, une voiture s'arrêta devant la *City and Provincial Bank* de St James. Quatre hommes en descendirent.

Les lumières brillaient déjà dans la banque; dehors il faisait sombre et froid.

Deux des hommes allèrent droit au comptoir et, le canon de leurs pistolets posé sur la manche, braquèrent les caissiers. Le troisième, sans manteau et tête nue, passa derrière le comptoir; avant que quiconque ait eu le temps de réagir, il avait baissé tranquillement les stores des fenêtres.

Le quatrième, tirant un calibre 45 de la poche de son manteau, lança d'une voix ferme :

– Vous savez pourquoi on est là. Tenez-vous tranquilles et il ne vous arrivera rien.

Un commis de la banque ricana bêtement; une balle le cueillit aussitôt en pleine poitrine.

L'arme était équipée d'un silencieux. Le coup de feu fit un « ploc » assourdi et on vit le commis vaciller. Une balance de cuivre tinta lorsqu'il l'accrocha avant de s'écrouler. Son corps vint heurter le sol avec un son mat.

Sous les néons de la banque, ce fut le silence absolu : seuls les pas des gangsters résonnaient sur le marbre.

– On vous a prévenus, fit celui qui avait déjà pris la parole. Vous restez tranquilles et tout se passera bien.

Incroyable. On se serait cru dans un film. Tout le monde dans la banque s'était statufié, les mains en l'air, l'œil fixe. A présent, le gangster qui avait baissé les stores vidait le coffre d'une main assurée, engouffrant dans une sacoche de cuir les liasses de billets.

Dehors, la circulation était toujours aussi intense; les piétons passaient devant une banque fermée et n'y voyaient rien d'anormal.

Au bout de trois minutes, la tension était devenue intolérable à l'intérieur. Le directeur, jouant son va-tout, plongea sous le comptoir pour saisir un pistolet. Il fut abattu.

Le chef de la bande se pencha alors vers un jeune employé – un certain John Parrish – et lui glissa :

– Merci petit. T'auras ta part.

Le commando se replia en ordre et s'éclipsa. Quand l'alarme sonna, la voiture avait disparu.

Et pourtant, un détail fit capoter cette belle opération. Car en Angleterre, si on peut facilement braquer une banque et même, quand on n'a pas peur de la potence, tuer quelqu'un au passage – il est impossible de s'en sortir après coup.

Ça, Skipper Morgan ne pouvait pas le deviner : il n'était pas d'ici, il venait de Cicero, Illinois. Mais les autres, eux – Pudge Henderson, Slugger Dean et Bill Stein – n'avaient pas d'excuses. Ils avaient suffisamment séjourné derrière les barreaux de Dartmoor pour être au courant. Peut-être s'imaginaient-ils que l'audace même de leur coup ferait la différence. Mais ils eurent beau changer trois fois de voiture, deux patrouilles réussirent à les coincer sur la route de Southampton.

Skipper Morgan voulut dégainer; quelqu'un lui bondit dessus et lui cassa le bras. Pourtant la police était tombée sur un bec : des vingt-trois mille livres en espèces, pas un *penny* ne fut retrouvé sur les fuyards.

L'inspecteur-chef Ames, de Scotland Yard, rendit visite à Skipper Morgan cette nuit-là.

– Tu es dans de sales draps, Skipper, lui dit-il. Un des types que tu as descendus va sûrement mourir. Et même s'il s'en tire, tu vas en prendre pour très longtemps.

L'autre ne broncha pas, mais une lueur mauvaise s'alluma dans ses yeux : c'est Ames qui lui avait cassé le bras.

– Je ne dis pas, poursuivit l'inspecteur, que tu te sortirais d'affaire en nous disant où est passé l'argent. Mais ça pourrait t'aider, Skipper, on ne sait jamais. Et tu pourrais aussi nous dire si le jeune gars de la banque, celui à qui tu as promis sa part, était dans le coup.

– Le petit fumier, cracha Skipper, bien sûr qu'il était dans le coup. Mais je veux voir mon avocat. Envoyez-moi mon avocat tout de suite.

On boucla donc John Parrish, le jeune employé de la *City and Provincial.* L'avocat de Morgan se manifesta sans tarder en la personne de maître Ireton Bowlder, gentleman au nez aristocratique et à la clientèle huppée. Ses grands airs hérissaient tout le monde à Scotland Yard et, fidèle à sa réputation, il se débrouilla pour laisser entendre, mi-indulgent mi-affligé, que les quatre gangsters quitteraient le tribunal blancs comme neige.

Et cet argent qu'on n'avait toujours pas retrouvé...

– De deux choses l'une, dit Ames à l'assistant commissioner. Ou ils l'ont planqué ou ils l'ont fourgué.

– Fourguer de l'argent volé?

– C'est nécessaire, précisa Ames, et il n'y a rien de plus facile. Bien sûr, nous avons les numéros des billets de cinq et au-dessus, mais on peut facilement les écouler à l'étranger. La livre sterling est très recherchée en ce moment; on en achète et on en stocke sans trop se poser de questions sur la provenance des billets. Je connais moi-même deux trafiquants spécialisés et j'ai entendu dire qu'un troisième, un gros bonnet, s'est mis dans le circuit. Se débarrasser de billets « brûlants » n'est plus aussi difficile qu'avant. C'est même devenu une affaire juteuse, vu la situation en Europe. Si seulement nous pouvions remonter la filière...

– Vous avez un suspect?

– Oh oui! répondit Ames aussitôt. Ireton Bowlder!

L'assistant commissioner sourit.

– Incroyable! fit-il d'un ton rêveur. Bon sang! si seulement... Mais attention, Ames, il a le bras long. Et pourquoi le soupçonnez-vous, d'abord?

– Je n'ai rien de tangible, encore, admit Ames. Juste un sentiment très fort, mais il est partagé. Voyez-vous, nous avons épinglé Morgan et sa bande juste à la sortie d'un village appelé Crawleigh. Or, Bowlder a une propriété à moins de deux kilomètres de là. Il y était mardi soir, alors que d'ordinaire il ne va à la campagne que pour le week-end. En plus,

Skipper Morgan s'est rendu chez lui à deux reprises avant le hold-up. Je sais que ça ne prouve rien, mais ajouté aux bruits qui courent...

– Et le gamin? Parrish?

Ames fit la grimace.

– Il n'a rien à voir là-dedans. Morgan ne l'a impliqué que pour le plaisir; c'est sûrement l'idée qu'il se fait d'une bonne blague. J'en suis convaincu et la banque aussi. Mais Parrish pourrait nous être utile.

Ames ne croyait pas si bien dire. Le lendemain, miss Marjorie Dawson débarqua à Londres.

C'était une jolie blonde sans doute très sage au naturel, mais qui pour l'heure semblait prête à mordre. Se contenant à grand-peine, elle fit à l'inspecteur Ames un récit qui lui arracha quelques épithètes malsonnantes.

Au bout d'une demi-heure d'entretien, il la conduisit au rez-de-chaussée, à une porte marquée *D-3 : Colonel March.*

– Colonel March, dit-il, permettez-moi de vous présenter miss Marjorie Dawson, la fiancée de Parrish. Elle travaille, c'est une coïncidence, pour la tante de Ireton Bowlder, en qualité de secrétaire.

– *Travaillait*, intervint miss Dawson avec un sourire pâlot. On m'a renvoyée hier.

– Elle affirme que Bowlder détient l'argent du hold-up.

Le colonel March était un gaillard au visage rassurant, à l'œil impassible. Le fourneau d'une pipe émergeait de sa courte moustache. Déconcerté, il regarda le feu dans la cheminée.

– Ravi de l'apprendre, fit-il. Mais pourquoi me raconter ça à moi? Vous êtes ici, miss Dawson, au Service des Affaires Inclassables. J'ai été un peu désœuvré ces temps derniers et c'est avec plaisir que je me pencherais sur une histoire de revenant ou d'éléphants roses, mais puisqu'il s'agit d'Ireton Bowlder, je ne vois pas...

– Oh! mais cette affaire est bizarre, n'ayez crainte, intervint Ames. Ce que me raconte miss Dawson est impossible.

– Impossible?

Le regard de Marjorie Dawson alla de l'un à l'autre. Elle prit une profonde inspiration.

– J'espère que vous jouez franc jeu, dit-elle. (Elle regarda le colonel March). L'inspecteur Ames me jure que vous n'avez rien contre John et que vous allez le relâcher...

– Ne vous en faites pas, on vous le rendra, coupa Ames avec humeur.

– Ce n'est pas seulement pour ça que je suis venue, poursuivit miss Dawson. Voyez-vous, les policiers du village n'ont pas voulu me croire. Et pourtant c'est vrai. Je n'ai rien inventé...

– L'argent a disparu sous leur nez, dit Ames.

– Un instant, intervint le colonel March, soudain intéressé. De l'argent qui disparaît, voilà qui est mieux. (Il leur avança des chaises). Racontez-moi tout!

– Ça s'est passé à Greenacres, commença aussitôt miss Dawson.

Elle en oubliait de s'asseoir. Ils la poussèrent vers la chaise.

– Greenacres est la propriété de Mr Bowlder. Comme Mr Ames vous l'a dit, j'étais la secrétaire de miss Bowlder; elle tient la maison pour son neveu.

» J'ai appris qu'il y avait eu un hold-up mercredi matin, au petit déjeuner, en ouvrant le journal. Le nom de John m'a sauté à la figure, étalé là sur plusieurs colonnes, comme s'il avait commis un meurtre... C'était impossible. Je savais qu'il y avait un malentendu. Et aussitôt je me suis dit que Mr Bowlder saurait...

– Saurait quoi? coupa le colonel March.

Elle hésitait. Son front se plissa.

– J'ai pensé qu'étant homme de loi, il pourrait m'aider. Ou, au moins, qu'il saurait me conseiller.

» Il était à peine 8 heures et demie. J'étais la seule levée dans la maison, à l'exception des domestiques; miss Bowlder ne descend jamais avant 9 heures. C'est alors que je me suis souvenue : Mr Bowlder était arrivé à Greenacres la veille, dans l'après-midi, je pouvais donc le voir sur-le-champ. Voilà comment c'est arrivé : d'habitude, quand Mr Bowlder est à Greenacres, il descend prendre son petit déjeuner à 9 heures avec sa tante. Son courrier, s'il en a, est déposé dans son bureau, qui se trouve sur l'arrière de la maison. Avant d'entrer dans la salle à manger, il passe toujours voir s'il a reçu quelque chose. Alors j'ai filé à son bureau pour l'intercepter. Je n'ai pas frappé, je suis entrée directement, avec l'intention de l'attendre. Et là, je me suis dit que j'avais des visions.

» Le bureau est une grande pièce presque nue dont les deux fenêtres donnent sur une terrasse. On l'a récemment repeinte; le détail a son importance. Le temps était beau : il faisait sec et le soleil brillait. Comme d'habitude, le buste de bronze trônait sur la cheminée. Mes yeux se sont ensuite portés sur la table de travail, au centre de la pièce. Mr Bowlder y était assis, en tenue de ville. Et devant lui, bien alignées, il y avait au moins vingt liasses de billets – des petits et des gros. Chaque liasse était retenue par une bande de papier au nom de la *City and Provincial Bank*.

» Je suis restée plantée là, les yeux exorbités; *City and Provincial Bank*... comme dans le journal.

» Mr Bowlder a levé la tête et m'a vue, il se tenait à contre-jour et je n'ai pas pu distinguer son expression, mais soudain ses doigts se sont crispés, comme pour griffer. Il a bondi de son fauteuil. J'ai reculé dans le hall et la porte m'a claqué au nez. Puis j'ai entendu qu'on la verrouillait de l'intérieur.

Elle s'interrompit.

– Continuez, miss Dawson, dit le colonel March.

– C'est long à raconter, poursuivit-elle, mais en deux secondes, j'ai compris pas mal de choses. D'après le journal, Skipper Morgan et sa bande venaient juste de se faire arrêter à la sortie du village. Sur la photo qu'on publiait, j'avais reconnu un individu qui était venu à Greenacres la semaine précédente, le jour même où John m'avait rendu visite. Je pense que Morgan l'aura croisé et c'est pourquoi il a eu l'idée de cette blague désopilante lors du hold-up. En tout cas, de ces faits, je tirais une certitude absolue.

» Il y a un téléphone dans le hall, juste en face du bureau de Mr Bowlder. C'est de là que j'ai appelé la police.

Elle les regarda d'un air triste.

– Ce que je redoutais, c'était que Mr Bowlder ne file cacher l'argent ailleurs. Je ne voyais pas comment j'aurais pu l'en empêcher. Mais il n'a pas mis le nez dans le hall. Le bureau était silencieux comme une tombe et je me demandais ce qu'il trafiquait. Ce silence ne me disait rien qui vaille.

» Alors j'ai pensé : “ Et s'il s'était éclipsé par une fenêtre? ” Mais c'était impossible. Comme je vous l'ai dit, la pièce avait été repeinte quelques jours auparavant. Résultat : les deux fenêtres étaient collées. Pas moyen de les ouvrir. Annie s'en était plainte la veille; on devait venir les arranger ce jour-là, précisément. Bref, j'avais de la chance : quand la police est arrivée, Mr Bowlder se trouvait toujours dans le bureau avec l'argent.

» Les policiers, un inspecteur et un sergent, étaient dans leurs petits souliers : après tout Mr Bowlder est quelqu'un de très important. Pourtant, après l'arrestation de Morgan et sa bande dans le coin, ils étaient obligés de vérifier. J'essayais de m'expliquer, lorsque Mr Bowlder ouvrit la porte, aussi aimable et souriant que d'habitude. L'argent? dit-il. Quel argent?

» Je recommençai mon récit, mais cette fois je m'embrouillai un peu. J'affirmai cependant que l'argent était toujours là, puisque Mr Bowlder n'avait pas quitté le bureau.

» C'est alors, et ça je m'en souviendrai toujours, qu'il déclara : " Messieurs, cette jeune personne a des visions. Si tôt le matin, c'est navrant... Cependant, et bien que vous n'ayez pas de mandat de perquisition, je vous autorise à fouiller cette pièce à votre gré. Combien dites-vous qu'il y avait, miss Dawson? "

» Des milliers et des milliers de livres, répondis-je, me sentant soudain ridicule.

» Mr Bowlder se mit à rire. " Des milliers et des milliers de livres, hein?... Messieurs si vous trouvez de l'argent dans cette pièce – sans compter les quelques shillings que j'ai sur moi – vous pourrez le donner aux bonnes œuvres de la police. Il n'y a pas d'argent ici. "

» Et c'était vrai. J'avais vu assez de liasses pour remplir une valise et il n'y avait plus rien.

Le colonel March fronça le sourcil.

– Vous voulez dire que la police n'a rien trouvé?

– Il n'y avait rien à trouver. L'argent avait disparu.

– C'est vrai, intervint Ames avec vigueur. J'ai appelé l'inspecteur Daniels, il y a une demi-heure. Ses hommes ont passé la pièce au crible sous l'œil intéressé de Bowlder. Ils ont même fait venir un architecte pour le cas où il y aurait eu une cache secrète dans la pièce.

– Et alors?

– Rien. Pas de quoi dissimuler un penny. Encore moins des milliers de livres. Voilà où nous en sommes. Je suis sûr que miss Dawson dit la vérité; pourtant cet argent n'a pas pu se volatiliser. Alors?

Le colonel March était rayonnant. Il ralluma sa pipe et sourit au feu qui crépitait dans la cheminée. Puis, sentant ce que son attitude avait d'incongru, il toussota.

– Excusez-moi, dit-il, mais dans le genre, c'est la meilleure affaire que je rencontre depuis la *Lettre volée* d'Edgar Poe. Voyons, pas de panneaux secrets, des cavités? Vous avez vérifié les fenêtres?

– Comme l'a dit miss Dawson, les fenêtres étaient si bien collées qu'il était impossible de les ouvrir. Ce n'est pas par là qu'on a pu sortir quoi que ce soit.

– Et le conduit de la cheminée?

– Muré par des briques; il y a le chauffage central à Greenacres. Les briques sont cimentées. Aucune n'a été descellée. On n'a rien pu cacher dans la cheminée.

– Les meubles?

Ames consulta son calepin.

– Une table de travail, un guéridon, deux fauteuils, une chaise à dossier droit, une bibliothèque, une lampe, un cendrier à pied. Bien entendu, nous avons examiné cela avec la plus grande attention : chou blanc sur toute la ligne. Vous voulez ajouter quelque chose, miss Dawson?

– Il n'y avait rien sous le tapis, dans les rideaux, derrière les tableaux, entre les feuilles des livres ou à l'intérieur du buste dont j'ai parlé, d'ailleurs tous les billets n'auraient pas tenu dedans. L'argent n'était nulle part. (Elle crispa les poings.) Mais vous me croyez, n'est-ce pas?

– Je ne sais plus, miss Dawson, articula Ames avec lenteur. Etes-vous certaine que Bowlder n'a quitté le bureau à aucun moment avant l'arrivée de la police?

– Absolument certaine.

– Il n'a pas pu filer discrètement?

– Non, je suis restée en face de la porte tout le temps. C'est vrai, inspecteur. Quelle raison aurais-je de vous mentir? J'ai perdu mon travail et mes déclarations n'ont pas été utiles à John... Cette histoire me trotte dans la tête. J'ai tout envisagé, y compris le vieux truc qui consiste à laisser bien en évidence un objet que l'on veut cacher, tant il est anodin. Mais tentez donc l'expérience avec des liasses de billets de la *City and Provincial*...

– Moi, je déclare forfait, avoua l'inspecteur. C'est d'ailleurs pourquoi nous sommes ici. Enfin, cette affaire ne tient pas debout! Daniels jure que ses hommes n'ont pas négligé un centimètre carré de la pièce. Qu'en pensez-vous, colonel?

Le colonel March fronça le nez.

– Je réfléchis, murmura-t-il, et je m'interroge.

Miss Dawson, vous êtes sûre de n'avoir omis de citer aucun élément du mobilier de cette pièce?

– Si vous voulez parler de cendriers, de bibelots...

– Non, non, quelque chose de bien plus gros.

– Je n'ai rien omis. D'ailleurs, aucun gros objet n'aurait pu passer inaperçu.

– Je me le demande, dit le colonel March. Mr Bowlder est-il toujours à Greenacres? Parfait! J'ai très envie de lui parler... et de jeter un coup d'œil à son bureau.

La voiture quitta Scotland Yard en début d'après-midi, sous un ciel rempli de neige. L'inspecteur Ames était à l'avant, à côté d'un chauffeur en civil; Marjorie Dawson et le colonel March étaient à l'arrière. Marjorie avait eu beau protester qu'elle voulait rester à Londres avec Parrish, le colonel March avait insisté pour qu'elle vienne. A 4 heures, la voiture s'arrêta devant une maison victorienne très imposante, très cossue et très laide.

Le colonel March descendit.

– Bien, dit-il. Où sont les fenêtres du bureau?

– Derrière. Il faut prendre l'allée sur la gauche et...

– Allons-y, dit le colonel March.

Le soleil déclinait, mais on ne voyait pas de lumières briller derrière les vitres de Greenacres. Ils contournèrent la maison, assaillis par les rafales du vent d'est. Le colonel March conduisait la troupe, le col de son manteau relevé, sa vieille casquette de tweed enfoncée sur les oreilles. Quelques marches de pierre menaient à la terrasse; ils allèrent jeter un coup d'œil par la première des fenêtres du bureau... et se trouvèrent nez à nez avec Ireton Bowlder qui les dévisageait. L'une de ses mains vint s'aplatir contre la vitre; ses doigts blanchirent. L'autre main, enveloppée dans un mouchoir, s'enfonça dans sa poche. Dans le crépuscule, son teint était verdâtre.

– Bonsoir, lança le colonel March.

Le vent souffla son salut et, derrière le carreau, Bowlder resta silencieux comme un poisson dans son bocal, bien que ses lèvres eussent bougé. Puis Bowlder leva le châssis de la fenêtre.

– Bonsoir, répéta le colonel March.

Avant que Bowlder ait pu faire un geste, il lui avait tendu la main et la secouait avec énergie.

– Vous nous connaissez tous, je crois?

– Oui, répondit Bowlder en regardant Marjorie. Que voulez-vous?

Le colonel March s'appuya sur le bord de la fenêtre.

– J'ai pensé, dit-il, que vous seriez heureux d'apprendre que le directeur de la *City and Provincial Bank* va mieux. C'est une bonne nouvelle pour les cinq personnes impliquées dans le hold-up : le chef d'inculpation sera un peu moins lourd.

– Vraiment? Et le cinquième inculpé est sans doute John Parrish?

– Non, rétorqua le colonel March. Le cinquième, c'est sûrement vous.

Une bourrasque fouetta la maison, soulevant les cheveux bien lissés de Bowlder. Mais il ne broncha pas. Il leur adressa un sourire pâle et dubitatif et commença à refermer la fenêtre.

– Je vous le déconseille, fit le colonel. Nous entrons.

– Vous avez un mandat?

– Oh oui! Je vois que cette fenêtre fonctionne de nouveau... Robinson (il désigna le policier en civil) va l'enjamber et vous tenir compagnie, tandis que nous passons par la porte d'entrée.

Lorsqu'ils arrivèrent dans le bureau, Bowlder avait allumé la lampe sur sa table de bureau, laissant le reste de la pièce dans l'ombre. Tout était exactement conforme à la description de Marjorie.

– Et maintenant, dit Bowlder avec calme, allez-vous m'expliquer de quoi vous m'accusez?

– Si l'argent de la *City and Provincial Bank* se trouve ici, vous rejoindrez Skipper Morgan en prison, c'est tout.

– Messieurs, et vous miss Dawson, écoutez-moi bien. Combien de fois faudra-t-il recommencer ce petit jeu? Vous n'allez pas effectuer une nouvelle perquisition?

– Si.

– Mais regardez donc attentivement autour de vous. Y a-t-il un seul recoin que vous n'ayez déjà inspecté?

Ames dut s'avouer que non. Mais le colonel March, dédaignant de chercher un quelconque tiroir secret, s'installa dans un fauteuil, ôta sa casquette et, baissant son col, les regarda d'un air bonhomme.

– Afin de mieux me faire comprendre, dit-il, je dois vous parler d'une des bizarreries du cerveau humain. Savez-vous, Ames, que dans une pièce habitée il y a un élément du mobilier auquel personne ne prête jamais attention?

– Parce qu'il est caché?

– Pas du tout. Il peut au contraire se trouver juste sous votre nez.

– Vous n'allez tout de même pas me faire croire qu'il s'agit d'un meuble invisible, grogna l'inspecteur.

– Disons plutôt que le cerveau n'enregistre pas sa

présence, répliqua le colonel March. Par exemple, vous en avez un chez vous, dans votre salon; dans votre chambre à coucher aussi. Maintenant, si je vous disais : donnez-moi la liste du mobilier de votre appartement vous me feriez un inventaire qui inclurait jusqu'aux lampes et cendriers. Et pourtant, je suis prêt à parier que vous oublieriez ce gros machin encombrant.

L'inspecteur Ames ouvrit des yeux grands comme des soucoupes. Puis son regard rencontra celui de Ireton Bowlder et il se ressaisit. Bowlder venait d'allumer une cigarette. Il laissa tomber l'allumette à terre, sous la lumière vive de la lampe; son front luisait de sueur; il ne souriait plus.

Ames le dévisagea.

– Si moi je n'y comprends rien, apparemment lui sait très bien de quoi vous parlez, grinça-t-il.

– Bien sûr, fit le colonel March en s'extrayant du fauteuil. C'est là qu'il a caché l'argent.

– Expliquez-vous à la fin! glapit Marjorie Dawson, à bout de nerfs. Où est-il, votre meuble invisible? Comment est-il, quelles sont ses dimensions?

– Ses dimensions varient, répondit le colonel. Dans le cas présent, l'objet fait environ 1 mètre de haut, 80 centimètres de long et 10 d'épaisseur. D'ordinaire il est gris métallisé. Mais celui-ci a été peint en brun neutre.

– Quoi?

– Parfaitement, poursuivit March. Il s'agit d'un radiateur qui se trouve dans le coin, là-bas.

Ireton Bowlder bondit vers la porte; Robinson lança la jambe et l'envoya rouler à terre. Il fallut le menotter pour l'emmener.

– Un radiateur factice, expliquait le colonel March tandis qu'ils rentraient à Londres, mérite l'attention des trafiquants éclairés. C'est une cachette idéale : encombrement minime, belle capacité de stockage... Et, si on le voit, on ne le regarde jamais.

» A vrai dire, on ne le considère jamais comme un meuble et encore moins comme un meuble susceptible d'être fouillé. L'inspecteur Daniels lui a à peine accordé un regard, et on ne peut le lui reprocher : le radiateur chauffait normalement, il était en fonte et solidement arrimé au sol.

» L'astuce est toute simple. Il s'agit en fait d'un radiateur portable à bain d'huile déguisé en radiateur classique. Un de mes amis en possède un, et je me suis laissé prendre, jusqu'au moment où j'ai réalisé qu'il n'avait pas le chauffage central. Celui de Bowlder était cependant plus sophistiqué : deux de ses tuyaux, à l'arrière, avaient été soudés et formaient un réceptacle profond et invisible. En bref, Bowlder disposait d'un coffre sans serrure ni combinaison et d'une discrétion à toute épreuve. Je me doutais bien que quelqu'un finirait par utiliser ce truc. Ça n'a pas raté.

– Vous voulez dire, fit Marjorie Dawson incrédule, que vous vous attendiez à ce que vous avez trouvé ici?

– Vous oubliez que je m'occupe du Service des Affaires Inclassables, répliqua le colonel March. J'ai eu la puce à l'oreille dès qu'on m'a dit qu'il y avait le chauffage central dans cette maison. Mais je ne pouvais jurer de rien. Jusqu'au moment où nous avons parlé à Bowlder, par la fenêtre. Voyez-vous, les billets de banque ne risquaient pas de se consumer (pas plus que des vêtements qui sèchent sur un radiateur), mais pour plonger la main dans son coffre, Bowlder a dû tout à l'heure la protéger de son mouchoir. D'ailleurs, Ames avait tout compris bien avant moi; il a un flair infaillible.

– Moi? Comment ça? fit Ames.

– Mais voyons, rétorqua le colonel March, ne m'avez-vous pas annoncé dès le début que cet argent était brûlant?

Traduit par Francine Thierry
Titre original :
HOT MONEY.

MORTE DANS SA LOGE

Jim Matthews fit son entrée à l'Orient Club. La salle enfumée et surchauffée l'engloutit, il eut soudain l'impression d'être entortillé dans du coton. Il suivit le maître d'hôtel, qui le fit évoluer autour de tables plongées dans l'obscurité et qui ne pouvaient être distinguées qu'à la blancheur des nappes, des plastrons de chemises, et des épaules des femmes.

C'est alors que se déclenchèrent les roulements de tambour.

Ils firent cesser l'agitation et les murmures qui règnent dans toutes les boîtes de nuit; on croirait que les échos de toutes les voix du monde s'y trouvent emprisonnés. Les tambours commencèrent par une sorte de battement de tam-tam qui s'accentua et s'accéléra. A l'autre extrémité de la salle s'alluma un projecteur bleu. Son faisceau caressait la piste de danse bien cirée, effleurait les musiciens dont les tambours retentissaient à présent avec un bruit de tonnerre. Cela permit à Jim Matthews de voir que le maître d'hôtel lui désignait une table. A dire vrai, cette table était vraiment bien située, sur le bord de la piste, mais elle était occupée!

Une fille enroulée dans une écharpe de fourrure

blanche regarda autour d'elle, avec un sursaut d'étonnement, en les voyant. Elle était seule à une table pour deux. Tout ce que le projecteur bleu permit à Jim de distinguer, c'étaient des cheveux bruns et des yeux largement écartés; d'après la façon dont elle était vêtue, elle ne pouvait faire partie des entraîneuses. Il y avait sur sa table une bouteille de champagne pleine et une pancarte : « *Réservé* ».

Le vacarme des tambours interdisait d'entendre une seule parole. Jim Matthews essaya de faire parvenir quelques mots d'excuse jusqu'à l'oreille de la fille, tandis qu'il désignait au maître d'hôtel la pancarte « *Réservé* ». L'employé haussa ses larges épaules dans un geste d'impuissance en essayant de lui faire comprendre par gestes que toutes les autres tables étaient occupées. Jim avait horreur de se faire remarquer, il prolongea cependant la discussion par une autre pantomime. Le maître d'hôtel se pencha alors à son oreille :

– Miss Rapport... elle va danser, dit-il à voix basse.

Il tendit l'index vers un rideau dont les deux pans allaient s'écarter pour livrer passage à la vedette du spectacle. Il fit asseoir Jim presque brutalement, puis disparut.

Ce qui avait exaspéré Jim Matthews, c'était que le maître d'hôtel n'avait prêté aucune attention à ce que pouvait penser la fille installée à la même table que lui. Il ne l'avait même pas regardée. Cela n'avait peut-être aucune importance, mais Jim commençait déjà à prendre en grippe les façons pratiquées à l'Orient Club.

Il jeta par-dessus la table un coup d'œil à la fille à l'écharpe blanche et hurla : « Je suis désolé. »

Il crut la voir sourire et hocher la tête. Ils reportèrent alors tous les deux les yeux sur la piste, car Francine Rapport commençait sa danse sacrée javanaise.

Dans un léger tintement de grelots, une silhouette surmontée d'une haute coiffure étrange vint se placer dans le faisceau du projecteur. Bien que née en Hollande, élevée à New York, Francine Rapport avait une beauté très orientale. Son visage était presque méconnaissable sous une épaisse couche de fard. Des traits prolongeaient vers le haut les coins extérieurs de ses yeux en les agrandissant, ce maquillage lui donnait un masque impassible. Elle était plutôt petite, sa peau était d'une couleur ambrée, son corps mince et musclé, mais avec quelques jolies rondeurs. Son costume, composé de grands ornements de métal, brillait sous une légère couche d'huile. Ses mains remontèrent le long de son corps, se tendirent au-dessus de la tête, redescendirent, les paumes ouvertes, et la danse commença.

Jim Matthews était en train de se dire qu'il n'était pas venu là pour assister au numéro de Francine Rapport. Il en savait probablement plus sur son compte que la plupart des spectateurs. Elle devait avoir dans les quarante ans, elle avait fait avec Tony Taplin une assez longue carrière, mais ne paraissait pas son âge. Jim se demandait où ce Taplin pouvait bien se trouver. Il se souleva à moitié dans son fauteuil et l'aperçut : le propriétaire de l'Orient Club était debout sur l'estrade de l'orchestre, au bord du faisceau du projecteur.

C'est à ce moment que la fille à l'écharpe de fourrure blanche quitta discrètement la table.

Il la suivit des yeux tandis qu'elle passait entre les tables, s'enfonçait dans l'obscurité en direction de l'estrade de l'orchestre. Il se rassit. Le battement des tambours sur un rythme de tam-tam s'était accéléré; les instruments à cordes se faisaient plus insistants. L'idée vint à Jim Matthews, aussi nettement que s'il avait entendu un signal d'alarme, qu'il allait se passer quelque chose.

Francine Rapport avait peur. Il n'avait aucune idée de ce qui pouvait l'effrayer, mais tout était possible à l'Orient Club. Cette crainte se faisait jour, même dans le rythme de sa danse, dans un geste de ses doigts, une façon de regarder. On aurait dit que son joli corps était vraiment celui d'une prêtresse menacée par le dieu du temple. C'était donc peut-être aussi bien qu'elle achève sa danse une seconde trop tôt; et, une seconde trop tôt, les lumières de l'Orient Club revinrent.

Jim Matthews put ainsi voir la fille à l'écharpe de fourrure blanche en train de revenir à sa table. Elle se déplaçait très lentement. Mais elle eut un léger sursaut; elle avait été surprise par les lumières alors qu'elle était encore à deux ou trois mètres. Elle était en train d'ouvrir son sac pour y glisser quelque chose. Elle le fit, on entendit le déclic du fermoir, mais Jim avait eu le temps de voir ce qu'était cet objet : un portefeuille d'homme en cuir.

Pendant qu'éclatait pour Francine Rapport un tonnerre d'applaudissements, Jim regarda l'autre fille dans les yeux. Elle était légèrement penchée en avant, comme si elle avait voulu cacher non seulement le portefeuille, mais son sac à main. Elle était écarlate. Sur la piste, Francine Rapport saluait pour remercier. Puis elle fit demi-tour, passa entre les deux pans du rideau et retourna dans sa loge. On repoussait les fauteuils. Après quelques notes du saxophone qui semblaient destinées à lui éclaircir la voix, l'orchestre attaqua un air de danse endiablé. La fille à l'écharpe de fourrure blanche, suivant le mouvement, ou plongée dans un état de panique, perdit la tête et s'en fut. Avec une exclamation étouffée, Jim Matthews se leva et la suivit.

Des couples prenaient possession de la piste; dans l'épais brouillard de fumée de tabac, ils paraissaient irréels. Ils affluaient en si grand nombre que Jim avait l'impression d'être pris dans une mêlée de rugby. Dans le micro, on entendit Tony Taplin dire de sa voix profonde : « L'orchestre joue pour vous... » Jim se fraya un chemin, sans perdre de vue l'écharpe de fourrure blanche. Elle disparut à travers le rideau, en direction des loges. Il arriva au passage à travers le rideau trente secondes plus tard, pas davantage : mais la fille n'était déjà plus en vue.

Au-delà se trouvait un couloir; il y avait plusieurs portes, toutes fermées. Ce passage était mal éclairé, crasseux, sentait la vieille poudre de riz. Il ne rencontra personne. Toute la maison semblait secouée au rythme de la musique syncopée; cela aurait pu venir aussi bien d'une autre rue. Au bout du couloir, une porte s'ouvrit; la fille en blanc sortit et referma doucement. Elle était essoufflée comme si elle venait de courir; elle ajusta son écharpe et s'en retourna.

Jim Matthews vint se placer devant elle :

– Excusez-moi, dit-il.

– Oui?

Elle parlait avec froideur, et calme.

Tony Taplin, se dit Jim, sait choisir ses employées. Cette fille faisait partie de l'Orient Club, elle en était un pilier aussi habile au chantage que Francine elle-même; elle aurait été partout à sa place. Ses traits, sa voix, avaient ce côté bien dessiné qui passe pour un signe de bonne naissance. Quand elle le regarda, ses yeux bruns et l'arc de ses sourcils exprimèrent un étonnement glacial.

– Cela ne vous ferait rien de me dire, continua Jim, ce que vous faisiez avec ce portefeuille que vous avez glissé, il y a une minute, dans votre sac à main?

– Un portefeuille? Vraiment? Quel portefeuille?

– Oh! Laissez tomber! dit Jim.

La réaction de la jeune fille exprimait un mélange de colère et de désappointement.

– Je suis officier de police.

Cette déclaration la fit sursauter. Il vit sur son visage se peindre l'incrédulité, l'hésitation, la peur, et, se développant à l'arrière-plan, un certain amusement.

– Vraiment? Je vois. Vous êtes l'un de ces types qui s'amusent comme des petits fous et ensuite, mettent le directeur en état d'arrestation parce qu'il a servi de l'alcool après l'heure autorisée.

– Je n'ai rien à voir avec ce genre de choses. Je vous demande seulement si vous verriez un inconvénient à m'expliquer ce que vous faisiez avec ce portefeuille?

– Il faut donc croire que je dois vous le dire. Eh bien! je l'ai ramassé par terre. Oh oui! c'est tout à fait vrai. Ne me sentant pas capable d'apprécier les charmes de miss Francine Rapport, qui vous fait de toute évidence tomber en pâmoison, vous autres hommes, je suis sortie pour aller au bar pendant qu'elle dansait. En chemin, j'ai ramassé le portefeuille. Naturellement, quand la lumière est revenue, j'ai voulu retrouver son légitime propriétaire.

– Alors, pourquoi ne l'avez-vous pas fait?

– Que diable croyez-vous que je suis en train de faire ici? Miss Rapport, d'après ce que j'ai compris (elle parlait avec une haine calme), est copropriétaire de cet établissement. Je suis désolée si la marche à suivre consiste à monter sur une table et à crier qu'on a trouvé un portefeuille. Moi, je pensais le rapporter à miss Rapport.

– Et est-ce que vous l'avez fait?

La fille détourna les yeux pour la première fois.

– Non. Elle... n'est pas là. Apparemment, elle n'est pas revenue en sortant de scène. Vous auriez peut-être l'amabilité de me laisser passer de telle sorte que je puisse rapporter ce portefeuille à Mr Taplin. Venez avec moi, si vous le désirez.

Quelqu'un fredonnait d'un air rêveur. Une belle blonde en bonnet et tablier passa en se pavanant, un peignoir sur le bras. Elle se tortilla pour ouvrir une porte en leur lançant un regard insolent.

La fille en blanc essaya de s'en aller. Jim lut cette intention dans ses yeux. Il lui serra le poignet dans ses doigts. A ce moment précis la porte s'ouvrit et au bout d'une fraction de seconde l'habilleuse se mit à hurler.

– Je n'ai rien fait! s'écria la fille en blanc. Je jure que ce n'est pas moi!

Sans aller plus loin que le pas de la porte, ils pouvaient voir. Dans une loge en désordre, d'un luxe criard pseudo-oriental, Francine Rapport était assise devant une coiffeuse surmontée d'un miroir entouré de lumière. Son buste reposait sur ce meuble, sa coiffure compliquée était de travers. Le dos était nu, à part les attaches d'une large plaque pectorale en métal qui brillaient et scintillaient sous la couche d'huile dont elles étaient enduites. Les bracelets avaient glissé de ses bras et formaient comme des serpents lovés. Elle n'était pas belle à voir; elle avait le dos traversé par une paire de ciseaux aux lames longues et étroites.

Jim entra sans lâcher le poignet de la fille en blanc. Un meurtre! Une affaire de meurtre pour la première fois de sa courte carrière dans la police. Il ressentit une légère nausée.

La femme était morte depuis très peu de temps; d'un coup direct au cœur. Il n'y avait aucune trace de désordre sur la coiffeuse, à part deux choses : une boîte en bois de santal était ouverte et la morte tenait un morceau de papier dans ses doigts crispés.

La voix aux riches intonations de Tony Taplin sortait, profonde et caressante, du micro placé sur la piste de danse, et leur parvenait atténuée par le couloir :

– Une sélection de vieux, très vieux succès, en commençant par l'immortel « Bye-bye, Blackbird ». Allons-y, les enfants!

Jim se tourna vers l'habilleuse :

– Qui êtes-vous?

– Moi? Je suis Paula.

Elle avait atteint un tel degré de terreur qu'elle se serrait les tempes entre les mains et balançait la tête à gauche et à droite.

– Son habilleuse?

– Hein?

– L'habilleuse de miss Rapport?

– Oui, *monsieur*. Qui êtes-vous?

Elle le fixait du regard.

– Où étiez-vous, lui dit Jim, quand elle est revenue, son numéro fini, il y a quelques minutes?

– Je n'étais pas là! Je n'y étais pas, et je peux le prouver! Elle m'a donné une commission à faire à

Mr Taplin : qu'il vienne la voir dès qu'elle aurait fini de danser, et c'est ce que j'ai été lui dire. Et...

– Du calme. Savez-vous où est la table seize? Très bien. Allez-y, vous trouverez un grand homme très costaud; moustache rousse, cheveux courts, taches de rousseur. Il s'appelle le colonel March. Demandez-lui s'il peut venir ici, mais n'en parlez à personne. Compris?

La fille partie, Jim se pencha davantage sur la coiffeuse. Il était facile de déchiffrer quelques mots tracés sur le morceau de papier que Francine Rapport tenait à la main : « *... comme ceci. Celui qui ne cesse de t'adorer – Tommy.* »

Les doigts bien lisses et soignés, aux ongles carminés, se cramponnaient à ce morceau de papier comme si elle avait voulu l'emmener, même dans la mort.

Jim Matthews ne toucha à rien. Cela ne concernait pas le Département D-3, le Service des Affaires Inclassables. Il était, avec le colonel March, à l'Orient Club pour rechercher un superpickpocket. C'était maintenant chose faite. Mais il faut plus que jamais prendre l'affaire en mains quand un pickpocket dit des mensonges à moins de trois mètres d'une femme assassinée. Il conduisit la fille en blanc à une chaise.

– Donnez-moi vos noms et adresse, s'il vous plaît.

– Je suis désolée. Je ne peux pas vous le dire.

Jim referma son carnet.

– C'est votre droit, dit-il. Je veux que vous le compreniez également, vous n'êtes nullement obligée de répondre aux questions que je peux vous poser. Mais si vous vous rendiez seulement compte...

– Cela m'est égal de répondre à vos questions, dit

la fille, dont les yeux commençaient à s'emplir de larmes. Cela ne peut pas être pire pour moi, n'est-ce pas?

– Alors, pourquoi ne m'avez-vous pas dit que vous saviez qu'elle était morte?

– Vous me prenez pour une folle? Vous auriez pensé exactement ce que vous avez pensé. Mais je ne l'ai pas tuée. Je suis entrée, je l'ai trouvée morte et je suis ressortie. C'est tout ce que je sais. Tout ce que je voulais, c'était sortir d'ici. Je n'attends pas de vous que vous me croyiez. Je ne le croirais probablement pas moi-même si je me trouvais à votre place. Mais c'est la vérité.

Elle se redressa sur sa chaise, avec une expression froidement désespérée.

– Et alors, ce portefeuille?

– C'est le portefeuille de Tony Taplin. Autant que vous le sachiez à présent.

– Vous l'avez volé?

– Non. Ne vous inquiétez pas. Je ne vais pas prendre l'attitude de l'innocence outragée, ou bien sauter en l'air et piquer une crise de colère, comme elle avait l'habitude de le faire.

Et ses yeux se posèrent sur Francine.

– Mais je ne l'ai vraiment pas volé. Il l'a laissé tomber. Il l'a laissé tomber, je vous dis!

– Est-ce que vous avez encore ce portefeuille? Vous feriez mieux de me le remettre, dans ce cas.

Son visage prit une expression de cynisme ironique, elle semblait prendre plaisir à garder son secret. S'il n'avait pas déjà vu chez elle une expression différente, quand elle n'était pas sur ses gardes, il aurait pu la croire. Sans dire un mot, elle ouvrit son sac, sortit le portefeuille et le lui tendit.

C'était un portefeuille de cuir noir tout souple,

sans nom ni initiales, mais diable, son contenu suffisait! Ce n'était pas un portefeuille comme tous les autres : il contenait mille livres en billets de cinquante soigneusement pliés.

Une exclamation venant de la porte les fit sursauter. Le visage décomposé, Tony Taplin regardait la femme effondrée sur la coiffeuse.

Même ceux qui connaissaient la malhonnêteté ou la dépravation innée de Taplin étaient contraints de reconnaître qu'il avait du charme. Il allait de par le monde avec les manières et la voix d'un animateur de radio qui se serait trouvé en permanence devant son micro. Ni l'air vicié, ni les boissons, ni les veilles ne semblaient pouvoir porter atteinte à sa vitalité. Ses cheveux noirs et raides, ses yeux clairs au regard aimable, ses joues rasées de près le faisaient ressembler à une photographie pour vitrine de pharmacie. Mais tout cela avait disparu, à présent.

– Qui êtes-vous? dit-il.

Puis, sur un ton plus haut :

– Mon Dieu, qu'est-ce que c'est?

– Du calme, monsieur. Ne touchez à rien.

Taplin s'était précipité sur Francine. Il lui toucha l'épaule, puis il se mit à frapper de son poing fermé la paume de son autre main, avec une espèce de frénésie.

– Elle est morte, dit-il.

– Oui. Nous...

– Ils l'ont eue... dit Taplin. Je n'avais qu'elle au monde. Qui a fait cela? Dites-moi qui a fait cela et je le tuerai! Je pense ce que je dis.

Il pivota sur ses talons pour se tourner vers la fille en blanc.

– Qui est-ce? Qui êtes-vous?

Jim Matthews avait eu depuis le début l'impression que la fille étudiait Taplin. Il ne pouvait interpréter son expression. Mais elle s'adressait maintenant à Matthews.

– Au moins... (elle parlait avec calme, mais insistance), vous pouvez préciser un point. A propos du portefeuille, j'entends. Mr Taplin peut éclaircir la chose – c'est son portefeuille. J'ai vu qu'il le laissait tomber. Et il peut vous dire qui je suis, également; il peut se porter garant pour moi.

– Est-ce votre portefeuille, monsieur? demanda Jim en présentant l'objet.

– Au diable ce portefeuille, gronda Taplin.

Puis il cligna des yeux, son embarras s'accrut, et il ajouta :

– Quel portefeuille? Où cela? De quoi parlez-vous?

– Est-ce que ceci vous appartient?

– Certainement pas.

– Et je suppose que vous allez déclarer également, dit la fille d'une voix douce et calme, que vous ne me connaissez pas non plus?

Taplin parlait avec une sorte de courtoisie désespérée :

– Madame, je ne sais pas de quoi vous parlez. Je ne sais qu'une chose, c'est que Francine est morte. J'arrive ici, et je la trouve dans cet état, avec une paire de ciseaux...

Il s'arrêta, son visage se convulsa comme s'il allait se mettre à pleurer.

– Et tout ce que vous êtes capable de faire, c'est de marmonner Dieu sait quoi à propos d'un portefeuille, d'un portefeuille! Non, je ne sais pas qui vous êtes. Je ne vous ai jamais vue. C'est vous qui l'avez tuée?

– Je crois plutôt que c'est vous!

L'autre réussit à se maîtriser.

– J'ai fait énormément de choses dans ma vie, répondit-il sur un ton sinistre. A en juger par l'importance des forces de police qui se trouvent ici ce soir, on m'en attribue beaucoup plus encore. Mais il y a une chose que je n'ai pas faite, c'est bien de tuer Francine. Je n'ai pas quitté l'estrade de l'orchestre depuis le moment où elle s'est mise à danser et je n'en suis parti qu'il y a une minute à peine.

C'était vrai. Jim le reconnaissait en lui-même; la fille aussi, à en juger d'après son jeu de physionomie.

– Cinquante personnes en témoigneront. Pour une fois dans ma vie, marmonna Taplin, tandis qu'une expression farouche et étonnée prenait naissance dans ses yeux, pour une fois dans ma vie, je me trouve dans une situation nette alors qu'un sale travail a été fait. Et il faut que ce soit un sale travail de ce genre-là!

– Tout à fait exact, reconnut une voix qu'on n'avait encore pas entendue. Ce genre-là!

La voix appartenait au colonel March. Ses cent dix kilos obstruaient la porte. Il avait les pouces passés dans les poches de son gilet blanc. Il était toujours aussi affable, mais il avait l'œil mauvais.

– Salut, poulet! lança Taplin qui n'avait pas l'intention de se montrer injurieux.

– Bonsoir, dit le colonel March.

– Vous venez pour nous embarquer tous?

– Non, dit le colonel March avec sérieux. Pour cela, j'ai téléphoné à l'inspecteur divisionnaire. Il s'en chargera. En réalité je suis venu mettre fin à votre dernière escroquerie, la plus ingénieuse de toutes, je pense.

– Je ne vous suis pas, dit Taplin sur un ton mordant.

Le colonel March l'étudiait. Derrière cette façade énorme se faisait jour comme une sorte d'admiration.

– Mon bon Anthony, dit-il, je vous considère comme un génie! Vous n'employez pas d'armes à feu. Vous n'avez même pas besoin d'un videur dans votre établissement. Votre arme est la psychologie.

Son rictus s'élargit et prit une expression sinistre.

– Partout où s'ouvre l'Orient Club, et cela se produit assez fréquemment, vous avez une combinaison nouvelle et à toute épreuve pour soustraire leur argent aux gogos. Paris et New York en fourniront la preuve. Ici vous êtes plus subtil – mais vous avez un véritable joyau. Il m'a fallu plusieurs jours de réflexion, une serviette mouillée autour de la tête, pour que j'arrive à déterminer ce que c'était.

– Oh?

– Oui. Le vol à la tire dans le style futuriste. Le vol à la tire pratiqué de telle sorte que le client ne sait même pas qu'il a été volé.

Comme s'il avait pensé à autre chose, le colonel March traversa la pièce et alla regarder le corps de Francine Rapport. Il n'avait pas l'air de se soucier d'elle. Il continua à parler sans regarder Taplin, ni la fille.

– Ce n'est pas du travail de pickpocket ordinaire, assura-t-il. Cela est beaucoup trop dangereux. Dans une boîte de nuit, tous les clients prennent un verre; certains absorbent un nombre de verres tolérable; tandis que d'autres – je pense que le fait est bien connu – en prennent un peu trop... Si bien que cela ferait beaucoup trop d'histoires si ces vols étaient découverts, ne serait-ce qu'une fois. Cela éclabousserait vite la réputation de l'Orient Club, qui n'en a pas besoin. Mais il y a un meilleur moyen.

» Voyez-vous, un homme qui a absorbé un certain nombre de verres se rappelle rarement combien il avait exactement d'argent dans son portefeuille. Quand il fait son compte à la fin de la soirée et qu'il arrive à un total inférieur de trois ou cinq livres à ce qu'il s'attendait à trouver, il suppose simplement qu'il a dépensé la différence. Nous ferions tous cela. Il ne va certainement pas se mettre à supposer que son portefeuille lui a été subtilisé, pour être ensuite adroitement remis en place, après qu'en a été soustraite la somme que l'Orient Club estime qu'il aurait pu dépenser sans s'en apercevoir. La méthode est sans danger et presque totalement impossible à déceler. Mais à la fin de la semaine, les prélèvements doivent atteindre un montant énorme. Mr Taplin, je vous félicite.

Il y eut un silence. Jim Matthews ne pouvait rien lire sur la physionomie de Taplin.

– Il a complètement perdu la tête, dit Taplin sur un ton critique. Je ne crois pas que vous puissiez prouver vos dires.

Le colonel March se détourna de la coiffeuse.

– Je crains en effet que non, reconnut-il. Juste au moment où nous essayions de le prouver, cette jeune dame est venue embrouiller les choses.

– Ainsi, dit la fille en blanc, vous me prenez pour une pickpocket?

– Non, répondit le colonel March. Je crois savoir maintenant qui vous êtes, bien que je ne blâme pas Matthews de s'y être laissé prendre. Votre nom est probablement Joan Forsythe. Vous habitez Kensington, à une adresse dont je ne peux pas me souvenir pour le moment, et vous avez un frère du nom de

Thomas qui appartient aux Services Diplomatiques. Je peux également deviner ce que vous faisiez avec ce portefeuille.

La fille bondit sur ses pieds.

– Vous ne l'avez pris à personne, dit le colonel March sur un ton sec. Au contraire, vous essayiez de le donner à quelqu'un. A Mr Taplin, en fait. Cela ne vous ferait rien, Matthews, de me raconter ce qui s'est exactement passé ici?

Pendant les explications de Matthews, son expression resta sardonique. Il prit le portefeuille et le présenta à la fille.

– Ah oui! Je vois. Ceci contient le produit du chantage exercé par Taplin et Rapport sur votre frère en raison de sa liaison avec miss Rapport. Seigneur, quelle lettre de rappel! Vous aviez pour instruction de remettre l'argent à Taplin en public, en présence de témoins, dans un portefeuille et avec une phrase convenue : « C'est votre portefeuille, n'est-ce pas? »

» Vous avez été près de l'estrade de l'orchestre pour le lui remettre mais à la dernière minute vous avez perdu votre sang-froid et plutôt qu'à lui, vous avez tenté de le donner à miss Rapport. C'est un autre de leurs petits jeux, ajouta tristement le colonel March. Celui qu'ils ont essayé à Paris.

Tout le ressort et l'énergie de Taplin étaient revenus. Il avait encore un regard un peu hystérique, comme celui d'un acteur qui a joué un rôle épuisant. Mais il n'avait pas l'air offensé. Il se contentait de hocher la tête d'un air sceptique.

– Vous allez bien vite, mon ami, fit-il remarquer. Vous pourriez vous attirer des ennuis, vous savez, à vous exprimer ainsi. Je ne sais pas de quoi vous parlez. Mais c'est vous qui racontez, n'est-ce pas?

– C'est vrai! dit la fille entre ses dents.

Pendant une ou deux secondes elle ne parut pas savoir si ce qu'elle devait éprouver, c'était du soulagement ou de la colère, ou même un désespoir plus profond. Mais ce fut plutôt l'effacement de cette détermination glacée sous laquelle apparut un être très humain; humain et un peu susceptible.

– Vous avez vu Tommy! répliqua-t-elle avec emportement au colonel March.

– Pas exactement, miss Forsythe. Il est venu nous trouver la semaine dernière, puis il a pris peur et il a refusé de tendre un piège. Nous ne pouvions rien faire d'autre.

– Eh bien! que pouvais-je faire d'autre, *moi*? Je devais récupérer ces lettres que Tommy lui avait écrites. Elles n'auraient pas valu deux sous, vous ne comprenez donc pas, si Tommy n'avait pas appartenu aux Services Diplomatiques? Mais une merveilleuse occasion se présente pour lui; il sera envoyé à Paris ou à Rome si tout va bien. Il ne veut pas s'occuper de lui et je... bon, je...

– Ecoutez, marmonna Jim Matthews, il me semble que j'ai de nouveau fait l'imbécile. Excusez-moi, monsieur.

– Pourquoi vous excuseriez-vous? demanda Joan Forsythe. Vous n'avez peut-être pas attrapé un pickpocket. Mais comment savez-vous si vous n'avez pas pris une meurtrière? Regardez cela. Regardez dans sa main. Regardez ce morceau de papier, portant la signature de son Tommy qui l'adore. Il a été arraché d'une des lettres de mon frère; et notre merveilleux M. Taplin le sait aussi bien que moi.

– Je ne sais pas ce que Francine avait l'intention de faire, dit Taplin. En ce qui concerne les lettres, c'est-à-dire. Si elle voulait en vendre, c'était son affaire. Mais s'il existait des lettres, où se trouvent-elles actuellement?

Le colonel March prit la question avec beaucoup de sérieux. Il se pencha de nouveau pour examiner la lettre, déplia les doigts pour pouvoir en même temps regarder la douce paume de la main. Cette main et le bras paraissaient l'intéresser autant que le morceau de papier.

– Eh bien, miss Forsythe, demanda-t-il par-dessus son épaule, avez-vous récupéré les lettres?

– Non, non, et non! Je vous l'ai déjà dit. Je vous ai dit à vous, ajouta-t-elle en invoquant le témoignage de Jim, qu'elle était déjà morte quand je suis entrée dans cette pièce. De toute façon, je n'y suis pas restée plus d'une demi-minute. Je n'ai trouvé aucune lettre; vous pouvez me fouiller si ça vous chante. *Lui* avait les lettres. Il les a probablement encore.

– Je n'ai jamais eu la moindre lettre, dit Taplin.

Joan Forsythe se ressaisit. Elle étudiait Taplin avec curiosité; et elle parlait sur un ton nouveau, détaché, surpris.

– Vous savez, vous êtes vraiment un sale type!

– C'est possible, reconnut Taplin avec franchise. Nul n'est parfait, pas même vous. Mais voyez-vous, miss Machin Chouette, vous êtes dans la panade. Vous devriez le comprendre, dans votre propre intérêt. Et, pour parler honnêtement, vous ne devriez pas vous montrer si légère dans vos accusations. Mais moi, je ne suis pas du tout dans la panade. Je n'ai pas tué cette pauvre gosse. Je n'aurais pas pu la tuer. Les flics eux-mêmes vous diront que je n'ai à aucun moment quitté cette estrade d'orchestre.

– Est-ce vrai? demanda la fille en s'adressant au colonel March.

– C'est tout à fait vrai, miss Forsythe.

– Vous voyez? dit Taplin.

– Non, je ne vois pas, répondit Joan Forsythe, du même ton perplexe.

Elle fit un geste.

– Pour moi, ce qui ne passe pas, c'est ce côté minable et moche de toute l'affaire. Moche et sinistre. Mon frère n'a rien du personnage persécuté qui est responsable d'un grand nombre de crimes atroces.

» Il ne peut se permettre d'être mêlé à un scandale et sous prétexte qu'il a fait des folies pour cette femme, ils sont tous là à attendre de trouver un moyen d'en tirer de l'argent. Ils sont tellement habitués à se servir aux dépens d'autrui qu'ils ne voient même rien d'étrange là-dedans. Ils vous disent seulement, d'un air étonné : " Eh bien! il faudra naturellement que vous payiez en échange de ce que nous savons, alors, payez et ne disons plus de bêtises. " (Elle prit une profonde inspiration.) Vous avez peut-être raison. Je ne sais pas. Tout ce que je sais, c'est que pour réunir cet argent, cela nous a coûté, à Tommy et à moi-même, à peu près tout ce que nous possédions. Il doit y avoir un grand nombre de pauvres idiots qui se trouvent dans le même cas. Je ne sais pas si vous croyez ce que vous dit cet homme. Il semblerait. Quoi que vous ayez l'intention de me faire, cela aboutira à un scandale abominable. Le malheureux Tommy s'y trouvera plongé. Dans ce bas monde, les malins arrivent toujours à se débrouiller.

– Je ne le pense pas, miss Forsythe, dit le colonel March.

Tout le monde se tourna vers lui.

Le calme subit qui avait pris naissance dans cette loge avait gagné tout l'Orient Club. L'orchestre, après quelques hésitations, s'était arrêté au beau milieu d'une mesure. Le murmure des voix, venant de la piste de danse, après s'être subitement amplifié, s'était éteint. Et Jim Matthews savait pourquoi. La foule avait vu à la porte les uniformes de la police.

Toutefois, le colonel March, les bras croisés, ne sembla rien remarquer.

– Dites-moi, vous, dit-il brusquement en se tournant vers la porte, Paula, je crois que c'est ainsi qu'on vous appelle. L'habilleuse. Entrez donc, s'il vous plaît.

Paula obéit. Elle entra comme une chatte. Non pas de front, mais en contournant le chambranle. Elle ne semblait pas nerveuse, mais ses gros yeux ronds avaient une expression particulière.

– Paula, répéta le colonel March. Est-ce que je ne vous ai pas déjà vue quelque part?

La réponse ne se fit pas attendre.

– C'est bien possible. J'ai été deux ou trois ans au Tin Hat Club. Et six mois à l'Odalisque.

– Je n'ai jamais été au Tin Hat Club. Non. Je ne vous ai pas vue plus récemment que cela?

Paula eut un haussement d'épaules.

– Bon, passons, dit le colonel March d'une curieuse voix. Combien y a-t-il de loges ici, vous pouvez me le dire?

– Deux en dehors de celle-ci, monsieur.

– Aucun autre numéro de cabaret à part celui de miss Rapport?

– Non.

– Et les filles... les entraîneuses, je veux dire. Est-ce qu'elles se changent dans ces loges?

Taplin était sur le point d'intervenir. Mais Paula, qui gardait les yeux grands ouverts, comme si elle avait voulu hypnotiser quelqu'un, le devança.

– Non. De l'autre côté, miss Rapport ne l'aurait pas permis.

– Quand avez-vous vu miss Rapport vivante pour la dernière fois?

Paula bondit sur l'occasion de répondre.

– Je l'ai croisée quand elle sortait de scène, voilà. Elle m'a chargée d'une commission pour Mr Taplin.

– Si bien que vous avez un alibi, vous aussi, fit remarquer le colonel March avec une politesse soudaine. Nous sommes venus ici pour rechercher un très habile pickpocket. Nous pouvons donc aussi bien aller au fond de la question. Puis-je jeter un coup d'œil sur vos mains, s'il vous plaît?

– Mes mains?

– Les deux mains.

Elle hésita, en lançant un regard à Taplin; mais elle finit par les tendre devant elle.

– Si vous êtes en train de dire que Paula a quoi que ce soit à faire avec la mort de Francine, vous faites erreur, dit Taplin. Cinquante témoins peuvent en attester. Elle s'est tenue tout le temps sur la piste de danse. Et si vous essayez de dire que c'est une voleuse, vous devez être complètement cinglé. (Puis il se mit à crier :) Qu'est-ce que vous croyez trouver dans sa main? son avenir?

– Non, dit le colonel March. De l'huile, tout simplement. Et vous avez tout à fait raison. Elle a été tout le temps sur la piste de danse.

Paula retira vivement sa main comme si elle s'était brûlée. Le colonel March continuait à la tenir avec douceur par l'autre bras; et il ne la laissa pas partir.

– Nous avons remarqué plusieurs choses au sujet de Francine Rapport, continua-t-il. Elle faisait son numéro de danse javanaise à la lumière d'un projecteur bleu, et son visage était recouvert d'un véritable masque grotesque de maquillage qui la rendait absolument méconnaissable. Mais remarquez la couleur de sa peau; et comparez-la à celle de Paula. Notez sa taille et sa corpulence : et comparez à celles de Paula. Oui, Paula était sur la piste de danse, personnifiant Francine dans sa danse du temple, pendant que Francine gisait morte dans sa loge. Et si vous ne voulez pas être vous-même accusée du meurtre, ma jeune dame (il faisait en même temps pivoter Paula, qui hurlait, pour qu'elle voie ses yeux perçants), vous feriez mieux d'admettre que votre ami Taplin a poignardé Rapport avec les ciseaux juste avant le moment où elle devait commencer son numéro de danse.

Tony Taplin essaya d'arracher Paula des mains du colonel March et de lui faire entendre raison. Mais elle n'était pas une bonne complice. Elle reconnut les faits, les mettant en cause l'un et l'autre, avant même que l'inspecteur divisionnaire ne soit arrivé dans la loge.

– Le truquage, dit un peu plus tard le colonel March à Joan Forsythe et à Matthews, était assez simple; et très facile à réaliser sans bavures. Notre ingénieux Mr Taplin, qui estimait avoir droit à toutes les bonnes choses de l'existence, était fatigué de Francine. Elle était assommante. Elle était querelleuse. Elle prenait de l'âge. Elle avait de trop gros besoins d'argent. Cette partenaire devait donc être éliminée.

» Il n'eut pas de difficulté à enseigner cette danse à Paula, comme il l'avait fait pour Francine. Il était facile d'opérer la substitution : il n'y avait pas d'autre numéro de cabaret à l'Orient Club et personne n'approchait des loges. On pouvait voir Paula, mais naturellement, seulement sous son maquillage, avec la coiffure lui cachant les cheveux, dans la lumière vague du projecteur bleu, qui change la physionomie. Elle ne pouvait pas être vue de près. Quelques minutes avant le numéro de Francine, alors qu'elle venait à peine de mettre son costume de scène, Taplin la poignardait. Pendant ce temps, dans une loge contiguë et vide, Paula endossait un second costume identique.

» Paula sortit, ferma la loge de Francine pour que le cadavre ne risque pas d'être découvert trop tôt, prit la clef avec elle, et alla danser. Ensuite, elle revint, ouvrit la porte, remit ses vêtements habituels dans la loge vide, et en très peu de temps, elle se trouvait de nouveau en mesure de se montrer. Pendant tout ce temps, bien entendu, Taplin était en train de se ménager un alibi inattaquable. Tel était le but de toute cette combinaison. Et il en résultait un alibi pour Paula, également. Taplin était prêt à jurer qu'elle se trouvait près de lui si on lui avait posé la moindre question.

» Ils ne se souciaient pas particulièrement de savoir qui découvrirait le cadavre. Mais je suis certain qu'ils n'ont jamais eu l'intention que ce soit *vous,* miss Forsythe. Au contraire, Taplin a dû se sentir plutôt malade quand vous ne vous êtes pas approchée de lui pour lui tendre ses mille livres. Ensuite, avec la police présente, il pouvait difficilement les réclamer quand par une malchance regrettable vous avez été soupçonnée.

» Il n'a jamais eu l'intention que ce lambeau de papier soit trouvé dans la main de la victime. Il a demandé les lettres à Francine, l'a poignardée au moment où elle les extrayait de cette boîte en bois de santal et, par malheur, il les lui a arrachées des mains un peu trop vite. Il lui a donc fallu vous attaquer pour se protéger.

Le colonel March laissa son regard se perdre dans le vague.

– Puisque nous avons trouvé les lettres sur Taplin, elles ne pourront plus causer aucun ennui à votre frère. En outre, je vous donne ma parole que vous ne vous êtes à aucun moment trouvée exposée à un grand danger. Voyez-vous, dès le début j'ai soupçonné une substitution d'identités...

– Depuis le début? demanda Joan Forsythe. Mais comment cela?

– Moi aussi j'aimerais savoir, monsieur, reconnut Jim Matthews, en se rembrunissant un peu.

– Ils ont oublié l'huile, dit le colonel March. Vous avez peut-être remarqué la couche d'huile qui recouvre tous ces grands ornements de métal pour leur donner ce reflet atténué et mystérieux qui permet d'imiter la véritable danse sacrée. Celle-ci consiste en une série d'évolutions au cours desquelles les mains et les bras de la danseuse sont posés à plat sur son corps ou l'effleurent. Nous l'avons vu. Les paumes des mains de Francine, et ses bras, auraient dû être recouverts d'une pellicule d'huile recueillie en frôlant les ornements. Ils ne l'étaient pas, nous l'avons également constaté. Cependant, c'était même clair avant cela. Francine Rapport était une vraie professionnelle. Elle ne pouvait pas avoir oublié ce qu'on appelle le tempo. Elle a terminé trop tôt, au moment où l'orchestre se déchaîne. Je ne savais pas qui était la danseuse. Mais je savais que ce ne pouvait pas être Francine Rapport.

Traduit par Jacques Parsons
Titre original :
DEATH IN THE DRESSING-ROOM.

LE RIDEAU D'ARGENT

Le poignet du croupier se mouvait avec une telle agilité qu'on l'eût cru irréel. Au-dessus du tapis vert, il n'hésitait jamais, ne se reprenait jamais, ne restait jamais immobile. Le râteau, ressemblant à une énorme spatule, attirait les cartes, les faisait sauter, jonglait avec, puis les glissait, en un courant continu, dans l'encoche de la table.

Pas une voix ne s'élevait au casino de La Bandelette. Encore moins un rire. Les haut rideaux rouges et le tapis de sol de même couleur faisaient régner une sorte de concentration désœuvrée sur une douzaine de tables. Au numéro 6, le croupier répétait d'un ton monotone : « Six mille. Banco? Six mille. Banco? Banco? »

– Banco, dit le jeune Anglais de l'autre côté de la table. Les cartes, blanches et grises, glissèrent doucement hors du sabot. Le jeune homme perdit de nouveau.

Le croupier n'avait pas le temps de remarquer grand-chose. Les gens autour de lui, par centaines durant la saison, cessaient d'être à ses yeux, des êtres humains. Il avait une machine à calculer dans la tête. Il entendait ses déclics, regardait passer les chiffres.

C'était tout ce qu'il savait faire. Ses facultés étaient si intensément développées qu'il connaissait en permanence à cent francs près, la somme d'argent dont les joueurs de sa table disposaient encore. Le jeune homme, en face de lui, n'avait presque plus un sou.

D'un air détaché, le croupier fit des yeux le tour de sa table. Cinq joueurs : une jeune fille blonde; un homme âgé, visiblement son père, chauve et paraissant malade; un homme lourd, d'aspect militaire, à qui quelqu'un avait donné le nom de colonel March; un jeune homme corpulent, à la peau basanée, aux manières doucereuses, aux sourcils tortueux (Anglais? peu probable) dont la satisfaction avait grandi au rythme de sa chance et dont le portefeuille bourré de billets de banque était posé sur la table près de lui. Et enfin, le jeune Anglais qui perdait si souvent.

Ce jeune homme quitta sa chaise.

Son visage trahissait son émotion. Et il paraissait si profondément troublé que la jeune fille blonde ne put s'empêcher de lui adresser quelques mots.

– Vous partez, Mr Winton?

– Heu... oui, répondit-il, heureux, semblait-il, de cette manifestation de sympathie. (Il sourit à la jeune fille.) Toujours aucune chance. Il est temps d'aller prendre un verre et de prier pour que cela aille mieux la prochaine fois.

« Voyons, pensa Jerry Winton, pourquoi rester ici pour expliquer? Ce n'est pas sérieux. Tu t'en sortiras, même au prix de vilains ennuis. Ils savent tous que tu es fauché. Cesse de te tenir là à rire comme un grand dadais, et va-t'en de cette table. » Il regarda dans les yeux la jeune fille blonde, et regretta d'avoir été idiot.

– Prendre un verre, répéta-t-il.

Il s'éloigna à grands pas en imaginant que l'on riait derrière lui. Le jeune homme aux manières onctueuses avait relevé son visage de pleine lune pour le regarder simplement d'une façon qui éveillait sa colère.

« Au diable La Bandelette, le baccara, et tout. »

– Voilà un jeune homme qui va avoir des ennuis avec son hôtel, remarqua le croupier. Banco? Six mille. Banco?

Au bar, attenant à la salle de jeu, Jerry Winton se glissa sur un haut tabouret, commanda un armagnac, et poussa son dernier billet de cent francs devant lui sur le comptoir. Il avait la tête pleine de chiffres tracés à la façon patte d'araignée française. Sa note d'hôtel pour une semaine s'élèverait à... combien? Quatre, cinq, six mille francs? Elle lui serait présentée le lendemain, et il ne lui restait plus que son billet de retour pour Londres par avion.

Dans la grande glace placée derrière le bar, un visage nouveau se détacha de la foule. Celui de ce corpulent jeune homme, au visage rond, aux manières doucereuses qui avait ramassé tout un paquet à la table de jeu, et qui caressait encore son portefeuille avec amour avant de le remettre dans sa poche. Il prit un tabouret à côté de Jerry, et commanda une eau minérale. Comme ils étaient perspicaces et astucieux, ces experts au jeu! Il ralluma le bout d'un cigare qu'il gardait au coin de sa bouche.

Puis il dit : « Fauché? », posant la question avec désinvolture.

Jerry Winton regarda l'image que reflétait la glace.

– Je ne vois pas, répondit-il en choisissant ses

mots avec un soin lent et meurtrier, que cela puisse regarder qui que ce soit en dehors de moi.

– Oh! certainement, fit l'inconnu du même ton détaché, insupportable.

Il tira plusieurs bouffées de son cigare, but un peu d'eau minérale. Puis il ajouta :

– Pourtant, je suis certain que cela doit être sérieux. N'est-ce pas?

– Si cela vous intéresse tellement, répliqua Jerry en se tournant vers lui, eh bien, je vous répondrai... non, ce n'est pas sérieux. J'ai beaucoup d'argent chez moi. L'ennui est que nous sommes vendredi soir et que je ne peux aller à la banque avant lundi.

Bien que cela fût parfaitement vrai, il vit le sourire incrédule de l'autre s'élargir encore.

– C'est très ennuyeux parce que l'on ne me connaît pas à l'hôtel. Mais cela ne va pas plus loin. Si vous me croyez capable de sortir dans le jardin pour me tirer une balle dans le crâne, vous vous trompez.

L'autre secoua la tête avec un sourire triste.

– Non? Je ne peux pas croire cela.

– Je me moque de ce que vous croyez.

– Vous devriez écouter, dit l'inconnu, imperturbable. (Et comme Jerry descendait de son tabouret, il tendit la main pour lui tapoter le bras.) Ne vous pressez pas tant. Vous dites que vous êtes riche. Bon, je veux bien l'admettre. Je ne discuterai pas avec vous. Mais, dites-moi, comment sont vos nerfs?

– Mes quoi?

– Vos nerfs. Votre sang-froid, expliqua l'autre avec une sorte de ricanement.

Jerry Winton se tourna de nouveau vers le visage à l'air doucereux qui le fixait avec aplomb au-dessus du verre d'eau minérale. Les pieds de son compagnon étaient accrochés à ceux du tabouret de bar. Sa courte lèvre supérieure se relevait, pleine d'assurance. Un œil blanc regardait Jerry d'un air moqueur.

– Je pensais devoir le demander, poursuivit-il. Je m'appelle Davos. Ferdie Davos. Tout le monde me connaît. (Il montra la foule d'un geste large.) Aimeriez-vous gagner dix mille francs?

– Assurément. Mais je me demande si j'aimerais les gagner grâce à vous.

Davos ne broncha pas.

– Cela ne sert à rien de me prendre de haut, vous savez. Cela ne m'impressionne pas, et n'arrange pas vos affaires. Je répète, aimeriez-vous gagner dix mille francs? Cette somme ferait plus que couvrir ce que vous devez, n'est-ce pas? C'est bien ce que je pensais. Eh bien, voulez-vous ou non?

– Oui, je veux, grogna Jerry.

– Très bien. Allez voir un docteur.

– *Quoi?*

– Allez voir un docteur, répéta Davos froidement. Vous avez besoin d'un remontant... en pilules. Non, je ne plaisante pas. (Il jeta un coup d'œil à la pendule qui marquait onze heures moins cinq.) Rendez-vous à cette adresse... écoutez soigneusement ce que je vais vous dire... et il y aura dix mille francs pour vous. Allez-y dans une heure environ. Pas plus tôt, pas plus tard. Faites votre travail proprement, et il y aura peut-être davantage même que dix mille francs pour vous. Numéro 2, square Saint-Jean, avenue des Phares, dans une heure à peu près. Nous verrons alors si vos nerfs sont solides.

La Bandelette, « le filet », ce ruban de plage argentée au bord de la Manche, est remplie de maisons au toit plat et curieusement peintes qui lui donnent l'air d'une ville de l'un des films de Walt Disney. Mais la ville elle-même est d'intérêt secondaire. La colonie anglaise, terriblement « fashionable », se tient au-delà, parmi de grands arbres. Près du Casino de la Forêt se trouvent trois grands hôtels, magnifiques avec leurs fausses tours gothiques dressées vers le ciel. L'air y a des senteurs balsamiques. Des voitures décapotables passent avec bruit dans les larges avenues. Et l'art d'extraire l'argent des visiteurs est devenu si parfait que les mains de ces derniers vont à leur poche même pendant leur sommeil.

Ce sommeil, ils le prennent pendant le jour. La nuit, quand à La Bandelette tout est fermé sauf le casino, le phare de la grande île balaie les rues. Il brille, puis meurt, toutes les vingt secondes. Au moment où Jerry Winton marchait à grands pas sous les arbres en direction de l'avenue des Phares, la pluie commençait d'estomper sa lumière.

Square Saint-Jean, avenue des Phares. Où était-ce? Et pourquoi y aller?

Si Davos s'était adressé à lui d'une tout autre façon, Jerry admettait qu'il n'y eût pas prêté attention. Mais il avait des ennuis, et il était curieux. De plus, à moins qu'il ne s'agît d'un piège, il saurait comment employer ces dix mille francs. Ce piège existait sans doute. Qu'importait?

La pluie le fit hésiter. Il l'entendit crépiter sur les feuilles des arbres, puis tomber, lourde, pressée. A ce moment-là il aperçut la plaque indiquant l'avenue des Phares. Il n'avait ni chapeau ni manteau. Malgré tout, il voulait aller jusqu'au bout.

Devant lui se trouvait une rue bordée d'élégantes villas et parcimonieusement éclairée au gaz. Dans cette rue, un noir d'enfer. Et aussi quelque chose d'étrange. Plus qu'étrange même. Des gens qui vous sont totalement étrangers ne vous demandent pas si vos nerfs tiennent bon en vous offrant ensuite dix mille francs, pour rien du tout. Quelle était la raison de...

Soudain, il aperçut Davos.

Celui-ci ne le vit pas. Il était devant, marchant vite, à petits pas, le long de la rue obscure. La lumière blanche du phare passa au-dessus de leurs têtes, donnant à la pluie un aspect argenté. Jerry put voir briller ses cheveux noirs cosmétiqués, et se rendre compte qu'il portait à présent un léger pardessus havane. Relevant le col de son veston de soirée, il le suivit.

Peu après, Davos ralentit son allure. Il jeta un coup d'œil autour de lui, leva la tête. Sur sa gauche il y avait l'entrée d'une cour, manifestement le square Saint-Jean. Mais appeler cela un square était une exagération. En réalité, ce n'était qu'un cul-de-sac de six mètres de large sur douze de long.

De hauts murs de brique nue s'élevaient sur trois de ses côtés. Le troisième, à droite, se trouvait occupé par une grande maison d'habitation dont tous les volets étaient hermétiquement clos. Pourtant, on voyait un signe de vie dans cette maison. Au-dessus de sa porte, un globe blanc donnait une pâle lumière qui éclairait une plaque de docteur. Une maison discrète aux volets peints en bleu... Davos se dirigeait vers elle.

Tout cela, Jerry le vit d'un seul regard. Alors il recula. La pluie ruisselait sur lui. Elle estompait le pâle globe blanc derrière un rideau d'ombre et de clarté. Davos avait presque atteint la porte du docteur. Il s'était arrêté un instant, pour réfléchir ou regarder quelque chose. Puis...

Jerry Winton jura plus tard qu'il n'avait quitté Davos des yeux qu'une seconde seulement. C'était vrai. De fait, il avait jeté un regard derrière lui dans l'avenue des Phares, réconforté à la vue de la silhouette d'un policeman à quelque distance. Ce qui le fit de nouveau se retourner du côté du cul-de-sac fut un bruit, entre un accès de toux et un cri, gargouillant de façon horrible sous la pluie, suivi de la chute d'un corps sur l'asphalte.

Une seconde auparavant, Davos était debout. Maintenant, il était allongé sur le trottoir, lançant à droite et à gauche des coups de pied.

Au-dessus de lui, le faisceau lumineux du phare passa de nouveau. Jerry atteignant Davos en une demi-douzaine de longues enjambées rapides, eut une vision de toute la scène sous cette lumière momentanée. Les doigts de Davos étreignaient encore, ou essayaient d'étreindre, le portefeuille bien garni que Jerry avait vu au casino. Son pardessus havane trempé de pluie semblait à présent sombre. Ses talons raclaient le trottoir. Il avait reçu dans la nuque un coup de couteau, un lourd couteau au manche de métal poli long de dix centimètres. Soudain, le portefeuille glissa de ses doigts, et tomba dans une flaque dont l'eau jaillit. Il était mort.

Jerry Winton n'en croyait pas ses yeux. Machinalement, il se pencha, ramassa le portefeuille, le secoua. Puis il recula en entendant quelqu'un courir dans le cul-de-sac. Il vit alors voler l'imperméable d'un agent de police.

– Halte! cria celui-ci en français. Et, silhouette indistincte sous l'imperméable, il s'arrêta court et regarda fixement. Ayant vu ce qu'il y avait sur le trottoir, il poussa une exclamation comme s'il eût reçu un coup à l'estomac.

Jerry essaya de reprendre ses esprits et fit appel à ce qu'il savait de français pour dire ce qu'il fallait. « Son... un portefeuille », murmura-t-il en tendant celui-ci.

– Je vois.

– Il est mort.

– Ça paraît évident, admit l'agent avec un genre de reniflement. Eh bien, donnez-moi ce portefeuille. Vite, vite! Donnez-moi son portefeuille. (Il tendait la main, faisant claquer ses doigts. Il ajouta :) Pas d'imbécilités, s'il vous plaît! Je vous vois venir.

– Mais je ne l'ai pas tué.

– Il reste à le prouver.

– Vous... vous ne pensez pas...?

Jerry se tut brusquement. Tout était arrivé trop rapidement. Il avait l'impression de quelqu'un qui se trouve en face d'un vendeur extrêmement habile et qui arrive, en un instant, à se laisser persuader d'acheter quelque article formidable et inutile avant d'avoir compris de quoi il s'agissait.

Car vraiment il venait de se produire une chose extraordinaire. Davos avait été poignardé sous ses yeux. Il avait reçu un coup mortel par-derrière, le lourd couteau entré droit, un peu de bas en haut, comme si ce coup fût venu du trottoir. Et pourtant, à ce moment-là, Davos était seul dans un cul-de-sac absolument vide.

– Ce n'est pas à moi de trouver la solution, dit brusquement l'agent de police. Je prends des notes et fais mon rapport au commissaire. Voyons! (Il se mit à l'abri sur le seuil de la porte faiblement éclairée, ses yeux au regard las fixés sur Jerry, et sortit son carnet.) Pas de bêtises. Vous avez tué cet homme et essayé de le voler. Je vous ai vu.

– Non!

– Vous étiez seul avec lui ici. Je vous dis que je vous ai vu.

– C'est exact, j'étais seul.

– Bon. Il l'admet! Vous n'avez vu personne d'autre dans le passage?

– Personne.

– Eh bien, *justement*. L'assassin pouvait-il approcher sans être vu?

Jerry, sous le regard de plus en plus glacé, dut admettre que c'était impossible. Sur deux côtés s'élevaient de hauts murs nus. Sur le troisième se dressait une maison dont la porte et les fenêtres, il pouvait le jurer, ne s'étaient pas ouvertes, si peu que ce fût. Quand, l'espace d'une seconde, il avait détourné les yeux, aucun meurtrier n'avait eu la possibilité d'approcher, de poignarder Davos, et se mettre de nouveau à couvert. D'ailleurs, il n'y avait pas de couvert. La réalité était si manifeste que Jerry ne sut même pas trouver quelque mensonge plausible. Il ne put que bégayer :

– Je ne sais pas ce qui a pu se passer. Il était debout, et puis, tout à coup, il est tombé. Je n'ai vu personne. (Puis quelque chose se fit jour dans son esprit.) Attendez! Ce couteau-là... il a dû être jeté sur lui.

Des yeux au regard ironique le fixaient depuis le seuil de la porte.

– Jeté, vous dites? Jeté d'où?

– Je l'ignore, admit Jerry.

La lumière s'éteignit en lui. De nouveau il regarda les murs de brique nue, la maison à la façade close et d'où aucun couteau n'avait pu être lancé.

– Remarquez la position de ce couteau, poursuivit l'agent avec une terrible logique. Ce monsieur marchait devant vous?

– Oui.

– Bien. Nous avançons. (Il pointa son index.) L'arme pénètre droit dans sa nuque. Elle vient de la direction où vous vous trouviez. A-t-elle pu être lancée par quelqu'un se trouvant au-delà de vous, à l'entrée de cette rue?

– Impossible.

– Evidemment, s'écria l'agent. Je ne peux pas continuer à entendre de telles stupidités. J'ai quelque indulgence pour vous parce que vous êtes Anglais et que nous avons des ordres pour cela. Mais vous dépassez les bornes! Accompagnez-moi à l'Hôtel de Ville. Et ce porte-billets? Il vous l'a sans doute offert en disant : « Monsieur, je vous en prie, acceptez-le? »

– Non. Il le tenait à la main.

– A la main, dites-vous? Pourquoi?

– Je ne sais pas.

Jerry s'arrêta brusquement, à la fois parce que ses pertes au casino allaient prendre une effroyable signification, et parce qu'ils entendirent soudain le grincement d'une serrure. La porte de la maison du docteur s'ouvrit. Et de cette maison sortit la jeune fille blonde que Jerry avait vue au casino.

Sur la plaque de cuivre, à côté de la porte, on pouvait lire *Dr Edouard Hébert* avec, au-dessous, les heures de consultation suivies d'un agressif « *English spoken* ». Derrière la jeune fille, allongeant le cou pour voir, se tenait un homme d'âge moyen, portant moustache, et d'une très grande dignité. Un large ruban noir tombant de son lorgnon semblait former une sorte de circuit électrique avec les extrémités relevées de sa moustache.

Mais Jerry Winton ne regardait pas le Dr Hébert. Il n'avait d'yeux que pour la jeune fille. En plus d'un manteau de fourrure légère elle portait à présent un foulard couleur crème noué sur ses cheveux. Elle tenait à la main une minuscule boîte enveloppée d'un papier blanc. Son visage à la peau douce, à l'air inquiet, ses longs yeux d'un bleu pâle, semblaient refléter l'expression de l'homme mort qui, étendu sur le trottoir, la regardait fixement. Elle fit un bond en arrière, heurtant le policier. Et, posant une main sur le bras du Dr Hébert, de l'autre elle montra Davos.

– L'homme! cria-t-elle.

Mr Goron, commissaire de police, était un homme tranquille, aux manières aimables, un peu félines, et connu pour cela. Un crime, chose rare à La Bandelette, l'affligeait. Mais il était aussi un homme capable. A une heure du matin, assis dans son bureau de l'Hôtel de Ville, il examinait ses ongles en faisant craquer d'avant en arrière un fauteuil pivotant qui grinçait et dont le bruit commençait de peser sur les nerfs de Jerry Winton.

La jeune fille qui, pour la dixième fois, déclinait son nom, Eleanor Hood, insistait : « Mr Goron! »

– Mademoiselle? fit poliment le commissaire de police qui parut sortir d'un rêve.

Eleanor Hood se tourna vers Jerry Winton d'un air désespéré.

– Je voudrais bien savoir pourquoi le Dr Hébert et moi sommes ici, dit-elle dans un excellent français. Mr Winton aussi, d'ailleurs. (Cette fois le regard qu'elle posa sur Jerry fut empreint d'une souriante amitié – un regard humain qui réchauffa le cœur du malheureux.) Mais, en ce qui nous concerne... pourquoi? Ce n'est pas comme si nous étions des témoins. Je vous ai dit pourquoi je me trouvais chez le Dr Hébert.

– A cause du père de mademoiselle, murmura Mr Goron.

– Oui. Il est malade. Le Dr Hébert le soigne depuis plusieurs jours. Il a eu un nouveau malaise cette nuit au casino. Mr Winton peut le confirmer.

Jerry hocha la tête. Le vieux monsieur assis à la table de jeu avait certainement l'air souffrant, se dit-il.

– J'ai ramené mon père à notre hôtel, le Brittany, à 11 heures et demie, continua la jeune fille avec force. J'ai essayé d'avoir le Dr Hébert au téléphone, mais n'y suis pas parvenue. Aussi suis-je allée chez lui. C'est très près de notre hôtel. En chemin, j'ai remarqué cet homme... celui que vous appelez Davos. J'ai cru qu'il me suivait. On aurait dit qu'il me regardait de derrière chaque arbre. C'est pourquoi j'ai poussé cette exclamation quand je l'ai aperçu étendu, les yeux ouverts, sur le trottoir. Ses paupières ne bougeaient même pas sous la pluie qui tombait. C'était horrible. Je me suis sentie bouleversée. Me le reprochez-vous?

Mr Goron émit un grognement de sympathie.

– Je suis arrivée chez le Dr Hébert vingt minutes environ avant minuit. Il était déjà couché, mais il accepta cependant de m'accompagner à l'hôtel. J'attendis pendant qu'il s'habillait. Puis nous sortîmes, et, sur le seuil de la porte, nous trouvâmes... ce que vous savez. Je vous assure, c'est tout ce que je sais sur cette affaire.

Elle possédait une voix et une personnalité singulièrement expressives. Elle se faisait tantôt anxieuse, tantôt persuasive, façonnant avec soin les syllabes tranchantes. Quand elle se tordait les poignets, on voyait Davos étendu, mort, sous la pluie, et balayé de façon intermittente par le faisceau lumineux du phare.

Et, soudain, elle ajouta en anglais, tournée vers Jerry :

– C'était un être détestable. Mais je ne crois absolument pas que vous l'ayez tué.

– Merci. Sur quoi vous basez-vous?

– Je ne sais pas, répondit-elle simplement. C'est seulement impossible que vous l'ayez fait.

– Voilà qui s'appelle de la logique! s'écria Mr Goron en donnant sur son bureau un coup retentissant du plat de la main.

Et son fauteuil pivotant craqua de plaisir. Il y avait beaucoup de lampes allumées dans la pièce qui sentait la créosote. Devant le commissaire étaient posés le portefeuille trempé de pluie de Davos et (chose curieuse) la minuscule boîte ronde enveloppée de papier qu'Eleanor Hood tenait à la main en sortant de chez le Dr Hébert. Mr Goron ne s'adressait jamais à Jerry. Il ne le regardait même pas. Il l'ignorait comme s'il n'eût pas été là.

– Mais, continua-t-il en redevenant très calme, vous voudrez bien m'excuser, mademoiselle, si je pousse la chose plus loin. Vous dites que le Dr Hébert a soigné votre père?

– Oui.

Mr Goron désigna du doigt la petite boîte ronde :

– Avec des pilules, peut-être?

– Oh! mon Dieu! s'exclama Hébert en se frappant le front d'un air tragique.

Pendant plusieurs minutes Jerry craignit que le bon docteur eût une attaque d'apoplexie. Celui-ci avait fait remarquer l'intérêt de sa position sociale, insistant sur le fait que les praticiens ne courent pas les rues en pleine nuit par charité pour se voir ensuite traînés au poste de police. Cela ne vaut rien à la profession. Son lorgnon en bataille et sa moustache hérissée, il ne s'arrêta de faire les cent pas dans le bureau du commissaire que pour venir regarder celui-ci dans les yeux.

– Je vais parler, dit-il froidement d'une voix de gorge.

– Comme il vous plaira.

– Eh bien, mademoiselle vient de le dire! Pourquoi sommes-nous ici? Pourquoi? Nous ne sommes pas des témoins. (Il s'arrêta brusquement, donna une chiquenaude aux épaules de son veston comme pour se débarrasser d'insectes gênants.) Ce jeune homme ici présent raconte une histoire qui peut, ou non, être vraie. Dans le premier cas, je ne vois pas pourquoi cet homme nommé Davos lui aurait donné *mon* adresse. Je ne vois pas pourquoi Davos aurait été poignardé sur le seuil de ma propre maison. Je ne connaissais ce Davos qu'en tant que client.

– Ah! fit le commissaire. Vous lui ordonniez des pilules, sans doute?

Le Dr Hébert s'assit.

– Seriez-vous passionné de pilules? demanda-t-il avec mesure. Parce que ce jeune homme... (il jeta de nouveau un coup d'œil désapprobateur à Jerry) nous dit que Davos a parlé de pilules au casino ce soir, vous vous attachez à ce sujet?

– C'est possible.

– Ridicule, ajouta le Dr Hébert. Iriez-vous jusqu'à suspecter celles qui sont là, sur votre bureau? Elles sont destinées au père de miss Hood. Rien d'extraordinaire. Simple digitaline, pour le cœur. Croyez-vous qu'elles contiennent du poison? S'il en est ainsi, pourquoi ne pas les essayer?

– Bonne idée, reconnut Mr Goron.

Il prit la boîte, enleva le papier. A l'intérieur de cette boîte il y avait une demi-douzaine de petites boules rondes recouvertes de sucre. Avec beaucoup de sérieux, Mr Goron en mit une dans sa bouche, la goûta, la croqua, et finalement parut l'avaler.

– Aucun poison? demanda le docteur.

– Aucun, reconnut Mr Goron. A ce moment-là, sur son bureau, le téléphone sonna. (Il décrocha, écouta un moment avec un sourire rêveur, puis remit le combiné en place.) Voilà qui est vraiment excellent! dit-il, rayonnant, en se frottant les mains.

» Mon bon ami, le colonel March, de la police anglaise, s'est livré à une enquête. Il a été envoyé à La Bandelette parce qu'une certaine forme d'activité y est devenue intolérable aussi bien pour les autorités françaises que pour les autorités anglaises. Peut-être l'avez-vous tous remarqué ce soir au casino?

– En effet, dit brusquement Jerry. Grand et fort, et excessivement calme.

– Description qui convient parfaitement.

– Mais... commença le Dr Hébert.

– J'ai dit tous, Dr Hébert, répéta le commissaire. Me permettez-vous une petite question? Merci. Lorsque mademoiselle téléphona chez vous à onze heures du soir, vous n'y étiez pas. Sans doute parce que vous vous trouviez au casino?

Le regard du Dr Hébert devint fixe.

– C'est possible. Mais...

– Vous y avez vu sans doute aussi Mr Davos?

– C'est possible, répondit de nouveau le docteur qui regardait le commissaire avec la même affreuse perplexité. Mais, Mr Goron, voulez-vous avoir la bonté de vous expliquer? Vous ne nous soupçonnez tout de même pas, mademoiselle et moi, d'avoir quelque rapport avec cette affaire? Vous ne pensez pas qu'elle ou moi, sommes sortis au moment du meurtre?

– Je suis certain que non.

– Vous ne supposez pas non plus qu'elle ou moi avons pu nous approcher d'une porte ou d'une fenêtre pour frapper ce maudit Davos?

– Je suis également certain que non.

– Alors?

– C'est là, fit remarquer Mr Goron en levant un doigt pour appuyer ses dires, que nous rencontrons une difficulté. Nous nous trouvons au milieu d'épines. Car il faudrait admettre alors que Mr Winton est l'assassin. Et cela, ajouta-t-il en regardant Jerry, est absurde. Nous n'avons jamais cru un seul instant qu'il pût avoir affaire avec cela. Et mon ami, le colonel March, vous dira pourquoi.

Jerry s'appuya au dossier de sa chaise et étudia le visage du commissaire, se demandant s'il avait bien entendu. Il passait par des émotions si diverses qu'il avait l'impression d'être un sac à punching-ball. Mais, avec beaucoup de sérieux, il répondit au hochement de tête de Mr Goron au moment où un sergent de ville ouvrait la porte du bureau.

– Nous allons parler anglais, déclara le commissaire en bondissant sur ses pieds. Voici mon ami, le colonel March.

– Bonsoir, fit celui-ci. (Son large visage tacheté de roux était aussi débonnaire que celui de Mr Goron. Il tenait ses poings sur ses hanches, regardant d'abord Eleanor, puis Jerry, et enfin le Dr Hébert.) Désolé de vous voir mêlée à ces ennuis, miss Hood. Je viens de rendre visite à votre père. Cela ira. Quant à vous, Mr Winton, j'espère que l'on a mis fin à votre supplice?

– Mon supplice?

– On vous a dit que vous ne seriez pas envoyé à l'île du Diable, ou quelque autre endroit de cette sorte? Nous possédons trois très bonnes raisons de vous croire innocent. Voici la première.

Il fouilla dans l'une des poches de son veston de soirée et en sortit quelque chose qu'il leur tendit de façon à ce qu'ils pussent tous voir. Il s'agissait d'un portefeuille de cuir noir, exactement semblable à celui qui se trouvait déjà sur le bureau de Mr Goron. Mais alors que ce dernier était bourré de billets de banque, celui qu'il montrait ne contenait que quelques centaines de francs.

– Ce second portefeuille a été découvert sur Davos, déclara-t-il.

Il parut attendre un commentaire. Mais personne ne dit mot.

Puis, après un silence, Jerry demanda :

– Qu'est-ce que cela signifie?

– Voyons! Deux portefeuilles! Pourquoi Davos en avait-il deux? Pourquoi un homme, quel qu'il soit, aurait-il deux portefeuilles! C'est là, comme je l'ai dit, ma première raison. Voici ma deuxième.

D'un air de conspirateur, il tira de sa poche intérieure le couteau avec lequel avait été frappé Davos.

Une vue très suggestive. Débarrassé maintenant de ses taches de sang, c'était une longue lame, mince mais lourde, au manche de métal léger à entretoise. Comme le colonel March la retournait, ce couteau brilla sous les lumières, ce qui évoqua quelque chose de familier dans l'esprit de Jerry : une scène du passé lui revenait vaguement en mémoire, et pendant une brève et torturante seconde, il se sentit presque saisir la signification de toute l'affaire.

– Nous en arrivons maintenant à ma troisième raison, dit le colonel March. Cette troisième raison, c'est Ferdie Davos lui-même, Ferdie était un rat d'hôtel. Beaucoup trop habile pour nous autres, pauvres policiers. Hein, Goron? Pourtant je lui ai toujours dit qu'il jugeait mal les hommes. En pleine saison, dans des hôtels comme le Brittany et le Donjon, il faisait de bonnes affaires, portant principalement son choix sur les colliers, surtout ceux de perles. Remarquez bien cela.

Eleanor Hood semblait de plus en plus comprendre. Elle ouvrit la bouche pour parler, puis la referma, préférant se taire.

– Davos avait pourtant un problème, continua le colonel March. Comment faire passer la marchandise volée en Angleterre où il pouvait la vendre? Impossible de le faire lui-même. Dans une petite ville comme La Bandelette, Goron eût tôt fait de lui mettre la main au collet dès qu'il aurait pris la direction de Boulogne. Il lui fallait donc des complices choisis parmi tous ces jeunes gens libres de leur temps qui viennent ici à chaque saison. Et trouver quelque jeune fou qui a joué plus qu'il ne le pouvait au casino, prêt à saisir l'occasion de gagner un peu d'argent en filoutant innocemment la douane. Vous me suivez, Mr Winton?

– Vous voulez dire que j'avais été choisi...?

– Oui.

– Mais, grand Dieu, comment? Il me serait bien impossible de passer un collier de perles en fraude à la douane, même si ma vie en dépendait.

– Vous le pourriez si vous aviez besoin de fortifiant, fit remarquer le colonel March. Davos vous l'avait dit. Le collier devait en premier lieu être défait, chaque perle recevant alors une épaisse couche de sucre pour lui donner une apparence de pilule, dans un flacon ou une boîte sous le nom d'un docteur connu. Au moment du rush des touristes, les douaniers ne peuvent passer tout le monde au peigne fin. Ils remarqueraient quelqu'un passant des perles en fraude, et non un jeune touriste, manifestement respectable, souffrant de maux d'estomac.

Cette fois Eleanor Hood avait compris. Elle montra la boîte de pilules sur le bureau de Mr Goron.

– C'est donc pourquoi vous les avez goûtées! dit-elle au commissaire qui avait l'air de vouloir protester. Et que vous m'avez gardée ici aussi longtemps...

– Je vous assure, mademoiselle! s'écria Mr Goron. Nous étions certains que celles-ci étaient bien réelles! (Il gâta en quelque sorte l'effet de sa réponse en ajoutant :) Premièrement, elles ne sont pas assez nombreuses. Mais le Dr Hébert vous les ayant remises en dehors des heures normales de consultations, nous étions obligés de vérifier. Bien joué, hein? L'association Hébert-Davos a dû passer un certain temps à mettre cela au point.

Toutes les têtes se tournèrent vers le Dr Hébert.

Il était assis très droit sur sa chaise, son menton tendu au-dessus de son col comme s'il se préparait à chanter. Sur son visage, un air de scepticisme et de peur, sa bouche ouverte de façon ridicule.

– Nous étions aussi obligés de vous garder tous ici, continua Mr Goron, jusqu'à ce que l'on ait retrouvé les perles de Mme Fley, volées il y a une semaine et cachées dans le cabinet du Dr Hébert. Je répète, c'était un coup bien monté. Nous pouvions ne jamais le découvrir si Davos n'avait imprudemment choisi pour cela Mr Winton. Cette fois, ce choix était trop malencontreux. (Et il ajouta :) Le colonel March pense que c'est la raison qui a poussé le Dr Hébert à le tuer.

Ce dernier ne disait toujours rien.

Ce fut Jerry Winton qui parla.

– Monsieur, loin de moi l'intention de défendre cet individu. Mais comment pourrait-il avoir poignardé Davos? C'est impossible!

– Vous oubliez, répondit le colonel March d'un ton joyeux, comme si la température dramatique de la pièce n'eût pas monté de plusieurs degrés, vous oubliez les deux portefeuilles. Pourquoi Davos avait-il sur lui deux portefeuilles?

– Je ne saisis pas.

– Il ne les avait pas, dit le colonel March, les yeux fixés sur Hébert. Notre bon docteur ici présent était, bien sûr, le cerveau de l'association. Il suppléait à celui de Ferdie. Lorsque celui-ci jouait au casino, c'était avec l'argent du docteur. Et quand ce dernier rencontra Ferdie ce soir au casino, il lui retira très prudemment la grosse somme que vous aviez vue dans le portefeuille de Ferdie à la table de jeu. Ferdie s'est rendu chez lui à minuit avec simplement quelques centaines de francs dans son propre portefeuille qu'il gardait dans sa poche.

» Vous comprenez, le Dr Hébert avait besoin de cette grosse somme d'argent. Cela faisait partie de son plan tracé pour tuer Ferdie. Il savait à quelle heure son associé viendrait chez lui. Il savait aussi que Mr Winton se trouverait alors très près derrière lui. Pris sur la scène du meurtre, il en serait aussitôt accusé. Le Dr Hébert n'avait donc qu'une chose à faire : avec ce paquet de billets de banque bourrer un autre portefeuille semblable à celui de Ferdie Davos, et s'en servir d'appât.

– D’appât? répéta Eleanor, Vous avez dit... *d’appât*?

– Oui, répondit le colonel March. Votre présence, miss Hood, continua-t-il, donnait au docteur un alibi inattendu. Il vous laisse au rez-de-chaussée de sa maison, monte soi-disant pour s’habiller. Quelques minutes avant que Davos n’arrive, il se glisse sans bruit sur le toit de cette maison – toit plat comme la plupart de ceux de La Bandelette. Il regarde par-dessus le garde-fou dans ce cul-de-sac, douze mètres au-dessous de lui, avec la lampe allumée qui éclaire le seuil de sa porte. Il lâche le portefeuille de façon à ce qu’il tombe sur le trottoir juste devant cette porte.

» Alors, continua-t-il, qu’allait faire Davos? Que feriez-vous si, marchant sur un trottoir, vous voyiez un portefeuille bourré de billets, là, à vos pieds?

Jerry Winton revoyait le cul-de-sac obscur. Il entendait la pluie ruisseler. Il l’apercevait tomber en brillant devant la lampe de la porte et dans le faisceau lumineux du phare. Il évoquait la silhouette de Davos marchant à pas vifs puis s’arrêtant court une seconde, comme pour regarder quelque chose...

– J’imagine, répondit-il au colonel March, que je me baisserais pour ramasser le portefeuille.

– Bien sûr, fit le policier. Voilà donc où réside toute cette triste histoire. Vous vous baisseriez, et votre dos serait parallèle au sol. Votre nuque deviendrait alors une cible parfaite pour quelqu’un se tenant douze mètres au-dessus de vous, avec à la main un couteau effilé dont la lame est beaucoup plus lourde que le manche. Le meurtrier n’a eu qu’à laisser tomber ce couteau... ouvrir sa main, lâcher son arme. La pesanteur se chargeait du reste.

» Mon cher ami, vous avez regardé se faire ce

meurtre... mais vous ne l'avez pas vu! Vous ne l'avez pas vu à cause d'un mur de pluie mouvant et brillant, une sorte de rideau d'argent tendu devant la lampe allumée et la lumière du phare. Ce rideau a caché la chute d'une longue lame mince. Derrière lui se tenait, invisible, cet ingénieux Dr Hébert qui, s'il voulait bien parler...

Mais le Dr Hébert ne voulut pas parler, même quand on l'emmena. Eleanor Hood et Jerry Winton rentrèrent à leur hôtel aux premières lueurs de l'aube, sous un ciel argenté de façon moins sinistre. Ils s'étaient découvert quantité de points communs...

Traduit par Simone Millot-Jacquin.
Titre original :
THE SILVER CURTAIN.

AUBE DE MORT

Dans la clarté blafarde de l'aube, la plage semblait abandonnée. La marée était basse, mais commençait à remonter furtivement par de plates coulées d'eau sur le sable.

A cause des surplombs rocheux, il était impossible de voir de la route le cottage de Norman Kane. Mais il y avait un point de repère visible : sur plusieurs centaines de mètres un alignement de rochers se tassait jusqu'à dessiner une sorte de gigantesque patte, prête à attraper la marée montante. Bill Stacey reconnut La Patte du Lion et s'engagea dans le chemin creux qui menait à la plage.

Il était d'humeur relativement enjouée, ce qui n'était pas sans mérite pour quelqu'un venant de parcourir cinq kilomètres avec une valise pleine et l'estomac vide. Norman Kane lui avait bien précisé quel train il devait prendre au départ de Londres et la halte où il devrait descendre. Seulement il avait omis de lui dire qu'à une heure matinale, il n'avait aucune chance de trouver un moyen de transport à son arrivée.

Mais Stacey se réjouissait tellement de revoir Marion – nièce et secrétaire de Kane – qu'il avait déjà tiré un trait sur cet incident. Il ignorait si Kane le savait amoureux de Marion. Alors qu'il marchait d'un bon pas, lui revint l'air de condescendance amusée qui sied à quelqu'un comme Kane face à un petit journaliste tel que lui. Et cet oncle, de son côté, s'était bien gardé de révéler à Marion – laquelle vouait un véritable culte à Norman Kane – que lui, le célèbre N. Kane, si digne et si imposant, n'était qu'un filou.

A sa façon, Kane était un grand homme, habile à profiter de toute la complexité des lois et des lacunes de la jurisprudence. En outre, il éprouvait une sincère affection pour Marion, comme d'ailleurs pour tous ceux qui dépendaient de lui. Il alliait à un goût du théâtre une inlassable énergie; pour qu'il accepte finalement de venir passer l'été dans le sud du Pays de Galles, il avait fallu toute l'insistance du Dr Hastings, qui s'inquiétait de sa condition cardiaque.

Les troubles cardiaques sont souvent la rançon, Stacey le savait bien, que doivent payer les athlètes s'étant laissé empâter. La dernière fois qu'il les avait vus, Kane et Marion avaient un air soucieux qui l'avait un peu inquiété. Mais en débouchant sur la plage, dans la lumière du matin, il eut plus que jamais le sentiment que rien ne pouvait arriver à Kane.

Il l'aperçut presque aussitôt. Même à distance, sa silhouette était reconnaissable. Même enveloppée dans un peignoir de bain rouge foncé et blanc il avançait à grands pas, une serviette sur le bras, faisant voler le sable avec ses sandales en caoutchouc. Son peignoir de bain mettait une note de couleur dans ce coin de plage solitaire surnommé la Patte du Lion. C'était sur cette dernière que marchait Kane : visiblement il ne se contentait pas d'un simple bain, il voulait plonger de l'extrémité des rochers.

– Hé ho! cria Stacey.

Se baigner à l'aube dans la mer quand on a le cœur malade? Le bruit du ressac augmentait et le bout de la Patte était déjà dans l'eau.

– Ououh! Kane! C'est moi!

Le cri sembla retentir interminablement sur la plage déserte. Mais il parvint à Kane, qui se retourna. Il avait déjà parcouru une cinquantaine de mètres sur l'avancée rocheuse, et agita une serviette en un geste d'accueil.

– Hello, mon garçon! hurla-t-il en retour. Je ne vous attendais pas de si bonne heure! Venez donc prendre un bain, l'eau est idéale. Tout est...

Et c'est alors que la chose arriva.

Stacey regardait cette silhouette athlétique qui se découpait sur la mer à l'extrémité de la Patte du Lion. Il se trouvait trop loin pour pouvoir distinguer une expression sur le visage de Kane, mais il entendit sa voix s'étrangler dans le même temps qu'il rapprochait ses épaules. L'espace de quelques secondes, il demeura à vaciller un peu, les bras serrés autour de lui comme s'il avait froid, puis il chut en avant, tel un grand sac de sable.

Un instant s'écoula avant que Stacey ne se mît à courir. Et, ce faisant, il s'aperçut qu'il n'était plus seul sur la plage. A une certaine distance sur sa droite, Marion accourait vers lui, venant du cottage de Kane. Un pâle rayon de soleil soulignait sa blondeur. Elle était vêtue d'un maillot de bain sous une robe de plage qui volait au vent de la course, et derrière elle, en costume de toile blanche, le Dr Hastings courait aussi.

Mais Stacey ne les attendit pas. D'instinct, il avait compris que quelque chose venait d'arriver à Kane, quelque chose de grave.

En haut de la Patte du Lion, il y avait un chemin creusé par les pas et les siècles, large d'une soixantaine de centimètres environ. C'est là que Stacey trouva coincée la forte carrure de Kane. Sa main droite tenait toujours sa serviette, repliée sous lui, tandis que son bras gauche était tendu comme pour tenter de se retenir. Stacey prit le poignet inerte, il ne perçut aucune pulsation.

Il se redressa, l'oreille emplie par le bruit des vagues contre les rochers. « Le cœur a craqué, pensa-t-il. Tout d'un coup, comme ça... »

Il remarqua alors le petit trou, ou la minuscule déchirure au dos du peignoir rouge foncé, juste à hauteur du cœur. Il était trop secoué pour penser à quoi que ce soit. Il se hâta de redescendre sur la plage, où il se heurta à Marion et au Dr Hastings.

– Non, Marion, dit-il à la jeune fille essayant de passer malgré lui. Allez voir, docteur, mais je crains bien qu'il n'y ait plus rien à faire.

Il ne se douta pas un instant de l'effet que ses paroles pouvaient faire sur la nièce de Kane. C'était la première fois qu'il la voyait sans ses lunettes, lesquelles semblaient ajouter à sa beauté une note de sérieux et d'efficience. Près d'elle, le Dr Hastings était comme sculpté dans la pierre.

– Oh! haleta la jeune fille. Il s'est suicidé?

– Suicidé? répéta Stacey, surpris. Non. C'est son cœur qui a cédé. Pourquoi pensez-vous à un suicide?

– Je veux le voir, dit-elle alors en lui étreignant le bras. Non, je vais bien, je vous assure. Je crois bref. Je leur ai dit que le corps risquait d'être emporté... Nous sommes arrivés trop tard, c'est tout. Pourquoi n'aurais-je pas voulu que vous sachiez comment il avait été tué?

– Parce que tout simplement, ce que vous racontez est impossible. Kane était seul. Personne n'a pu le toucher. Et cependant il a été poignardé. Donc il y a eu un moyen d'arriver à ça. Et si nous avions encore le corps, nous saurions à quoi nous en tenir.

– C'est probable, oui, convint le médecin.

Un silence pesant s'instaura, troublé seulement par le friselis de la pluie fine. Assis près de Marion, Stacey ne regardait pas le surintendant, étant beaucoup plus intéressé par l'homme assis de l'autre côté de la véranda à proximité de la porte.

L'inconnu ne devait pas peser loin de cent kilos, et son ample imperméable le faisait paraître encore plus important. A l'abri d'une vieille casquette de tweed, son regard bleu observait froidement ceux qui l'entouraient; sous sa moustache, d'un roux grisonnant, émergeait le gros fourneau d'une pipe. Stacey avait entendu le surintendant s'adresser à lui en l'appelant « colonel March ». Le colonel March écoutait mais, jusqu'à présent, il était resté silencieux.

– Et il y a d'autres bizarreries, dit Morgan en sortant un carnet de sa poche, dont nous allons parler. Miss Kane!

Marion releva la tête. Stacey estima qu'elle tenait bien le coup, réussissant même à conserver un peu son côté « parfaite secrétaire ».

– Dans la région, tout le monde savait que Mr Kane avait « le cœur malade ». Or, apparemment, *vous* saviez qu'il n'en était rien?

battant des paupières comme pour retenir ses larmes.

– Il nous vaut mieux retourner à la maison, décida alors le Dr Hastings, pour y prendre quelque chose qui nous serve de civière, car il pèse lourd. Il y a ici de gros courants à marée montante et il ne faudrait pas que la mer l'emporte avant que la police n'arrive.

– La police? s'exclama Stacey, retrouvant enfin sa voix. Quel besoin avez-vous de la police? Son cœur...

– Son cœur était aussi solide que le vôtre ou le mien, coupa Hastings.

– Ah! fit Marion, vous le saviez!

– Bien sûr, mon petit. Vous oubliez que j'étais son médecin. Ceci dit, à mon avis il a bel et bien été assassiné. Le peu de sang ne se voyait guère sur le rouge du peignoir, mais n'avez-vous pas remarqué la petite déchirure dans le dos, juste à hauteur du cœur?

Comme Marion se mettait à trembler, Stacey l'entoura de son bras en la serrant contre lui et dit, s'efforçant de parler avec calme :

– Ecoutez, docteur... Je m'en voudrais d'avoir l'air de penser que vous perdez la tête mais... Assassiné? Comment aurait-il pu être assassiné? Il était seul sur la Patte du Lion, sans personne d'autre dans un rayon de cent mètres autour de lui. Vous avez pu le constater aussi bien que moi.

– Oui, c'est vrai, dit alors Marion. J'étais assise sur les dunes là-haut, en train de me sécher et je l'ai vu passer. C'est vrai, docteur.

– Bien sûr que c'est vrai, opina Hastings. Je l'ai vu moi-même de la véranda du cottage.

– Alors pourquoi parlez-vous de meurtre? ques-

– Oui. Et je suppose que c'était aussi le cas du Dr Jones, au village.

– Alors pourquoi Kane racontait-il qu'il avait une maladie de cœur? demanda Morgan.

– Je... Je l'ignore.

– Dans ce cas, dites-moi une chose, miss Kane. Lorsque vous avez appris ce matin que Mr Kane était mort, vous avez tout de suite demandé s'il s'était suicidé. Pourquoi cela?

– Je...

– *La vérité*, miss!

– Pour tout vous dire, il avait menacé d'en finir avec la vie et je m'inquiétais beaucoup de le voir se comporter de façon étrange.

A ce moment-là, Lionel Pell intervint. D'ordinaire, il parlait de façon inintelligible, un peu comme un phonographe qu'on aurait omis de remonter. Mais là, il s'exprima presque clairement. Ses longues jambes étendues devant lui, il avait perdu son habituelle indifférence et semblait vouloir se rendre utile.

– Le mot qui convient est, je crois, « puéril », déclara-t-il. Le pauvre vieux – je veux parler de Norman, bien sûr – s'amusait avec des jouets. Parle-leur des soldats de carton, Marion. Et du fusil à air comprimé.

Marion lui jeta un regard noir :

– Il n'y a rien de puéril à manipuler un fusil à air comprimé. D'autant que celui-ci n'a rien d'un jouet et est particulièrement puissant. D'ailleurs, tu t'en es servi toi-même. Mais en ce qui concerne les soldats, oui, c'était incompréhensible...

Se tournant vers Morgan, elle poursuivit :

– Figurez-vous que, avant-hier soir, mon oncle est revenu avec une grande boîte de soldats en carton. Il les avait achetés à Cardiff. Ils étaient très colorés et mesuraient environ douze à quinze centimètres. Au fond de la boîte, il y avait un canon de bois, peint en jaune, qui tirait un petit boulet de caoutchouc dur. Mon oncle est allé directement dans son bureau, a défait le paquet et disposé le contenu de la boîte sur la table.

A ce moment précis, Stacey s'avisa que le colonel March venait de remuer et manifestait un soudain intérêt. Tous s'en rendirent compte, ce qui provoqua de nouveau une sorte de tension dans la pièce.

Regardant fixement la jeune fille, Morgan s'enquit aussitôt :

– Et vous avez remarqué qu'il s'amusait beaucoup, miss Kane?

– Non, répondit-elle gravement. Il avait l'air tout drôle, comme malade. A un moment donné, il est sorti de son bureau et, sans raison aucune, il m'a demandé pardon.

– Voulez-vous dire que votre oncle avait perdu la raison?

Là, le Dr Hastings s'interposa :

– Kane était un des hommes les plus sensés que j'aie jamais connus.

– Alors, à moi de vous dire quelque chose maintenant, annonça le surintendant Morgan. Vous dites qu'il vous a demandé pardon. Vous parlez de suicide. Et moi, j'ai appris pas mal de choses sur votre Mr Kane par mon cousin David Morgan. D'après mon cousin, votre Mr Kane n'était ni plus ni moins qu'un gros industriel. Or, ses affaires allaient au plus mal et même, il allait être traîné devant les tribunaux. Vous ne pensez pas que c'est une bonne raison d'avoir envie de se suicider? A mon avis, oui.

– Je n'étais pas au courant des affaires de mon oncle, déclara Marion.

A cet instant Stacey eut le sentiment très net que c'était là une confirmation de ce qu'elle redoutait. Dans sa robe blanche, elle avait l'air d'une infirmière, d'une infirmière au chevet d'un malade, qu'elle voit, sans pouvoir rien faire, se laisser mourir.

– Je vous demande s'il n'y avait pas là de quoi pousser quelqu'un au suicide? répéta Morgan.

– Si, sans doute, répliqua le Dr Hastings. Mais cela n'explique pas comment un homme aurait pu se poignarder dans le dos à un endroit que sa main ne pouvait atteindre, et, qui plus est, à la vue de trois témoins.

– Qu'il s'agisse d'un meurtre ou d'un suicide, ça paraît également impossible!

– Et pourtant Kane est mort.

– Un moment... dit alors le colonel March.

Une voix calme, plaisante, propre à apaiser un peu les nerfs éprouvés par les événements et la pluie, sembla les convier à une discussion de salon.

– Il ne m'appartient pas d'intervenir dans cette affaire, dit-il d'un ton d'excuse, mais il y a là toutefois une ou deux choses qui sont, comment dire? dans mes cordes... Surintendant, puis-je poser quelques questions?

– Mais je vous en prie! acquiesça Morgan avec empressement, avant d'expliquer, d'un air important : Ce monsieur est le chef du Service D-3 à Scotland Yard et il se trouve ici...

– ... pour une affaire pas très excitante, enchaîna tristement le colonel March. Il s'agit d'un homme qui, assez curieusement, ne vole que des chandeliers verts, ce qui relève évidemment de notre service chargé des affaires inclassables. Excusez-moi, miss Kane... Deux jours avant sa mort, votre oncle avait acheté une boîte de soldats en carton. Pourriez-vous aller me chercher cette boîte?

Sans un mot, Marion se leva et pénétra à l'intérieur du cottage, cependant que le Dr Hastings semblait soudain comme sur la défensive.

– Nous avons également appris, poursuivit le colonel March, que Mr Kane avait acheté un fusil à air comprimé. Je crois que vous vous êtes servi de ce fusil, Mr Pell?

Avec le surintendant, Lionel s'était montré amical et désireux d'aider. Vis-à-vis de March, il affecta son habituelle indifférence désinvolte, qui lui permettait – à 26 ans – d'appeler Kane « Norman » et de n'être aucunement gêné de vivre à ses crochets.

– Oui, je me suis *servi* de ce qui ne m'appartenait pas. Auriez-vous l'impression que notre hôte regretté a été tué par une des minuscules grenailles que tire un fusil à air comprimé? Ou, aussi bien, par la petite balle de caoutchouc d'un petit canon en bois?

– Où était rangé ce fusil?

Rien ne pouvait entamer la placidité de Lionel :

– Je crois que je le gardais dans ma chambre. Jusqu'à hier soir, du moins. Je l'ai alors prêté à Marion. Peut-être feriez-vous mieux de vous informer auprès d'elle?

Marion reparut quelques instants plus tard avec une grande boîte bariolée, qu'elle tendit au colonel March. La jeune fille dut sentir qu'on avait parlé d'elle, car son regard alla vivement de Lionel à Bill Stacey.

Le colonel March ouvrit la boîte, tout en tirant sur sa pipe.

– Le projectile de caoutchouc a disparu, dit-il d'un ton soudain incisif qui mit Stacey mal à l'aise.

acheté une boîte de soldats en carton. Pourriez-vous aller me chercher cette boîte?

Sans un mot, Marion se leva et pénétra à l'intérieur du cottage, cependant que le Dr Hastings semblait soudain comme sur la défensive.

– Nous avons également appris, poursuivit le colonel March, que Mr Kane avait acheté un fusil à air comprimé. Je crois que vous vous êtes servi de ce fusil, Mr Pell?

Avec le surintendant, Lionel s'était montré amical et désireux d'aider. Vis-à-vis de March, il affecta son habituelle indifférence désinvolte, qui lui permettait – à 26 ans – d'appeler Kane « Norman » et de n'être aucunement gêné de vivre à ses crochets.

– Oui, je me suis *servi* de ce qui ne m'appartenait pas. Auriez-vous l'impression que notre hôte regretté a été tué par une des minuscules grenailles que tire un fusil à air comprimé? Ou, aussi bien, par la petite balle de caoutchouc d'un petit canon en bois?

– Où était rangé ce fusil?

Rien ne pouvait entamer la placidité de Lionel :

– Je crois que je le gardais dans ma chambre. Jusqu'à hier soir, du moins. Je l'ai alors prêté à Marion. Peut-être feriez-vous mieux de vous informer auprès d'elle?

Marion reparut quelques instants plus tard avec une grande boîte bariolée, qu'elle tendit au colonel March. La jeune fille dut sentir qu'on avait parlé d'elle, car son regard alla vivement de Lionel à Bill Stacey.

Le colonel March ouvrit la boîte, tout en tirant sur sa pipe.

– Le projectile de caoutchouc a disparu, dit-il d'un ton soudain incisif qui mit Stacey mal à l'aise.

A cet instant Stacey eut le sentiment très net que c'était là une confirmation de ce qu'elle redoutait. Dans sa robe blanche, elle avait l'air d'une infirmière, d'une infirmière au chevet d'un malade, qu'elle voit, sans pouvoir rien faire, se laisser mourir.

– Je vous demande s'il n'y avait pas là de quoi pousser quelqu'un au suicide? répéta Morgan.

– Si, sans doute, répliqua le Dr Hastings. Mais cela n'explique pas comment un homme aurait pu se poignarder dans le dos à un endroit que sa main ne pouvait atteindre, et, qui plus est, à la vue de trois témoins.

– Qu'il s'agisse d'un meurtre ou d'un suicide, ça paraît également impossible!

– Et pourtant Kane est mort.

– Un moment... dit alors le colonel March.

Une voix calme, plaisante, propre à apaiser un peu les nerfs éprouvés par les événements et la pluie, sembla les convier à une discussion de salon.

– Il ne m'appartient pas d'intervenir dans cette affaire, dit-il d'un ton d'excuse, mais il y a là toutefois une ou deux choses qui sont, comment dire? dans mes cordes... Surintendant, puis-je poser quelques questions?

– Mais je vous en prie! acquiesça Morgan avec empressement, avant d'expliquer, d'un air important : Ce monsieur est le chef du Service D-3 à Scotland Yard et il se trouve ici...

– ... pour une affaire pas très excitante, enchaîna tristement le colonel March. Il s'agit d'un homme qui, assez curieusement, ne vole que des chandeliers verts, ce qui relève évidemment de notre service chargé des affaires inclassables. Excusez-moi, miss Kane... Deux jours avant sa mort, votre oncle avait pouvoir marcher... Mais je n'ai plus bien ma tête à moi...

Le Dr Hastings, qui avait donné l'impression de vouloir émettre une violente protestation, dut se raviser et gagna les rochers. Ils le suivirent jusqu'au corps et le regardèrent procéder à différents examens. Après quoi, il les poussa devant lui, pour retourner sur la plage.

Après s'être éclairci la gorge à plusieurs reprises, il finit par déclarer :

– Oui, il est mort. Mais peut-être pas pour la raison que vous croyez. Savez-vous si Lionel est levé, Marion?

« Ah! il est donc aussi au cottage! » pensa Stacey. Il n'avait jamais eu de sympathie pour Lionel Pell et ses airs d'esthète dédaigneux. Autrefois, avant qu'elle n'épouse le défunt Mr Pell, Norman Kane avait courtisé la mère de Lionel, et ce dernier paraissait estimer que cela lui conférait certains droits sur Kane, notamment celui de vivre plus ou moins à ses crochets.

– Lionel? répéta Marion. Je... Je ne l'ai pas vu. Je me suis levée de bonne heure pour aller me baigner de l'autre côté de la baie. Mais il devait dormir encore... Pourquoi?

– Parce que, répondit le Dr Hastings d'un ton sans détour, il va devoir prendre sa voiture et aller prévenir la police au village. J'ai bien l'impression qu'il s'agit d'un meurtre.

Le ressac était de plus en plus bruyant et une vague projeta une gerbe d'écume sur la Patte du Lion. Un vent froid commençait à souffler du sud, secouant la robe de plage que portait Marion, laquelle leva vers le médecin un regard d'aveugle, en battant des paupières comme pour retenir ses larmes.

– Il nous vaut mieux retourner à la maison, décida alors le Dr Hastings, pour y prendre quelque chose qui nous serve de civière, car il pèse lourd. Il y a ici de gros courants à marée montante et il ne faudrait pas que la mer l'emporte avant que la police n'arrive.

– La police? s'exclama Stacey, retrouvant enfin sa voix. Quel besoin avez-vous de la police? Son cœur...

– Son cœur était aussi solide que le vôtre ou le mien, coupa Hastings.

– Ah! fit Marion, vous le saviez!

– Bien sûr, mon petit. Vous oubliez que j'étais son médecin. Ceci dit, à mon avis il a bel et bien été assassiné. Le peu de sang ne se voyait guère sur le rouge du peignoir, mais n'avez-vous pas remarqué la petite déchirure dans le dos, juste à hauteur du cœur?

Comme Marion se mettait à trembler, Stacey l'entoura de son bras en la serrant contre lui et dit, s'efforçant de parler avec calme :

– Ecoutez, docteur... Je m'en voudrais d'avoir l'air de penser que vous perdez la tête mais... Assassiné? Comment aurait-il pu être assassiné? Il était seul sur la Patte du Lion, sans personne d'autre dans un rayon de cent mètres autour de lui. Vous avez pu le constater aussi bien que moi.

– Oui, c'est vrai, dit alors Marion. J'étais assise sur les dunes là-haut, en train de me sécher et je l'ai vu passer. C'est vrai, docteur.

– Bien sûr que c'est vrai, opina Hastings. Je l'ai vu moi-même de la véranda du cottage.

– Alors pourquoi parlez-vous de meurtre? questionna Stacey. Voulez-vous dire qu'il aurait été tué par un fusil à lunette ou quelque chose comme ça? Il faudrait alors que la portée de cette arme soit drôlement grande, car il tournait le dos à la mer lorsqu'il s'est effondré et il n'y avait rien sur l'eau aussi loin que mon regard pouvait porter.

– Non, ce n'est pas ce que je veux dire.

– Alors, qu'est-ce?

– Il a été tué, répondit lentement le Dr Stacey, avec une sorte de longue aiguille, dans le genre épingle à chapeau d'autrefois. C'est du moins ce que je pense, car je me suis bien gardé de l'extraire. Seule l'autopsie permettra de préciser la nature exacte de cette arme.

La pluie tombait quand, dans l'après-midi, le Surintendant Morgan arriva au cottage. Il rejoignit le petit groupe assis dans la véranda : Marion, le Dr Hastings, Lionel Pell et Bill Stacey. Au-dehors, la mer semblait rassembler ses forces pour se lancer à l'assaut de la maison. Morgan était vêtu d'un ciré à capuchon et l'expression furieuse de son visage contrastait avec sa voix naturellement douce.

– Docteur, mon sentiment est que vous avez fait cela de propos délibéré!

– Vous voulez dire que j'ai tué Mr Kane?

– Non. Je veux dire que vous avez délibérément laissé le corps être emporté par la mer. Oh! soyez tranquille! nous le retrouverons, je vous le garantis. La marée montait et il doit donc être quelque part sur la plage. Mais vous l'avez laissé emporter par les vagues, afin que nous ne sachions pas comment il avait été tué.

– Miss Kane et Mr Stacey peuvent vous dire que je les avais mis en garde, rétorqua Hastings d'un ton bref. Je leur ai dit que le corps risquait d'être emporté... Nous sommes arrivés trop tard, c'est tout. Pourquoi n'aurais-je pas voulu que vous sachiez comment il avait été tué?

– Parce que tout simplement, ce que vous racontez est impossible. Kane était seul. Personne n'a pu le toucher. Et cependant il a été poignardé. Donc il y a eu un moyen d'arriver à ça. Et si nous avions encore le corps, nous saurions à quoi nous en tenir.

– C'est probable, oui, convint le médecin.

Un silence pesant s'instaura, troublé seulement par le friselis de la pluie fine. Assis près de Marion, Stacey ne regardait pas le surintendant, étant beaucoup plus intéressé par l'homme assis de l'autre côté de la véranda à proximité de la porte.

L'inconnu ne devait pas peser loin de cent kilos, et son ample imperméable le faisait paraître encore plus important. A l'abri d'une vieille casquette de tweed, son regard bleu observait froidement ceux qui l'entouraient; sous sa moustache, d'un roux grisonnant, émergeait le gros fourneau d'une pipe. Stacey avait entendu le surintendant s'adresser à lui en l'appelant « colonel March ». Le colonel March écoutait mais, jusqu'à présent, il était resté silencieux.

– Et il y a d'autres bizarreries, dit Morgan en sortant un carnet de sa poche, dont nous allons parler. Miss Kane!

Marion releva la tête. Stacey estima qu'elle tenait bien le coup, réussissant même à conserver un peu son côté « parfaite secrétaire ».

– Dans la région, tout le monde savait que Mr Kane avait « le cœur malade ». Or, apparemment, *vous* saviez qu'il n'en était rien?

Je me demande où peut être maintenant le fusil à air comprimé. Vous l'avez emprunté, miss Kane?

– Je ne... commença le Dr Hastings, mais il s'interrompit d'un air contraint et se rassit.

– Oui, répondit Marion. Pourquoi? Je ne vous l'avais pas dit? Je l'ai emporté avec moi quand je suis sortie me baigner ce matin, de l'autre côté de la baie. J'ai tiré dans quelques vieilles boîtes de conserve, et puis je l'ai posé. Quand je suis revenue de ce côté-ci, j'ai dû l'oublier.

Elle les regarda d'un air navré :

– Et avec cette pluie, j'ai grand peur qu'il soit complètement abîmé. Je suis désolée... C'était important?

Au lieu de lui répondre, le colonel March lui demanda :

– Miss Kane, avez-vous l'habitude de sortir vous baigner de si bonne heure le matin?

– Non. Jamais! Mais je me tracassais tellement pour mon oncle, que je n'arrivais plus à dormir.

– Vous l'aimiez beaucoup?

– Oh! oui, beaucoup. Il avait été si bon pour moi!

Le visage de March parut s'assombrir et devenir aussi inexpressif que sa vieille casquette ou sa pipe, mais il s'abstint de tout commentaire. Refermant la boîte de soldats avec soin, il fit signe à Morgan de le suivre dans la pièce à côté.

Les conséquences de cette conversation privée ne se firent pas attendre.

Plus tard, ce même après-midi, un corps fut rejeté sur le rivage, à trois kilomètres au-dessous de Barry, et Marion Kane fut conduite au poste de police du village pour y être interrogée, en préambule à une inculpation de meurtre.

Cette nuit-là fut pour Stacey une des pires qu'il eût vécues. Il se répétait qu'il lui fallait garder son calme, résister à l'impulsion qui l'aurait fait se précipiter sur le téléphone pour alerter ses avocats ou même aller faire un scandale au poste de police... Bref, se rendre impossible.

Il constatait avec regret que, à la différence du Dr Hastings, il était incapable d'affronter calmement les événements. Il éprouvait un irrésistible besoin d'agir, de faire n'importe quoi, quitte à le regretter ensuite.

Aussi se répétait-il inlassablement que tout irait bien. Le propre avocat de Kane allait venir de Londres, n'était-ce pas un ténor du barreau?... Après avoir passé la nuit à se retourner sans cesse dans son lit du cottage, il finit par s'assoupir aux approches de l'aube, et il était dix heures quand il descendit au rez-de-chaussée. Lionel Pell venait d'entrer par la véranda, un journal à la main. La pluie tombait toujours et il faisait si noir que le Dr Hastings avait fait allumer les lampes à pétrole du living-room.

– Tout est raconté là, dit Lionel en brandissant le quotidien. Notre surintendant n'a vraiment pas été discret.

– Et ils... ils l'accusent?

Stacey découvrit que, sous la pression des événements, Lionel pouvait devenir aussi humain et ému que tout un chacun.

– Oh bien sûr, ils ne mentionnent pas son nom puisque, officiellement, elle n'est pas en état d'arrestation. Tout est donc très enveloppé... Mais ils semblent avoir retrouvé le fusil enfoui dans le sable en haut des dunes, à l'endroit exact où Marion dit qu'elle était assise lorsqu'elle a vu Norman tomber, et c'est presque en droite ligne par rapport à la Patte du Lion.

Se découpant sur le living-room éclairé, le Dr Hastings apparut à une des fenêtres ouvrant sur la véranda.

– Je ne sais absolument rien, dit précipitamment Lionel, puisque j'étais au lit lorsque cela s'est passé. Mais vous vous rappelez sûrement, Bill, qu'il vous fallait être très avancé sur la plage pour apercevoir Marion. Du chemin creux, cela vous était impossible. Et il en allait de même pour le Dr Hastings qui se trouvait ici, dans la véranda...

» Si Norman a été atteint dans le dos, surtout avec une arme de ce genre, il n'aurait rien senti sur l'instant. C'est ce que j'ai toujours entendu dire... Lorsque vous l'avez appelé, Bill, il s'est retourné, juste avant de s'effondrer, atteint grâce au fusil, en plein cœur.

A la fenêtre, Hastings émit une sorte de grognement et lança :

– Le fusil. Ne fût-ce que d'un point de vue purement académique, j'aimerais que vous me disiez ce que le fusil à air comprimé vient faire dans tout ça?

– Ecoutez, docteur! Vous n'allez pas esquiver votre responsabilité? s'exclama Lionel.

– Esquiver ma...?

– Oui. C'est vous le responsable, vous qui avez suggéré que la blessure avait été faite par quelque chose ressemblant à une épingle à chapeau.

– Oui, et alors?

– Un fusil à air comprimé comme celui-là n'est pas un jouet, c'est quelque chose d'assez puissant. Comme il arrive que les petits plombs adhèrent au canon et l'obstruent, les fabricants livrent en même temps une fine baguette métallique pour permettre de le dégager. Si vous coupez les trois quarts de cette baguette et aiguisez l'extrémité de ce qu'il vous en reste, vous obtenez un projectile court, pouvant être tiré avec suffisamment de force pour être dangereux.

Un silence s'instaura, meublé seulement par le bruit de la mer et de la pluie.

– J'ai déjà entendu des sottises dans ma vie, mais jamais encore rien de comparable! s'exclama Stacey. Vous rendez-vous compte qu'il n'existe aucun fusil à air comprimé capable de rendre un tel projectile mortel à plus de cinquante mètres?

– Oui, je sais, convint Lionel, mais...

– Mais quoi?

– J'ai beau ne pas y croire, ça paraît plausible. Alors, ça me tourmente.

– Mon chapeau... Où est mon chapeau? dit soudain le Dr Hastings. Ça ne peut pas continuer... Je m'en vais au poste, leur raconter ce qui s'est réellement passé.

Au même instant, il y eut un bruit de piétinements à l'extérieur du cottage. Comme il faisait très sombre, c'est tout juste s'ils purent distinguer deux personnes qui gravissaient les marches de la véranda. Mais, survenant du living-room avec l'une des lampes, le Dr Hastings éclaira le colonel March et Marion Kane.

Si le colonel March avait la respiration un peu sifflante, son visage demeurait aussi indéchiffrable que d'ordinaire. Celui de Marion laissait paraître un complexe mélange de soulagement et de déception; toutefois, en dépit des émotions qu'elle venait de vivre, elle souriait.

– Bill, de grâce, une cigarette! dit-elle en lui touchant le bras.

– Le surintendant et moi sommes venus présenter des excuses, annonça le colonel March. Voyez-vous, nous avons agi avec le total consentement de miss Kane, nous avons concocté une histoire qui était à la limite de la diffamation. Cela nous a permis de tendre un piège qui a fonctionné. Nous avons dû, j'en ai peur, vous faire passer à tous une bien mauvaise nuit. Seulement c'était le seul moyen que nous avions d'amener le mort à nous raconter lui-même son histoire... Vous pouvez venir maintenant, Mr Kane.

Ce fut un revenant tout gris et penaud qui gravit les marches derrière le surintendant Morgan. Norman Kane, dont le cœur avait cessé de battre plus de vingt-quatre heures auparavant, était à présent bien vivant mais semblait le déplorer. Il demeura un moment tout gauche, ouvrant et fermant ses mains. Puis il aperçut le Dr Hastings qui, la lampe à la main, était demeuré sur le seuil du living-room et il se précipita vers lui en criant :

– Traître!

– Mais il était mort! insista Stacey. Son cœur ne battait plus, je suis prêt à en jurer! Comment s'y est-il donc pris?

La pluie avait cessé, faisant place à une matinée claire et fraîche. Marion, Stacey et le colonel March se trouvaient sur la plage, face à la marée montante.

– Je vais tout vous expliquer, dit le colonel. Kane eut tort de s'emporter comme il l'a fait contre le Dr Hastings. Le docteur est son ami et il n'a cherché qu'à lui venir en aide, alors que son grossier subterfuge eût été découvert en deux minutes! Vous avez déjà compris que les craintes de miss Kane étaient justifiées : Il allait se trouver dans un terrible pétrin financier. Cela n'eût pas forcément entraîné la prison pour lui, mais à coup sûr la ruine et la pauvreté. Alors, pour échapper à cela, Kane a imaginé de simuler sa mort, et de disparaître avec l'argent qu'il avait mis de côté pour le cas où il devrait s'enfuir précipitamment. Ce n'est pas chose rare chez les financiers, commenta sèchement le colonel March.

Marion lança un petit galet dans l'eau, mais ne dit rien.

– Il allait « mourir » et son corps, emporté par la mer, ne serait jamais retrouvé, continua le colonel. Mais il ne voulait pas qu'on pût dire qu'il s'était suicidé pour échapper à ses responsabilités, ni qu'on envisage la possibilité d'un meurtre, à cause de l'enquête qui en découlerait. Alors, avec l'assistance du Dr Hastings, il décida de mourir d'une crise cardiaque sur la Patte du Lion. Mais il fallait que cette mort soit vue par un témoin absolument désintéressé; vous, Mr Stacey. C'est dans ce but que vous avez été convoqué. Hastings serait sur place pour corroborer vos dires. Puis il vous emmènerait au cottage, distant de plusieurs centaines de mètres, tandis que la marée continuerait de monter. Kane, excellent nageur, pouvait sans peine se laisser emporter par les vagues, puis contourner le promontoire pour disparaître sans risque d'être aperçu du cottage.

» Alors, il se mit à parler fréquemment de son cœur malade, sans vouloir écouter Hastings, qui trouvait cela très risqué. En effet, miss Kane savait qu'il n'avait rien au cœur, et aussi le médecin du village. Si donc Kane « mourait » d'une maladie qu'il n'avait pas, on ne tarderait pas à flairer la combine. De toute façon, c'était un plan des plus hasardeux, mais il aurait peut-être quand même réussi si, le matin prévu pour le « décès », miss Kane n'avait décidé de sortir de bonne heure pour se baigner.

» Comme elle nous l'a dit, il n'était pas dans ses habitudes de se lever tôt. Norman Kane et le Dr Hastings pensaient donc à cette heure avoir la plage toute à eux... exception faite de leur témoin, un jeune homme peu enclin au soupçon.

Stacey lui jeta un regard sombre :

– Dites carrément « un jeune imbécile ». Mais qui était néanmoins en pleine possession de ses facultés, colonel. Je sais reconnaître quand un homme est mort. Et je vous répète que le cœur avait cessé de battre.

– Permettez, fit March avec un sourire. Ça n'était pas le cœur qui s'était arrêté, mais le pouls.

– Le pouls?

– Rappelez-vous quelle était la position de Kane : il gisait à plat ventre avec sa main droite repliée sous son corps, mais la gauche étendue de façon on ne peut plus engageante. En outre, il était comme encastré dans l'étroit passage creusé en haut de la Patte du Lion, et vu son poids, il eût été tout aussi difficile que risqué de vouloir retourner le corps pour ausculter le cœur. D'ailleurs, pourquoi auriez-vous tenté de le faire alors que cette main était tendue vers vous? Votre réflexe serait de chercher le pouls. Et il n'y aurait pas de pouls.

– Mais comment diable est-ce possible? Les pulsations correspondent aux battements du cœur... On ne peut pas arrêter le pouls si...

– On le peut, coupa le colonel March, grâce à une

petite boule de caoutchouc durci, du genre de celle fournie avec le canon miniature de la boîte de soldats. C'est une expérience qui a été faite voici quelque temps à Londres devant un groupe de médecins... et qui a parfaitement réussi. Vous pouvez d'ailleurs vérifier la chose par vous-même : on place la petite boule sous l'aisselle et l'on serre fortement le bras contre le côté : l'afflux de sang est coupé et l'homme est « mort ». Kane, bien entendu, tenait cela de Hastings. Kane a donc bien serré son bras contre son côté, mais en laissant l'avant-bras étendu pour que vous soyez immédiatement tenté de prendre le poignet et chercher le pouls.

» Seulement, tout a failli échouer à cause de l'entrée en scène imprévue de miss Kane. Vous, Stacey, vous aviez découvert le corps et conclu que la mort était due à une crise cardiaque. Mais Hastings savait que ça ne marcherait pas avec miss Kane, laquelle était extrêmement sceptique en ce qui concernait la prétendue maladie de cœur.

» Si le corps avait été emporté par la mer avant que ne survienne miss Kane, celle-ci serait restée dans le doute, pensant probablement qu'il s'agissait d'un suicide à propos duquel on voulait donner le change. Mais le corps était là. Si on n'intervenait pas très vite, elle voudrait absolument voir son oncle une dernière fois...

Marion acquiesça :

– Oui, c'est ce que je voulais faire quand le docteur...

– ... a détourné votre attention. Eh! oui, Hastings est un homme ingénieux, plein de ressource. Il a eu alors recours à la seule diversion possible pour que vous n'alliez pas près du corps. Il vous a vivement ramenée sur la plage loin de Kane, pour qu'il n'entendît pas, et là, il a joué habilement la carte du meurtre. Cela vous a tellement secouée, qu'il a été facile à Hastings de vous faire croire n'importe quoi... Rappelez-vous, vous n'avez pas vraiment vu de blessure ni de pointe émergeant du dos de Kane : juste une toute petite déchirure dans le peignoir, due sans doute à un clou sur lequel il s'était accroché.

» Hastings a reconnu que c'était la vue de cette déchirure, lors de son « examen » du corps, qui lui avait suggéré l'idée du meurtre. Mais hélas, cette déchirure était minuscule, et il y avait une totale absence de sang... Alors il a parlé de quelque chose ressemblant à une épingle à chapeau. Bien sûr, il aurait pu dire qu'il s'agissait d'un suicide, mais il savait bien qu'un homme ne pouvait se poignarder à cet endroit, et de surcroît avec une force telle que l'arme improvisée aurait entièrement pénétré dans la plaie. D'où l'idée de vous faire croire que cette arme avait pu être lancée ou tirée par un assassin. Il avait dit cela impulsivement, sous la pression des circonstances, pour empêcher la découverte du subterfuge. Et cela a dû lui faire un drôle d'effet quand il a vu ce que nous imaginions à partir d'un fusil à air comprimé totalement inoffensif!

Le colonel March eut un sourire d'excuse :

– Bien sûr, ça ne tenait pas debout, mais il nous fallait à tout prix amener le « mort » à revenir. D'où l'histoire que nous avons communiquée à la presse en toute hâte, pour que Kane puisse la lire dans le journal. Si nous avions attendu, il aurait eu le temps de gagner le Continent et nous ne l'aurions peut-être jamais rattrapé. La découverte d'un corps rejeté sur la grève à Barry nous a permis de parachever l'illusion. Nous avions fait part de notre manœuvre à miss Kane, qui fut d'accord...

– Avais-je le choix? s'écria la jeune fille. Vous comprenez bien qu'il me fallait savoir si... Toute ma vie je m'étais occupée de mon oncle. Il me fallait donc savoir s'il était capable de s'enfuir en me laissant risquer d'être pendue pour son meurtre!

– Ce qu'il n'a pas fait, dit le colonel March. Mr Norman Kane a eu un choc qui, je l'espère, lui sera salutaire. J'aurais aimé le voir lorsque, hier soir, il s'est risqué en ville pour acheter un journal et a ainsi appris qu'il n'avait pas été emporté par la marée après avoir succombé à une crise cardiaque, mais qu'on avait retrouvé son corps, qu'il avait été assassiné, et que les pires soupçons pesaient sur sa nièce. Pas étonnant qu'il se soit jeté tout à l'heure sur le Dr Hastings! Toutefois, miss Kane, il aurait bien dû comprendre que, tôt ou tard, vous seriez disculpée, puisque le cadavre repêché ne pouvait pas être le sien. Cependant, il est revenu. C'est un geste tout à son honneur. Aussi je pense que, maintenant, il saura faire face à ses problèmes et se sauver comme il a voulu vous sauver.

Traduit par Maurice-Bernard Endrèbe.
Titre original :
ERROR AT DAYBREAK.

LE SECOND BOURREAU

« Pourquoi est-ce qu'en Pennsylvanie on les électrocute plutôt que de les pendre? demandait mon vieil ami, le juge Murchison, en rapprochant adroitement le crachoir du pied. De toute façon, que vous apprennent-ils aujourd'hui, à vous autres jeunes gens, dans les facultés de Droit?

Crois-moi, fils, ça c'était une affaire de meurtre. Les juges de la Cour Suprême eurent les pires difficultés à rendre un arrêt correctement motivé. Pendant trente ans, les Juristes purent en discuter dans les arrière-salles de tous les cafés, d'ici à la côte du Pacifique. C'est arrivé, dans ce comté, lorsqu'on a pendu Fred Joliffe pour le meurtre de Randall Fraser.

C'était en 92 ou 93; en tout cas, l'année où l'on a installé les premières cabines téléphoniques dans la rue; on pouvait appeler jusqu'à Pittsburgh, sauf quand les lignes étaient arrachées par le vent. Notre ville était déjà le siège de l'administration du comté, nous en étions extrêmement fiers.

Les habitants ne cessaient de faire de l'esbroufe sur son développement et son extension. Nous étions tous plus enthousiastes les uns que les autres. Nous avions même la certitude que la moitié de la population avait échappé aux opérations de recensement. C'est ainsi que Mark Sturgis, propriétaire de la *Bugle Gazette*, publia un article fulminant pour protester contre une affirmation de l'almanach d'après laquelle nous n'aurions été que 3 265 habitants. Cela nous avait tous exaspérés, il est vrai.

Il y avait quantité d'autres choses dont nous étions fiers. D'abord, de McClean House, qui était le meilleur hôtel du comté; je me rappelle qu'on pouvait, pour deux dollars par semaine, y obtenir une chambre avec pension complète, avec une délicieuse tarte aux pommes au petit déjeuner. Nous étions fiers, aussi, de nos ancêtres qui avaient franchi les montagnes en 1755 comme soldats de l'armée Braddock et qui, scalpés, choisirent de s'installer dans des huttes de rondins pour laisser à leurs blessures le temps de cicatriser. Mais – surtout –, nous étions fiers de nos hommes de loi.

Fiston! quelle belle juridiction nous avions! Remarque, je ne vais pas te dire qu'ils savaient tous le Code par cœur; mais ils possédaient leur *Blackstone* et leur *Greenleaf* (sur les témoignages) et tous étaient des orateurs-nés. Et il y en avait même quelques-uns, le dessus du panier, qui, pleins de connaissances livresques et de dignité, connaissaient la loi sur le bout des doigts.

Nous étions tous des Presbytériens d'origine écossaise ou irlandaise, nous aimions les débats devant une bouteille d'*Old Crow*. Il y avait Charles Connell, diplômé de Harvard, et le procureur du District, qui avait de belles mains blanches, portait un col très haut, et adressait au jury des allocutions si pathétiques que les gens venaient de plusieurs kilomètres à la ronde pour l'entendre. Ce qui ne l'empêchait pas de perdre généralement ses procès. Il y avait le juge Hunt, qui se vantait de ressembler à Abe Lincoln et qui, en conséquence, ne sortait jamais sans une redingote et un élégant chapeau pointu.

Tiens, il y avait ton propre grand-père, qui avait plus de deux cents livres dans sa bibliothèque. Les gens allaient le soir lui emprunter des volumes de l'Encyclopédie.

Tu vois la grande bâtisse en pierre du pays, en haut de la rue, entourée de fleurs juste à côté de la prison? Les gens venaient là comme ils vont aujourd'hui au cinéma : crois-moi c'était beaucoup plus intéressant. A l'époque il s'agissait d'un café extraordinaire : le café de Jim Riley. Tous les copains s'y réunissaient, dans l'arrière-salle; Jim y avait mis un élégant crachoir de cuivre et, sur le mur, un portrait de George Washington, pour lui donner de la classe. Outre la bande habituelle, il y avait souvent Bob Moran, le shérif, un grand gaillard solide, toujours anxieux de faire strictement son devoir. Il y avait aussi le pauvre vieux Nabors, un grand gars tranquille aux yeux rougeâtres qui avait été médecin avant de se mettre à boire. Il était toujours fauché, il avait deux filles – dont l'une était plus maigre qu'un clou – et Jim Riley avait tellement pitié de lui qu'il lui donnait gratuitement à boire...

C'était une époque belle et heureuse. Dans cette arrière-salle, par l'éloquence et la théorie, les problèmes de la nation se trouvaient résolus... jusqu'au moment où nos épouses venaient nous chercher pour nous faire rentrer à la maison.

Lorsque Randall Fraser fut assassiné, ce fut comme une lourde note à payer.

Remarque que si celui qui l'avait tué avait été n'importe qui d'autre que Fred Joliffe, nous ne l'aurions sûrement pas condamné. On ne peut pas faire ça, mon fils; en tout cas, pas dans une petite communauté. C'est très bien de parler de la puissance et de la grandeur de la Justice, ça fait bien dans un discours. Mais lorsqu'il s'agit de quelqu'un que vous avez vu journellement, pendant des années, passer dans la rue et vous dire bonjour, que vous savez quand sont nés ses gosses, que vous l'avez consolé quand il en a perdu un, et puis surtout que c'est lui qui vous a prêté dix dollars le jour où vous en aviez besoin...

Enfin, vous ne pouvez pas vous saisir de cet homme et le pendre jusqu'à ce que mort s'ensuive. Vous auriez à jamais gravée dans la mémoire la figure qu'il faisait. Et vous lui trouvez des excuses, quoi qu'il ait fait, crois-moi!

Mais avec Fred Joliffe, c'était différent. Fred Joliffe était le pire, le plus désagréable des clients que nous ayons jamais eu, à l'exception peut-être de Randall Fraser lui-même. Tu as déjà vu un serpent-corail se lover sur une pierre plate? Et un corail est pire qu'un serpent à sonnettes, qui ne vous piquera que si vous lui marchez dessus et qui, avant de le faire, vous avertit.

Fred avait la même couleur brunâtre et les mêmes mouvements glissants. Vous reteniez à jamais ses petits yeux pâles et son rictus méchant. Quand il traversait la ville dans sa carriole – il était une sorte de chiffonnier – chacun pouvait voir un petit homme maigre en manteau marron, regardant du coin de l'œil pour trouver matière à quelque médisance. Toujours à ricaner.

Ce n'était pas seulement les choses qu'il disait sur les gens dans leur dos. Ou en face, lorsqu'il pouvait profiter de sa petite taille pour n'être pas rossé.

C'était un malin. On croyait qu'il était l'auteur de ces lettres anonymes qui amenèrent... mais n'y pensons plus.

En tout cas, je peux te dire qu'un certain jour ce petit finaud a rendu Will Farmer positivement fou; Will l'a battu et laissé pour mort. Un mois plus tard, l'écurie où Will avait des chevaux en pension brûlait en une nuit, avec onze bêtes à l'intérieur. Mais on n'a jamais rien pu prouver; il était trop malin pour nous.

Cela me conduit à l'unique compagnon de Fred Joliffe : Randall Fraser. Celui-ci avait sur Market Street une boutique de sellerie, un endroit poussiéreux avec, en vitrine, un grand cheval factice, une jument pommelée dont les yeux de verre avaient un regard vicieux et dont il repeignait régulièrement la crinière.

Randall était un homme grand avec une fine moustache, une épingle de cravate représentant un fer à cheval, des complets à carreaux genre sportif. Il était d'une politesse onctueuse, et méprisable comme le péché. Jouer un mauvais tour à quelqu'un, commettre une filouterie était à ses yeux la chose la plus drôle. Mais il plaisait aux femmes – inutile de dire le contraire – elles étaient nombreuses à se faufiler dans son magasin de sellerie par la porte de derrière. Randall ne pouvait se retenir de le raconter chez le barbier pour montrer à quel point les autres étaient idiots et, lui, viril; mais il devait prendre des tas de précautions. Lui et Fred Joliffe buvaient beaucoup ensemble.

C'est alors que la nouvelle tomba. On était en octobre, il me semble; un matin, en prenant mon chapeau pour aller à mon bureau, je l'ai entendu dire. A cette époque, l'auxiliaire de police était le vieux Withers. Il s'était levé de très bonne heure, sans que rien l'y oblige; en descendant Market Street dans la brume aux alentours de 5 heures du matin, il avait vu que le gaz continuait à brûler dans l'arrière-boutique de Randall.

La porte était grande ouverte. Withers était entré et avait trouvé Randall couché en manches de chemise sur une pile de harnais, le front et la figure écrasés par un maillet à poser les coins. Il ne restait pas grand-chose de son visage, mais on pouvait l'identifier par sa moustache et le fer à cheval de son épingle de cravate.

J'étais dans mon bureau. Dans la rue, quelqu'un a crié qu'on venait de trouver Fred Joliffe ivre mort, endormi dans le moulin à farine, avec du sang sur les mains et, dans sa poche, une bouteille de whisky vide. C'était même de l'*Old Crow*, je m'en souviens encore. Il était toujours en très mauvais état, il ne pouvait ni marcher ni comprendre ce qui se passait, quand le shérif – c'était le Bob Moran, dont je t'ai parlé – est venu le chercher pour le mettre en prison.

Bob a dû l'emmener dans sa propre carriole de chiffonnier. Je les ai vus suivre Market Street sous une pluie battante, Fred couché à l'arrière, tout blanc de farine, grondant et jurant. Les gens restaient très calmes. Ils étaient satisfaits, mais ils ne pouvaient pas le montrer.

Excepté Will Farmer, le propriétaire de l'écurie qui avait entièrement brûlé.

Maintenant, on va le pendre, dit Will. *Maintenant*, ils vont le pendre.

C'est drôle, fiston. Je n'ai pas réalisé à quoi tout cela pouvait servir jusqu'au moment où j'ai entendu le juge Hunt prononcer la sentence à l'issue du procès. Ils m'avaient désigné pour assurer sa défense, parce que j'étais un jeune homme sans expérience et qu'il fallait bien que quelqu'un le fît. La conviction de toute la ville était acquise avant même que j'aie pu parler à Fred.

Son compte était bon. Un repasseur de ciseaux qui habitait en face (je ne me rappelle plus son nom) avait vu Fred entrer chez Randall vers 11 heures. Un vieux ménage qui habitait au-dessus du magasin et les avait entendus brailler et boire. A l'approche de minuit, il y avait eu du bruit faisant penser à une bagarre et à une chute; mais ces gens s'étaient bien gardés d'intervenir. Finalement, un couple de fermiers quittant la ville à minuit pour rentrer chez eux avaient vu Fred sortir en titubant par la porte principale, secouer ses vêtements et s'essuyer les mains sur son veston comme un homme atteint de *delirium tremens*.

J'allai voir Fred à la prison. Il n'était plus ivre, ce qui ne l'empêchait pas d'être très agité. Ses yeux pâles et comme noyés étaient aussi méchants que d'habitude. Je le vois encore, assis sur la couchette de sa cellule, suçant une cigarette entourée de papier brun, se contorsionnant le cou, se moquant de moi. Il ne voulait rien me dire, prétendant que j'irais le raconter au juge.

– Me pendre? dit-il.

Et il plissait le nez, me regardait d'un air goguenard.

– Me pendre, *moi*? Ne vous en faites pas pour ça, monsieur. Ces Un-Tel ne me pendront jamais. Ils ont trop peur de moi, ces Un-Tel...

Et cet idiot ne s'est rendu compte de rien jusqu'à la sentence. Il se pavanait devant la Cour, faisait des remarques cinglantes, menaçait de dire ce qu'il savait sur les gens présents, il appelait le juge par son prénom. Il portait un plastron mobile qu'il avait acheté pour faire élégant.

J'étais surpris du calme avec lequel les gens accueillaient cela. Les spectateurs n'échangeaient pas de réflexions à voix basse, ne se donnaient pas de coups de coude; ils se contentaient de rester assis dans une immobilité de mort et de le regarder. Tout ce qu'on pouvait entendre, c'était une sorte de respiration.

Il y a quelque chose de curieux dans une cour de justice, fiston; chacune a une odeur particulière dont vous ne vous soucierez qu'au moment où vous vous demandez ce qu'elle signifie; vous remarquez les endroits abîmés et les trous dans le mur mieux que partout ailleurs. J'entends encore résonner la voix de Charley Connel soutenant l'accusation, un petit bruit aigre dans une vaste salle, et les pas de Charley faisant craquer le plancher. J'ai encore présents à l'esprit : l'auditoire, le froufrou des robes des femmes, le sifflement du gaz. Il faisait sombre pendant la saison pluvieuse, si bien qu'on allumait les becs de gaz dès 2 heures de l'après-midi.

Mon seul système de défense fut de dire que Fred était trop saoul pour être responsable. D'ailleurs, il ne se rappelait rien de ce qui s'était passé cette nuit-là (il reconnaissait que c'était vrai). Mais, outre le fait que je ne trouvais rien dans la loi pour l'appuyer, ma défense fut un véritable fiasco. Ma voix elle-même sonna faux.

Je me rappelle que six jurés avaient des moustaches et que les six autres n'en avaient pas. Et le juge Hunt, tout en haut de l'estrade avec le drapeau déployé sur le mur derrière sa tête, ressemblait plus que jamais à Abraham Lincoln. Fred Joliffe lui-même le remarqua. Il ne cessait de tourner la tête de tous les côtés pour regarder les gens; il semblait un peu mal à son aise. Une fois, il a tendu la tête du côté du jury en criant d'une voix perçante.

– Dites quelque chose, vous ne pouvez pas? Faites quelque chose, vous ne pouvez pas?

Ils ont fait quelque chose, en effet.

Lorsque le président du jury l'a déclaré « coupable de meurtre au premier degré », il n'y a eu qu'un tout petit peu de bruit. Pas d'applaudissements, une sorte de sifflement, qui ne se produisit qu'une fois. Ce fut terrible à entendre. Cela ne frappa Fred qu'au moment où le juge Hunt était déjà au milieu de la lecture de la sentence.

Fred était toujours là, regardant autour de lui d'un air farouche et à moitié idiot jusqu'au moment où il entendit le juge Hunt dire : « *Et que Dieu ait pitié de votre âme!* » Alors il explosa. Ce fut un mélange de supplications et de plaisanteries, comme s'il avait estimé que c'était tout de même pousser la blague un peu loin. Il dit :

– Ecoutez-moi, à présent, vous ne parlez pas sérieusement, n'est-ce pas? Vous ne pouvez pas me raconter d'histoires. Vous êtes simplement Jerry Hunt. Je sais qui vous êtes. Vous ne pouvez pas me faire ça, à moi.

Tout d'un coup il se mit à marteler la table de ses poings et à hurler :

– Vous n'allez tout de même pas me pendre pour de bon, non?

Mais c'était pourtant ce que nous allions faire.

L'exécution fut fixée au 12 novembre. L'ordre était signé : « ... dans les dépendances de ladite prison du comté, entre 8 et 9 heures, ledit Frederick Joliffe sera pendu par le cou jusqu'à ce que mort s'ensuive. Un bourreau sera désigné à cet effet par le shérif et la sentence exécutée en présence d'un médecin. Le corps sera inhumé... »

Et ainsi de suite.

Tout le monde était nerveux. Depuis que tous ces gens-là étaient en fonction, il n'y avait jamais eu de pendaison et personne ne savait exactement comment on devait s'y prendre. Le vieux Dr Macdonald devait se trouver là; et, bien entendu, on s'était assuré de la présence du Révérend Phelps, le pasteur. Quant à la femme de Bob Moran, elle devait préparer des gaufres et des saucisses pour le dernier petit déjeuner du condamné.

Tu trouves peut-être que ce sont là des bavardages. Mais pense une minute à ce que cela peut être de se saisir de quelqu'un qu'on a toujours connu et, par un petit matin glacé, de le ligoter, le faire sortir dans la cour et de lui rompre le cou au moyen d'une corde, tout cela sous une forme légale et avec le secours de la religion, sans que personne puisse intervenir. Alors tu commences à être terrifié par ce pouvoir de décider ainsi du sort d'un homme et de l'étroite frontière qui sépare la mort de la vie.

Bob Moran était blanc de terreur à l'idée que les choses pourraient ne pas marcher convenablement. Il avait désigné comme bourreau ce gros ivrogne, un peu lent, d'Ed Nabors. En partie, parce que Ed Nabors avait bien besoin des cinquante dollars payés à cette occasion, mais aussi parce que Bob avait l'idée qu'un ancien médecin devait être plus apte à assurer une exécution. Ed avait juré de rester à jeun. Bob Moran lui avait dit que, sans cela, il ne toucherait pas un sou.

Nabors semblait prendre son rôle très au sérieux. Il avait étudié la pendaison scientifique dans un vieux livre emprunté à ton grand-père. Avec le charpentier, ils avaient édifié dans la cour de la prison un grand machin qui paraissait un peu branlant.

Les essais auxquels ils procédèrent avec des sacs de farine furent concluants; la trappe s'abaissait avec un bruit sinistre qui vous soulevait le cœur. Mais, une fois, ils ont trop tendu la corde et elle a coupé un sac en deux. Alors le vieux Dr Macdonald intervint pour parler de cet Anglais qu'on appelait John Lee – et cela acheva presque Bob Moran.

C'était tard dans la soirée, la veille de l'exécution. Nous étions assis autour de la lampe dans le bureau de Bob, essayant de jouer au poker. Il y avait dans le bureau toutes sortes de jouets, des cordes à sauter, de gros cordages. Bob laissait ses gosses jouer là. Il n'aurait pas dû le faire car la porte donnait sur un couloir de cellules, dont la dernière était occupée par Fred Joliffe.

Bien entendu, les quelques autres prisonniers arrêtés pour tapage nocturne ou vols de poulets avaient été transférés à l'étage supérieur. Quelqu'un avait dit à Bob que l'odeur même d'une exécution les affecte comme des bêtes sauvages maintenues en captivité. Que ce soit pour cette raison ou une autre, il avait bien fait. Nous pouvions les entendre s'agiter et taper du pied au-dessus de nos têtes; un vieux prisonnier a même chanté des hymnes pendant toute la nuit.

Eh bien! il pleuvait fort sur le toit de tôle étamée. C'est peut-être ce qui a amené le Dr Macdonald à y penser. C'était un vieux diable cynique. Quand il vit que Bob ne pouvait plus se tenir tranquille, jetait sa carte sans même la regarder, il dit :

– Oui, j'espère que tout va bien se passer. Mais

vous devez faire attention avec cette pluie. Vous n'avez pas lu l'histoire de ce type qu'on a essayé de pendre en Angleterre? La pluie avait fait gonfler les planches, si bien que la trappe n'a pas voulu s'ouvrir. Ils l'ont fait tomber dessus à trois reprises, mais elle ne marchait toujours pas...

Ed Nabors donna un coup sur la table. Je dois dire qu'il n'était guère à son aise. L'une de ses filles s'était enfuie et l'autre mourait de tuberculose. Il avait des tics et le tour des yeux rouges; il n'avait pas bu un verre depuis deux jours, bien qu'il y eût une bouteille d'*Old Crow* sur la table.

– Tais-toi ou je t'étrangle, dit Nabors en se cramponnant à la table. Va au diable, Macdonald. Je t'ai dit que rien ne pouvait clocher. Je vais aller vérifier de nouveau, à condition que tu me laisses te mettre d'abord la corde au cou.

– Pourquoi tiens-tu absolument à raconter des histoires comme ça, Doc? demanda Bob Moran. C'est pas déjà assez moche comme ça? Voilà maintenant que tu me donnes du souci pour autre chose. Je suis descendu il y a un instant voir Fred Joliffe et il a déclaré la chose la plus marrante que j'aie jamais entendue. Il est complètement fou. Il disait avec un petit rire bête que Dieu ne permettrait jamais à ces Un-Tel de le pendre. C'était terrible de lui entendre dire cela. Quelqu'un a-t-il l'heure?

J'eus froid cette nuit-là. Je somnolais dans un fauteuil, mais j'entendais tout de même la pluie et au-dessus de nos têtes toute cette agitation de fauves en cages. Le vieux prisonnier chantait ce passage de l'hymne où il est question des eaux qui déferlent quand la tempête est à son apogée.

Ils m'ont réveillé vers 8 heures et demie pour m'annoncer que le juge Hunt et tous les témoins étaient dans la cour de la prison, prêts à former le cortège. Je réalisai alors que, tout compte fait, ils allaient le pendre. J'ai dû me joindre au cortège comme j'avais juré de le faire mais je n'ai pas vu le visage de Fred Joliffe, et du reste je n'y tenais pas.

On lui avait fait une toilette soignée, on lui avait passé une chemise de flanelle toute propre, après avoir replié le col à l'intérieur. Il sortit de la cellule en chancelant et commença par s'en aller dans la mauvaise direction. Mais Bob Moran et le constable le prirent chacun par un bras. Il faisait du vent, le temps était sombre et froid. On lui avait attaché les mains dans le dos.

Le pasteur prononçait des paroles que je ne pus saisir. Tout s'est bien passé jusqu'au moment où ils arrivèrent au milieu de la cour. C'est une cour assez vaste. Je ne regardai pas le machin qu'on avait dressé au milieu mais les témoins rangés devant le mur, nu-tête. Je sentais l'odeur fraîche de l'air après la pluie, je levai les yeux et je vis, au-dessus des montagnes, le ciel rosir.

Mais Fred Joliffe ne le regardait pas. Il tomba sur les genoux. Ils le remirent debout. Je les entendis monter l'escalier dont les marches grinçaient.

Je ne regardai pas l'appareil jusqu'au moment où nous entendîmes un bruit sourd. Nous avons alors tous compris que quelque chose n'allait pas.

Fred Joliffe n'était pas sur la trappe, il n'avait pas le sac sur la tête mais ses jambes étaient entravées. Il était debout, les yeux fermés, le visage tourné vers le ciel rose. Ed Nabors était cramponné des deux mains à la corde, il tournoyait en donnant des coups de pied à la trappe qui ne bougeait pas.

A cet instant, j'entendis Ed crier quelque chose à propos de la pluie qui avait fait gonfler le bois et le juge Hunt passa devant moi pour aller au pied de l'échafaud.

Bob Moran jura.

– Mettez-le dessus et essayez, de n'importe quelle façon, dit-il en prenant Fred par le bras. Passez-lui ce sac sur la tête et risquez le coup.

– En Son nom, dit le pasteur, vous ne ferez pas cela si je peux vous en empêcher.

Bob accourut comme un fou et sauta des deux pieds sur la trappe. Elle était bien collée. Alors Bob se détourna et sortit de sa poche revolver un Ivor-Johnson 45. Le juge Hunt se plaça devant Fred, dont les lèvres remuaient un peu.

– On appliquera la loi, et rien que la loi, déclara le juge Hunt. Mettez-moi ce revolver de côté, espèce de fou, et ramenez-le dans sa cellule jusqu'au moment où vous pourrez faire fonctionner cet appareil. Allez-y doucement avec lui; allons!

Jusque-là, je ne crois pas que Fred Joliffe ait réalisé ce qui arrivait. Je suppose qu'il voyait là une confirmation de ce qu'il pensait : on n'avait jamais eu vraiment l'intention de le pendre. Quand il se retrouva en train de descendre les marches, il rouvrit les yeux. Son visage était contracté, il semblait abasourdi, mais cela lui parut soudain d'une clarté aveuglante.

– Je savais que ces Un-Tel ne me pendraient jamais, dit-il.

Son gosier était tellement sec qu'il ne put cracher à la figure du juge Hunt, comme il avait envie de le faire. Il traversa la cour, bien droit, en riant nerveusement.

– Je savais que ces Un-Tel ne me pendraient jamais, dit-il.

Nous avons dû nous asseoir tous une minute et

donner à Ed Nabors quelque chose à boire. Bob le fit se hâter et il était reparti pour arranger la trappe quand le concierge de la cour de justice fit irruption dans le bureau de Bob.

– Un appel! dit-il, sur cette nouvelle machine qui est là-bas. Téléphone.

– Laissez-moi tranquille! hurla Bob. Je ne peux recevoir aucune communication pour le moment. Venez nous donner un coup de main.

– Mais c'est de Harrisburg, dit le concierge. C'est du bureau du gouverneur. Il faut que vous y alliez.

– Reste là, Bob, dit le juge Hunt en me faisant signe. Reste là et je vais répondre.

Nous nous sommes regardés avec un drôle d'air quand nous avons traversé le Pont des Soupirs. L'horloge sonnait 9 heures. Dans la cour, je vis des gens qui donnaient des coups de marteau sur la trappe.

Lorsque le juge Hunt eut reçu ce message téléphonique, nous l'avons vu avoir du mal à raccrocher le récepteur.

– J'ai toujours, d'une certaine façon, cru à la Providence, dit-il, mais je n'avais jamais pensé qu'elle pût se manifester d'une manière aussi personnelle. Fred Joliffe est innocent. Nous devons annuler l'exécution, et attendre confirmation du gouverneur. Il a reçu le témoignage d'une femme... De toute façon, nous aurons les détails un peu plus tard.

Je ne suis pas très apte à décrire des états d'âme, si bien que je ne peux pas te dire au juste ce que j'éprouvais. Avant tout, j'étais dans un état fébrile, plein d'horreur à la pensée qu'ils auraient pu déjà aller décrocher Fred pour l'enterrer...

Mais quand, du Pont des Soupirs, nous avons baissé les yeux pour regarder dans la cour, nous avons vu Ed Nabors et le charpentier discuter de la possibilité de couper la trappe en travers à la scie; et la lumière de ce matin béni affluait en pleine gloire comme pour nous montrer que nous pouvions cette fois mettre cette affreuse machine en pièces et la brûler.

Le couloir de l'étage au-dessous était désert. Le juge Hunt avait repris contenance. C'était l'un de ces orateurs sévères qui aiment faire l'éloge de Dieu et il s'embarquait dans un discours bien senti. Il se calma en voyant que la porte de la cellule de Fred Joliffe était ouverte.

– En tout cas, dit-il, Joliffe a le droit d'être le premier à apprendre la nouvelle.

Mais Fred n'apprit jamais cette nouvelle, à moins que son fantôme n'ait prêté l'oreille. Je t'ai dit qu'il était très petit et très léger. Ses talons se trouvaient au moins à quarante centimètres du sol : il était pendu par le cou à un crochet de fer scellé dans le mur de la cellule.

Il avait autour du cou un nœud coulant fait avec une corde à sauter; sa figure était déjà noire, on voyait dans la fente de ses paupières le blanc de ses yeux, ses talons se balançaient au-dessus d'un tabouret renversé.

Non, fiston, nous n'avons pas cru longtemps qu'il s'agissait d'un suicide. Pendant un petit moment nous sommes restés frappés de stupeur, à moitié fous; cela était naturel. Un peu comme lorsqu'on se réveille à 3 heures du matin pour penser à ses ennuis.

Car vois-tu, les mains de Fred étaient toujours liées dans son dos. Il avait sur l'arrière du crâne une grosse bosse et à côté du tabouret se trouvait un marteau. Quelqu'un était entré là, le marteau caché derrière son dos, avait assommé Fred au moment où il regardait ailleurs, lui avait passé autour du cou un nœud coulant fait avec cette corde à sauter, l'avait accroché et laissé pendre jusqu'à ce qu'il soit étranglé.

Dans tout cela, le moment où nous avons eu le plus la chair de poule fut celui où nous nous sommes rendu compte de ce qui s'était passé. Nous avons commencé à dire à haute voix, au bénéfice des autres, où nous nous trouvions pendant la période de confusion qui avait précédé. Personne n'avait remarqué grand-chose et j'étais vert de terreur.

Lorsque nous nous sommes retrouvés autour d'une table dans le bureau de Bob, le juge Hunt a pris son courage à deux mains. Il a regardé Bob Moran, Ed Nabors, le Dr Macdonald, et moi. L'un de nous était le second bourreau.

– C'est une sale affaire, messieurs, dit-il en s'éclaircissant la voix à deux reprises comme fait un orateur nerveux avant de commencer un discours. Ce que je voudrais savoir, c'est ceci : qui a étranglé de sang-froid un homme, pensant que nous allions de toute façon le faire sur un gibet?

Le Dr Macdonald devint méchant.

– Eh bien! dit-il, pour commencer, vous pourriez peut-être nous dire d'où vient cette corde à sauter?

– Je ne vous suis pas, dit Bob Moran interloqué.

– Non, c'est vrai? dit Doc en tirant sur sa moustache. Eh bien, qui tenait à ce que cette exécution ait lieu comme prévu au point de vouloir utiliser un revolver quand on a constaté que la trappe ne fonctionnait pas?

Bob émit un son comme s'il avait reçu un coup de poing au creux de l'estomac. Il regarda Doc un instant, les mains pendantes, la tête penchée sur le côté, puis se jeta sur lui. Il étendit Doc sur la table, lui frappa la tête sur le bord. Alertés par les cris, les gens commencèrent à affluer dans la pièce. C'était en outre très drôle. Le premier à entrer fut le charpentier de la prison, irrité de ne pas avoir été prévenu de la remise de l'exécution.

– Pour quelle raison vous battez-vous? demanda-t-il, furieux.

Il était plus fort que Bob et lui fit lâcher Doc en deux temps trois mouvements.

– Pourquoi ne m'a-t-on pas dit ce qui se passait? On m'a dit qu'il n'y aurait pas d'exécution. Est-ce vrai?

Le juge Hunt fit signe que oui, et le charpentier – Barney Hicks était son nom, je m'en souviens à présent – prit un air maussade pour ajouter :

– Très bien, très bien, mais vous n'aviez pas besoin de vous mettre en pétard contre tout le monde pour cela.

Puis il se tourna vers Ed Nabors.

– Ce qu'il me faut, c'est mon marteau. Où est mon marteau, Ed? Je l'ai cherché partout. Qu'en avez-vous fait?

Ed Nabors s'assit, se versa quatre doigts de gin et avala.

– Excuse-moi, Barney, dit-il avec un calme que je ne lui connaissais pas. Je dois l'avoir laissé dans la cellule quand j'ai tué Fred Joliffe.

Tu parles d'un silence! Comme lorsque le prestidigitateur tire un coup de revolver, à l'Opéra, et que six colombes s'envolent d'une boîte vide. Je ne pouvais pas y croire.

Je vois encore Ed Nabors assis, énorme, dans le coin, à côté de la fenêtre munie de barreaux, avec son costume noir rutilant et son cordon en guise de cravate. Il avait les mains posées sur les genoux, il nous regardait les uns après les autres, avec un petit sourire. Il paraissait à présent plus âgé qu'un prophète; il avait bu assez d'alcool pour éviter son petit tressaillement au coin de l'œil.

Il était assis, très tranquille; il tournait sa chique dans sa bouche en souriant.

– Juge, dit-il d'un air réfléchi, vous avez reçu un coup de téléphone du gouverneur de Harrisburg, n'est-ce pas? Euh! euh! Je savais que cela se produirait. Une femme est venue, n'est-ce pas, dire que Fred Joliffe était innocent et avouer que c'était *elle* qui avait tué Randall Fraser? Cette femme est ma fille. Jessie n'a pas osé venir le dire ici, vous comprenez. C'est pourquoi elle s'est enfuie de chez moi et a été chez le gouverneur. Elle se serait tenue tranquille si vous n'aviez pas condamné Fred.

– Mais pourquoi, s'écria le juge. *Pourquoi?*

– C'est ainsi, continua Ed, en parlant lentement, comme à son habitude. Elle était assez intime avec Randall Fraser, Jessie. Randall et Fred s'amusaient énormément en menaçant d'aller raconter la chose à toute la ville. Elle était presque folle, je crois. Le soir du meurtre, Fred Joliffe était trop soûl pour se rappeler quoi que ce soit de précis. Quand il s'est réveillé, il a trouvé Randall mort et voyant qu'il avait du sang sur les mains, il a cru réellement l'avoir tué.

» Je peux tout vous dire à présent, dit-il en hochant la tête. Ils étaient tous les trois dans la chambre du fond, ça, Fred ne s'en est pas souvenu. Randall et lui se sont battus à propos de Jessie. Fred l'a frappé assez fort avec ce maillet pour le mettre hors de combat, mais le sang qui l'a éclaboussé provenait d'une grosse blessure au-dessus de l'œil de Randall, c'est tout. Ensuite... Jessie a terminé le travail quand Fred s'est échappé, c'est tout.

– Mais espèce d'idiot, s'écria Bob Moran qui commençait à donner des coups de poing sur la table, quel besoin avais-tu d'aller tuer Fred alors que Jessie allait tout avouer?

– Vous autres, les gars, vous n'auriez pas condamné Jessie, n'est-ce pas? dit Ed en louchant vers nous. Non. Mais si Fred avait survécu après qu'elle ait fait cette confession, vous auriez été obligés de le faire, les gars, vous comprenez? Une fois que Fred aurait su ce qui s'était passé, à savoir qu'il était innocent et elle coupable, il se serait arrangé pour faire venir l'affaire devant la Cour Suprême, qui vous en aurait dessaisis. Il aurait rameuté tout l'Etat jusqu'à ce qu'on la pende ou la condamne à perpétuité. Je ne pouvais supporter cette idée. Comme je l'ai dit, je voyais la chose, bien que mon esprit n'ait pas été très clair, à vrai dire. (Il hocha la tête et se pencha pour viser le crachoir.) Quand j'ai entendu parler du coup de téléphone, j'ai rejoint la cellule de Fred pour achever *mon* travail.

– Mais ne comprends-tu donc pas, dit le juge Hunt, sur le ton qu'on prend pour essayer de raisonner un fou, que Bob Moran va être obligé de t'arrêter sous l'inculpation de meurtre et que?...

C'est l'air paisible d'Ed qui nous ébranla tous à ce moment-là. Il se leva, épousseta sa veste noire et nous sourit.

– Oh non! dit-il d'une voix très distincte, c'est là que vous ne comprenez pas. Vous ne pouvez absolument rien me faire. Vous ne pouvez même pas m'arrêter.

– Il est cinglé, dit Bob Moran.

– C'est vrai? demanda Ed très aimable. Ecoutez-moi. J'ai commis ce que vous pourriez appeler un crime parfait, parce que je l'ai commis sous une forme légale... Juge, à quelle heure avez-vous parlé avec le bureau du gouverneur et reçu l'ordre de décommander l'exécution? Réfléchissez. Faites bien attention.

Je fus soudain frappé par l'aspect général de l'affaire.

– Il était peut-être 9 h 5, n'est-ce pas, monsieur le juge? ai-je dit. Je me rappelle que l'horloge du tribunal a sonné au moment où nous franchissions le Pont des Soupirs.

– Je m'en souviens moi aussi, dit Ed Nabors. Et le Dr Macdonald vous dira que Fred Joliffe était mort avant même que la pendule ait sonné 9 heures. J'ai dans ma poche, dit-il en déboutonnant sa veste, un ordre de la Cour m'autorisant à tuer Fred Joliffe en le pendant par le cou – ce que j'ai fait – entre 8 heures et 9 heures, ce que j'ai fait également. Et je l'ai fait dans les formes parfaitement légales, avant que l'ordre ne soit contremandé. Alors?

Le juge Hunt ôta son chapeau en tuyau de poêle et s'essuya le visage avec un mouchoir à pois.

– Vous ne pouvez pas vous en tirer ainsi, dit le juge en prenant l'ordre du shérif qui était posé sur la table. Vous ne pouvez pas ruser de cette façon avec la loi. Et vous ne pouviez pas exécuter la sentence à vous seul. Regardez : « en présence d'un médecin qualifié ». Qu'avez-vous à dire à cela?

– Eh bien! je peux présenter mon diplôme de docteur en médecine, dit Ed en hochant à nouveau la tête. Je suis peut-être un ivrogne sans foi ni loi, mais on ne m'a pas encore radié de l'Ordre... Vous autres hommes de loi, vous êtes très à cheval sur le texte littéral de la loi, dit-il avec admiration, et c'est ce texte qui est en cause, en l'occurrence. Tant que vous n'aurez pas fait modifier la loi par quelques mots complémentaires, il n'y a rien dans ce document qui dise que le médecin et l'exécuteur ne peuvent pas être une seule et même personne.

Au bout d'un instant, Bob Moran se tourna vers le juge avec une expression qui aurait pu passer pour un sourire.

– Ce n'est pas conforme à la morale, dit-il. Un bon citoyen tel que Fred ne devrait pas être tué ainsi. Comme vous l'avez dit vous-même ce matin, monsieur le juge, on doit appliquer la loi et rien que la loi. Est-ce que Ed a raison?

– Franchement, je ne sais pas, dit le juge Hunt en s'épongeant de nouveau la figure. Mais autant que je sache, c'est exact. Que faites-vous, Robert?

– Je lui établis un chèque de cinquante dollars, dit Bob Moran, d'un air vaguement surpris. Nous devons être corrects et respectueux de la loi nous aussi, non? »

Traduit par Jacques Parsons.
Titre original :
THE OTHER HANGMAN.

LE COMBLE DE L'HORREUR

Hargreaves ne prit la parole qu'après avoir allumé deux lampes, et, même alors, il n'enleva pas son pardessus. La pièce, bien que froide, était mal aérée, et il y flottait une odeur légèrement douceâtre. Derrière les jalousies qui n'étaient pas complètement fermées, on voyait la neige tomber le long des réverbères. Pour la première fois, Hargreaves hésita.

– Le... l'objet... était ici, dit-il en désignant le lit. Lui, est entré par cette porte, là. Peut-être comprenez-vous mieux à présent?

Son interlocutrice ne répondit que par un signe de tête.

– Non, reprit le commissaire en souriant, je ne cherche pas à faire appel à des illusions; au contraire, je m'efforce de les dissiper. Voulez-vous que nous descendions?

C'était une grande maison solidement bâtie, où aucune pendule ne faisait entendre son tic-tac. Les marches de l'escalier gémissaient et craquaient sous les pas, malgré l'épais tapis qui les recouvrait. En bas, dans une sorte de petit bureau, un poêle à gaz avait été allumé. On l'entendait siffler de loin, tandis que des flammes bleues y ronflaient, mais il ne contribuait guère à réchauffer la pièce.

Hargreaves désigna de la main à sa visiteuse une chaise placée près du feu et poursuivit :

– Je veux vous raconter l'histoire. Ne croyez pas que je cherche à... (Sa main hésita sur le choix d'un mot comme sur une pièce d'échec.) ...à faire de l'effet si je vous la raconte... (De nouveau, il hésita :) objectivement. Comme si vous n'étiez au courant de rien. Comme si cela ne vous concernait pas. C'est le seul moyen de vous faire comprendre le problème auquel il s'est trouvé confronté.

Hargreaves parlait d'un ton très grave; il était penché en avant, les yeux levés vers la personne à laquelle il s'adressait. Son lourd pardessus lui battait les genoux et ses mains gantées, rarement immobiles, tantôt ébauchaient un geste, tantôt se pressaient à plat sur ses genoux.

– Prenons Tony Marvell pour commencer, dit-il. C'est un brave garçon, que tout le monde aimait bien. Trop généreux, peut-être, pour faire un bon homme d'affaires, mais diablement consciencieux et doué d'un esprit logique qui lui permet de venir à bout de toutes les difficultés d'ordre pratique.

» Tony était diplômé de Cambridge, et comptait aller plus loin dans l'étude des mathématiques. Mais, quand son oncle mourut, il dut prendre sa succession dans l'affaire. Vous savez comme moi que celle-ci, à l'époque, consistait en trois hôtels luxueux qui avaient été construits, installés et dirigés par le vieux Jim, l'oncle de Tony, et qui allaient à la ruine.

» Chacun estima que c'était folie de la part de Tony de se lancer dans les affaires. Son frère Stephen, le chirurgien, affirma que l'intervention de Tony n'aurait pour effet que de faire s'écrouler plus rapidement le château de cartes du vieil oncle, et de tous les faire crouler sous les dettes.

» Mais vous savez ce qui s'est passé. Tony a pris l'affaire en main à vingt-cinq ans; à vingt-sept, il avait réussi à la rendre rentable et, à trente, c'étaient des hôtels à la mode : l'affaire marchait à merveille et rapportait des bénéfices qui surprenaient Tony lui-même.

» Tout cela parce que la simple idée qu'il pût se surmener le faisait sourire. Il ne s'arrêtait jamais, ne se reposait jamais. Son expression favorite, c'était : « Ce travail ne me plaît pas, c'est pourquoi je me dépêche de le faire de mon mieux, pour pouvoir me consacrer à des activités plus importantes. » C'est de ses études qu'il voulait parler. Il s'occupait de l'affaire en partie parce qu'il l'avait promis au vieux Jim, mais aussi parce qu'il la considérait comme si peu importante qu'il voulait montrer combien il était simple de la diriger.

» Mais ce n'était pas simple. Aucun homme n'aurait pu maintenir ce rythme : Londres, Brighton, Eastbourne... Il était au courant de tout, jusqu'au prix d'une taie d'oreiller ou de l'huile pour entretenir les ascenseurs. Au bout de cinq ans de cette vie trépidante, il s'effondra un beau matin dans son bureau. Son frère Stephen lui dit ce qu'il avait à faire :

» – Il faut quitter tout cela immédiatement, mon vieux! Tu vas partir faire une croisière autour du monde, où tu voudras, pendant six ou huit mois au moins. Et, pendant tout ce temps, tu ne devras même pas accorder une pensée à ton travail. Tu m'as compris?

» C'est Tony lui-même qui m'a raconté cela, hier soir. Il m'a dit que rien n'aurait pu se produire si on ne lui avait pas interdit d'écrire à qui que ce soit pendant son absence.

» – Pas même une carte postale, avait enjoint Stephen d'un ton sans réplique. Ecrire signifierait remettre le nez dans ton travail et, dans ce cas, je ne réponds plus de ta santé.

» – Mais... Judith, avait protesté Tony.

» – Surtout pas à Judith! Si tu tiens à épouser ta secrétaire, c'est ton affaire. Mais tu ne vas pas gâcher ta cure de repos en échangeant avec elle de longues lettres au sujet de tes hôtels.

» Vous pouvez vous représenter le visage très aristocratique de Stephen assombri par la colère; vous imaginez l'éminent chirurgien en veston noir et pantalon rayé, debout près de son bureau bien ciré dans son cabinet de Harley Street. Stephen Marvell – et Tony aussi dans une certaine mesure – avait cette allure d'homme très bien élevé que le vieux Jim aurait tant voulu posséder, sans être jamais parvenu à l'acquérir.

» Tony ne discuta pas. La perspective de ce voyage le séduisait parce qu'il était fatigué. Même si on lui interdisait d'écrire à Judith, il pourrait toujours penser à elle... Il y a plus de huit mois, il s'embarqua à Southampton sur le *Queen Anne*. Et le soir même, ses terreurs commencèrent.

Hargreaves fit une pause. Le poêle continuait à ronfler dans le petit bureau mal éclairé. Il suffisait de jeter un coup d'œil sur le visage de la visiteuse pour comprendre que la mort venait de passer dans cette maison... Il reprit :

– Le *Queen Anne* appareillait à minuit. Tony voyait sa cheminée s'élever très haut vers le ciel; il voyait les ponts du paquebot, blancs et bien astiqués, étinceler sous les lumières; il observait les petites taches sombres formées par les passagers qui s'y promenaient; il entendait le bruit de ferraille des treuils et des énormes grues qui se balançaient au-dessus de la foule encombrant les quais; et il éprouvait cette étrange sensation, à la fois agréable et inquiétante, qui agite le voyageur au début d'une traversée.

» Il fut tout d'abord excité comme un collégien. Stephen Marvell et Judith Gates, la fiancée de Tony, l'accompagnèrent à Southampton. Il se souvenait avoir parlé avec Judith, lui avoir pris le bras et l'avoir guidée à travers les coursives imprégnées d'une odeur de caoutchouc, pour lui faire admirer le paquebot; ils s'étaient tous rendus dans la cabine de Tony, où étaient entassés ses bagages, parmi lesquels se trouvait un panier de fruits, et tous avaient convenu que cette cabine était très agréable.

» Ce ne fut que quelques minutes avant le gong invitant les visiteurs à descendre à terre, qu'il éprouva pour la première fois un serrement de cœur à la pensée de se retrouver seul. Stephen et Judith avaient déjà quitté le paquebot car, tout comme Tony, ils détestaient les pénibles adieux de dernière minute. Ils étaient debout sur le quai, bien loin au-dessous de lui. En se penchant par-dessus le bastingage, il pouvait tout juste les apercevoir.

» Le visage de Judith paraissait minuscule et lointain, mais comme Tony l'aimait! La jeune fille lui adressait des signes de la main. Autour de lui, la foule des passagers s'assemblait et tous ces visages, ces chapeaux, ces mouchoirs qui s'agitaient sous la lumière crue, semblaient accentuer la rupture avec le foyer, la séparation d'avec Judith. Puis Tony entendit résonner le gong, profond et rauque, dont l'écho se perdit au cœur du navire.

» Tony n'avait plus envie de partir. Il lui restait encore assez de temps pour rassembler ses bagages et descendre à terre.

» Pendant quelques instants, il resta accoudé au bastingage, le visage fouetté par la brise venue du port. Il était fou! Il devait rester à bord. Après un dernier signe de la main à Judith et à Stephen, il s'éloigna d'un pas vif, bien décidé à se montrer raisonnable.

» Il descendit dans sa cabine, sur le pont C, pour défaire ses valises : les bagages n'étaient plus là! Tony fit du regard le tour de la cabine aux hublots garnis de rideaux bien nets. Tout à l'heure, il y avait là une malle et deux valises portant le nom de leur propriétaire sur des étiquettes bien visibles; il y avait aussi le panier de fruits... Maintenant, la cabine était vide!

» Tony se précipita à l'étage supérieur, au bureau du commissaire de bord. Celui-ci, l'air las et déprimé derrière son guichet, achevait de se débarrasser d'une foule bruyante qui le harcelait de questions. Au moment d'appuyer sur un timbre pour donner des instructions, il accrocha le regard de Tony.

» – Mes bagages...

» – C'est fait, Mr Marvell, répondit l'officier. Ils ont été descendus. Mais vous feriez bien de vous dépêcher de les rejoindre à terre.

» Tony n'éprouva sur le moment qu'un sentiment d'intense stupéfaction.

» – Descendus? répéta-t-il. Mais pourquoi? Qui vous a dit de les faire descendre?

» – Voyons, Mr Marvell, vous-même, répondit le commissaire en relevant les yeux d'une feuille de papier couverte de noms et de chiffres.

» Tony le regarda d'un air hébété.

» – Vous êtes venu me trouver il y a dix minutes à peine, reprit le commissaire en fronçant les sourcils. Vous m'avez dit que vous renonciez à faire la traversée et m'avez demandé de faire descendre vos bagages. Je vous ai répondu que vous nous avertissiez trop tard pour qu'il soit possible de vous rembourser le...

» – Faites-les remonter à bord! cria Tony d'une voix qui sonna faux à ses propres oreilles. Je ne peux pas vous avoir dit une chose pareille! Qu'on me les rapporte!

» – Comme vous voudrez, monsieur, dit le commissaire de bord en appuyant sur la sonnette. S'il en est encore temps!

» Au-dessus de leurs têtes, le hurlement rauque de la sirène – le plus lugubre de tous les bruits de la mer – résonna. Sur le pont B, dont les portes étaient restées ouvertes, il faisait froid et venteux.

» Tony Marvell n'avait pas le moindre souvenir d'avoir jamais adressé la parole au commissaire de bord. Cette certitude, qui le frappa comme un coup de poing entre les deux yeux, faillit le pousser à descendre en toute hâte du *Queen Anne* avant qu'on enlève la passerelle.

» C'était de nouveau le cauchemar... L'une des particularités les plus pénibles de la dépression nerveuse dont souffrait Tony, c'était l'impression qui s'emparait brusquement de lui la nuit de n'être plus un être réel. Il lui semblait que son corps et son âme s'étaient détachés l'un de l'autre – le premier continuant à mener la vie de tous les jours, comme un pantin articulé, tandis que le cerveau demeurait ailleurs. Comme si Tony était mort et avait regardé son corps se déplacer tout seul. Mort...

» Pour reprendre ses esprits, il tenta de concentrer

son attention sur des objets ou des êtres familiers. Judith, par exemple. Il évoqua les yeux noisette de la jeune fille, le gracieux mouvement de son cou lorsqu'elle tournait la tête, les manchettes de papier dont elle protégeait ses chemisiers, au bureau. Judith, sa fiancée, sa secrétaire, qui s'occuperait de ses affaires en son absence; Judith qu'il aimait et qui était étrangement proche de lui, même en ce moment. Mais il ne devait pas penser à Judith.

» Alors, il se représenta son frère Stephen, et Johnny Cleaver, et tous les amis dont le souvenir lui venait à l'esprit. Il pensa même au vieux Jim Marvell, qui était mort. Et – si grand est le pouvoir de l'imagination – à ce moment, dans le petit salon exposé au vent qui faisait face au bureau du commissaire de bord, il crut voir le vieux Jim qui le regardait derrière un palmier en pot.

» Tout cela, comprenez-le bien, traversa l'esprit de Tony pendant le bref instant où il entendit hurler la sirène au-dessus de sa tête.

» Il bredouilla quelques excuses à l'adresse du commissaire et descendit. Le bruit des conversations, les allées et venues des passagers sur le pont, le réconfortèrent. Aucun d'entre eux ne lui prêtait la moindre attention, mais du moins, ils étaient là, ils existaient. Mais lorsqu'il ouvrit la porte de sa cabine, il s'immobilisa sur le seuil.

» Les hélices avaient commencé à tourner. Une vibration, une trépidation, secouait le paquebot, faisant tinter le verre à dents sur la tablette et grincer les cloisons. Le *Queen Anne* prenait la mer.

» Tony Marvell se cramponna à la poignée de la porte comme si le mouvement du paquebot allait lui faire perdre l'équilibre, et fixa le lit placé au fond de la cabine. Sur la couverture blanche se trouvait maintenant un pistolet automatique.

Le poêle commençait à rougeoyer. De nouveau, le silence régna un moment dans le petit bureau de la maison de St. John's Wood. Hargreaves – sir Charles Hargreaves, commissaire de police de la Brigade des Homicides – se pencha en avant pour baisser la flamme. Même le ton de sa voix parut changer lorsque le poêle cessa de siffler.

– Attendez! dit-il en levant la main. Je ne voudrais pas que vous retiriez de tout cela une impression fausse. Ne croyez pas que la frayeur, le pressentiment de ce qui allait se passer, aient poursuivi Tony pendant tout son voyage. Il n'en a nullement été ainsi; c'est le plus curieux de l'histoire.

» Tony m'a raconté que la frayeur l'avait saisi pendant un laps de temps assez court – un quart d'heure environ – juste avant et après le moment où le *Queen Anne* avait pris la mer. Ce n'était pas seulement le sentiment inquiétant que les choses avaient cessé d'être réelles; c'était l'impression d'être entouré de malveillance, de haine, de danger, et cette impression traversa tout son être comme une décharge électrique.

» Mais, cinq minutes après que le paquebot eut mis le cap vers la pleine mer, cette impression s'évanouit. On aurait dit que Tony venait de sortir d'un épais brouillard. Ce que je vous dis là semble à peine sensé. Même en admettant qu'il existe des effluves malfaisants, ou de mauvais esprits, il est difficile de croire que ceux-ci restent confinés dans les limites d'un pays en particulier, qu'une distance de cinq cents mètres suffise à détruire leurs nuisibles effets ou qu'ils ne puissent traverser l'océan.

» Cependant, le fait est là. A un moment donné, Tony se tint debout, le pistolet à la main, au milieu du vacarme des machines, et une horrible impulsion s'empara de lui : mettre le canon du pistolet dans sa bouche et...

» Et puis, clac! quelque chose se brisa en lui. C'est la seule façon dont il ait pu décrire ce qui lui était arrivé. Il se redressa. Il se sentait comme un homme qui vient d'avoir une forte fièvre et qui en reste secoué et trempé de sueur, mais émergeant du néant pour revenir dans le monde réel. Il alla vers le hublot, l'ouvrit, et emplit ses poumons d'air. Et à partir de ce moment-là, dit-il, il se sentit de nouveau bien.

» Il ignorait comment le pistolet avait pu arriver dans sa cabine. Il pensa qu'il avait dû l'y apporter lui-même, au cours d'une de ses impulsions aveugles, mais il ne s'en souvenait pas. Il le regarda avec des yeux neufs, et éprouva le sentiment, nouveau lui aussi, de la beauté et de la douceur de la vie. Comme un condamné auquel on vient d'accorder un sursis.

» On aurait pu croire que Tony jetterait le pistolet par-dessus bord par pure crainte d'y toucher; mais il n'en fit rien. Pour lui, l'arme constituait l'une des pièces du puzzle. Il l'examina longuement. C'était un Browning .38, de fabrication belge, chargé. Les premiers jours, il le garda dans sa malle, à l'abri des regards, et se mit à réfléchir à ce qu'il allait en faire. Le pistolet constituait la seule pièce à conviction qu'il pût rapporter chez lui – la seule réalité tangible de ce cauchemar.

» A la douane de New York, l'arme n'éveilla aucune surprise. Tony la porta sur lui pendant tous ses voyages : Cleveland, Chicago, Salt Lake City, San Francisco et, sur une mer déchaînée, jusqu'à

Honololu. A Yokohama, les douaniers voulurent la lui confisquer, mais un généreux pourboire permit à Tony de la récupérer. Par la suite, il ne fut plus jamais fouillé.

» Au fur et à mesure que ses nerfs se calmaient, qu'il trouvait de la paix même dans le bruit des hélices, le pistolet devint pour lui une sorte de mascotte. Il l'accompagna sur le brûlant Océan Indien, sur la mer Rouge, en Méditerranée. A Port-Saïd et au Caire au début de l'hiver. Puis à Naples, à Marseille, à Gibraltar. Il se trouvait dans la poche de son pantalon lorsque, par une nuit glaciale, un peu plus de huit mois après son départ, Tony Marvell, redevenu lui-même, descendit du *Chippenham Castle* à Southampton.

» Il neigeait ce soir-là, vous en souvenez-vous? Le train-paquebot roulait en grondant sur la voie ferrée couverte d'une épaisse couche de neige. Il était bondé et le chauffage ne marchait pas.

» Tony savait qu'il ne pouvait y avoir personne pour l'attendre à Southampton. Son itinéraire avait été établi à l'avance et il avait respecté les sévères instructions que lui avait données son frère de ne pas écrire, ne fût-ce qu'une carte postale, à qui que ce fût. Mais, au dernier moment, il avait modifié cet itinéraire de façon à prendre un bateau qui le ramènerait chez lui à temps pour passer Noël avec les siens. Il leur ferait la surprise de débarquer une semaine plus tôt que prévu. Pendant huit mois, il avait vécu comme une âme en peine; dans une heure ou deux, il retrouverait son foyer, il reverrait Judith!

» Dans le compartiment faiblement éclairé, ses compagnons de voyage n'étaient guère bavards. La longue traversée avait épuisé tous leurs sujets de conversation et ils en étaient presque venus à se détester mutuellement. Même le spectacle de la neige n'éveillait chez eux qu'un faible enthousiasme.

» – Un vrai Noël d'autrefois! remarqua l'un d'entre eux.

» – Tout à fait, répondit un autre d'un ton satisfait, en grattant de ses ongles la vitre couverte de glace.

» – Moi, je trouve qu'il fait diablement froid, grommela un troisième. Et il n'y a même pas moyen de faire marcher le chauffage dans ces trains! Je vais déposer une plainte : c'est inadmissible!

» Après ce bref échange, suivi d'un murmure d'approbation de la part de l'ensemble des voyageurs, chacun retomba dans le silence et se retira derrière son journal pour se repaître des nouvelles du pays.

» En d'autres termes – Tony se rappelle avoir eu cette pensée à ce moment-là –, il était de retour en Angleterre. Il était chez lui. Quant à lui, le dos appuyé contre la banquette, il faisait seulement semblant de lire, tout en prêtant une oreille distraite au grincement des roues et au sifflement prolongé de la locomotive qui prenait de la vitesse.

» Il savait exactement ce qu'il allait faire. Le train arriverait en gare de Waterloo à dix heures à peine. Il sauterait dans un taxi et se ferait conduire chez lui pour faire un brin de toilette et se changer. Puis il se précipiterait à Hampstead, chez Judith.

» Cependant, cette perspective, qui aurait dû le faire bondir de joie, laissait son cœur étrangement froid. Pour combattre ce frisson de froid, Tony ouvrit résolument le journal et se mit à en parcourir les colonnes dans l'espoir de se changer les idées. Soudain, il s'arrêta. Un nom familier avait attiré son regard. Il fixa son attention sur un bref entrefilet en troisième page. Et là, il lut l'annonce de sa propre mort. Rien que ça.

Mr Anthony Dean Marvell, habitant Upper Avenue Road à St. John's Wood, et propriétaire de la chaîne des Hôtels Marvell, a été trouvé mort dans sa chambre hier soir. Il tenait à la main un automatique de petit calibre au moyen duquel il s'était tiré une balle dans la tête. Le corps a été découvert par Mrs Beach, la gouvernante de Mr Marvell, qui...

» Un suicide!

» Et une fois de plus, aussi soudainement qu'elle l'avait quitté, à bord du paquebot, l'étreinte se resserra sur lui, l'arrachant au monde réel. Le compartiment, comme je vous l'ai dit, était faiblement éclairé, aussi était-il sans doute normal que Tony pût à peine distinguer l'écran blanc des journaux derrière lequel se dissimulaient les visages de ses compagnons de voyage – comme si ceux-ci n'avaient pas existé; comme si, tous en chœur, ils avaient déserté le compartiment, le laissant seul.

» Il se leva comme un aveugle et fit glisser la porte du compartiment pour sortir dans le couloir. Il avait l'impression d'étouffer dans cet air confiné. Tenant son journal bien haut pour capter la lumière venant du compartiment, il relut attentivement l'article.

» Il n'y avait aucune erreur possible : le compte rendu donnait trop de détails sur le passé et la vie actuelle de Tony.

... Son frère, Mr Stephen Marvell, l'éminent chirurgien de Harley Street, a été appelé d'urgence... Sa fiancée, miss Judith Gates... Il semblerait qu'en septembre dernier Mr Anthony Marvell ait souffert d'une dépression nerveuse, que même un repos prolongé n'avait pas réussi à guérir...

» Tony regarda la date du journal, effrayé de ce qu'il pourrait lire. Mais c'était bien la date du jour : le 23 décembre. D'après l'article, il s'était tué d'un coup de pistolet quarante-huit heures plus tôt.

» Et l'arme se trouvait dans la poche de son pantalon, en ce moment.

» Tony replia le journal. Le plancher du train dansait sous ses pieds au rythme des roues; et la locomotive fit de nouveau entendre son sifflement, qui lui rappela le hurlement de la sirène du *Queen Anne*.

» Le jeune homme jeta un coup d'œil dans le couloir obscur. Il n'y avait personne qu'un autre voyageur appuyé contre la barre de la fenêtre pour regarder tomber la neige. Il ne se souvient de rien d'autre jusqu'au moment où le train entra en gare de Waterloo. Mais son subconscient enregistra une impression, un souvenir concernant le voyageur vu dans le couloir du train. Tony pensa tout d'abord que cela avait trait à la forme des épaules de l'homme; puis il réalisa qu'il l'avait remarqué parce que le voyageur en question portait un pardessus garni d'un col de fourrure marron à l'ancienne mode.

» Au moment où il sautait du train à Waterloo, Tony se rappela que le vieux Jim Marvell portait toujours un col de fourrure de ce genre.

» Dès lors, il lui sembla qu'il le voyait partout.

» Quand il se hâta vers le chariot à bagages, son bulletin d'enregistrement à la main, il se trouvait au milieu d'une foule si nombreuse qu'il pouvait à peine remuer les bras. Mais il crut sentir une fourrure marron lui frôler les épaules.

» Un porteur lui appela un taxi. C'était une joie pour Tony de revoir un taxi londonien, une gare londonienne; d'entendre de nouveau des voix amicales! Il indiqua son adresse au chauffeur, donna un pourboire au porteur et sauta dans la voiture. Malgré sa hâte, le porteur parut tenir la porte du taxi ouverte plus longtemps qu'il n'était nécessaire.

» – Fermez donc cette portière! cria Tony sans même s'en rendre compte. Vite!

» – Bien, monsieur, répondit le porteur en descendant du marchepied.

» Il claqua la portière mais resta debout un long moment, à regarder le taxi qui s'éloignait. En jetant un coup d'œil par la vitre arrière, Tony le vit planté là, à la même place.

» Il faisait sombre dans le taxi, comme sous le drap noir d'un photographe. Tony n'y voyait guère, mais il tâta soigneusement de la main la banquette et les sièges et ne trouva rien.

A ce point de son récit, le commissaire Hargreaves s'interrompit une minute ou deux. Il s'était exprimé avec difficulté – non pas comme s'il s'attendait à ce que son interlocutrice mît sa parole en doute, mais comme quelqu'un qui a du mal à choisir ses mots. Ses mains gantées s'ouvraient et se refermaient sur ses genoux.

Pour la première fois la personne à qui il s'adressait, miss Judith Gates, prit la parole.

Assise dans l'ombre, de l'autre côté du poêle, elle s'écria :

– Un instant, je vous en prie!

– Oui? dit Hargreaves.

– Cette... personne qui suivait Tony... (Judith, elle aussi, s'exprimait avec difficulté.)... vous ne voulez pas dire qu'elle était... qu'elle était...

– Qu'elle était quoi?

– Morte, répondit la jeune fille.

– Je ne sais pas qui c'était, répliqua Hargreaves en la regardant droit dans les yeux. Tout ce que je sais, c'est que ce devait être quelqu'un qui portait un pardessus à col de fourrure. Je n'ai fait que vous répéter l'histoire que m'a racontée Tony, et à laquelle je crois.

Judith se cacha le visage dans ses mains.

– Mais tout de même, insista-t-elle (et sa voix agréable monta d'un ton), à supposer que ce soit... la personne que vous croyez. *Lui*, entre tous, vivants ou morts, n'aurait jamais cherché à exercer une influence néfaste sur Tony! Le vieux Jim aimait Tony. Il lui a laissé toute sa fortune, jusqu'au dernier penny, et rien à Stephen. Il a toujours promis à Tony qu'il s'occuperait de lui.

– Et c'est ce qu'il a fait, dit Hargreaves.

– Mais...

– Voyez-vous, reprit lentement le commissaire, *vous* n'avez pas encore compris la source de cette influence néfaste. Tony ne le comprenait pas non plus. Tout ce qu'il savait, c'est qu'il roulait en taxi à travers les rues glissantes et couvertes de neige, et que quoi que ce fût, de bon ou de mauvais, qui le suivît, il ne pouvait le supporter.

» Cependant, tout aurait sans doute bien fini si le chauffeur de taxi s'était montré prudent; mais il ne le fut pas. C'était la première chute de neige de la saison, et le chauffeur ne s'en méfia pas suffisamment. En arrivant à cent cinquante mètres environ de Upper Avenue Road, il prit le tournant trop vite.

» Malgré son coup de frein désespéré, la voiture fit une embardée et Tony eut l'impression qu'un tronc d'arbre noir s'avançait vers eux à toute vitesse. Le taxi le heurta violemment, et l'une des roues avant se voila tandis que le pare-brise volait en éclats.

» – J'ai pas pu faire autrement que de rentrer dedans, expliqua le chauffeur, 'y a un vieux monsieur avec un col de fourrure à son pardessus qu'est venu se fourrer juste sous mes roues...

» C'est ainsi, comprenez-vous, que Tony dut faire le reste du chemin à pied, tout seul.

» Dès les premiers pas, il comprit que quelque chose le suivait. Cent cinquante mètres, ce n'est pas une bien grande distance, mais, en l'occurrence, celle-ci semblait s'allonger à l'infini, comme cela se produit dans les rêves.

» Tony avait montré de la réticence à quitter le chauffeur de taxi. Celui-ci crut que c'était parce que son client mettait son honnêteté en doute et craignait de ne pas récupérer ses bagages quand la roue aurait été réparée. Mais ce n'était pas pour cela.

» Pendant la première partie du trajet, Tony marcha d'un pas rapide et « l'autre chose » le suivit à la même allure. A la lumière d'un réverbère, Tony put voir le col de fourrure mouillé sur le pardessus, mais rien d'autre. Au bout d'un moment, il se mit presque à courir et, sans paraître modifier son allure, ce qui était derrière lui continua à le suivre.

» Contrairement à vous, Tony ne se demanda pas si « la chose » pouvait être bonne ou mauvaise. Ces distinctions subtiles ne viennent pas à l'esprit quand on a affaire à quelque chose qui est vraisemblablement mort. Tout ce qu'il savait, c'est qu'il ne devait pas la laisser *s'identifier* à lui-même, sinon ce serait sa perte.

» Puis « cela » se mit à gagner du terrain sur lui, et Tony avança plus vite.

» Le trottoir était noir, la neige d'un gris sale. Il

vit le tournant familier où le jardin s'étendait derrière un petit mur de pierres; il vit, accrochée à ce mur, la plaque portant le nom de la rue en lettres blanches sur fond noir, et, pris d'une soudaine panique, il se précipita vers le perron.

» La maison était plongée dans l'obscurité. Tony tira ses clefs de sa poche, mais l'anneau lui glissa entre les doigts comme du savon dans de l'eau, et roula à terre. Il le chercha à tâtons, dans le noir, juste au moment où « la chose » arrivait devant la grille. En fait, Tony entendit celle-ci grincer en s'ouvrant. Il retrouva ses clefs, réussit par miracle à mettre la bonne dans la serrure et ouvrit la porte.

» Mais il était trop tard, car « l'autre chose », montait déjà les marches du perron. Tony dit qu'à cette faible distance, éclairé par le réverbère, le col de fourrure paraissait encore plus mouillé et mité; mais c'est tout ce qu'il a pu me décrire. Il se trouvait dans le vestibule obscur, dont la porte était ouverte. Il avait perdu la notion des objets mêmes qui lui étaient le plus familiers, et ne parvenait pas à se rappeler où était l'interrupteur.

« L'autre » entra dans la maison.

» Tony se rappela soudain qu'il avait toujours sur lui le revolver qui l'avait accompagné dans son voyage, autour du monde. Il fouilla sous son pardessus pour le tirer de sa poche; mais cela ne lui servit à rien, car le revolver lui échappa des mains et tomba sur le tapis. Comme le visiteur n'était plus maintenant qu'à trois mètres de lui, Tony ne se baissa pas pour ramasser l'arme; il s'élança vers l'escalier, dont il monta les marches quatre à quatre.

» Arrivé au premier étage, il risqua un coup d'œil en bas. « L'autre » s'était arrêté et, à la faible lueur qui venait de la porte restée ouverte, Tony le vit se pencher pour prendre le revolver sur le tapis.

» Il croit se souvenir d'avoir donné de la lumière sur le palier du premier étage, et aussi de s'être mis à crier. Il se tenait alors debout devant la porte de sa chambre. Il ouvrit la porte d'un mouvement brusque, se précipita dans la pièce et alluma deux lampes; puis il se tourna vers le lit.

» Celui-ci était occupé; mais l'homme qui s'y trouvait ne se dressa pas sur son séant en entendant du bruit ou en voyant de la lumière. Un drap le recouvrait de la tête aux pieds, mais, même sous l'épaisseur du tissu, on devinait les contours du visage.

» Tony Marvell accomplit sans doute alors l'acte le plus courageux de sa vie. Il *devait* savoir qui était cet homme, il *voulait* le savoir. Se dirigeant rapidement vers le lit, il tira la partie supérieure du drap et découvrit le visage mort tourné vers lui : son propre visage.

» Certes, à cette vue, il éprouva un choc; mais sa frayeur ne s'en accrut pas; car cet homme mort, du moins, était réel. Il était comme Tony – un être de chair et de sang, qui lui ressemblait trait pour trait. Mais il n'était plus question, désormais, pour Tony de savoir s'il se trouvait dans un monde réel ou irréel, ni s'il était en train de devenir fou. Cet homme était réel, et cela signifiait qu'il y avait là une imposture.

» Une voix, à l'autre extrémité de la pièce, prononça soudain ces mots : « *Ainsi, tu es vivant!* », et Tony se retourna, pour se trouver face à face avec son frère, qui le regardait sur le seuil de la porte.

» Stephen portait une robe de chambre rouge

enfilée à la hâte; ses cheveux étaient en désordre et son visage défait.

» – Je ne voulais pas faire cela! balbutia-t-il.

» Et, bien que Tony ne comprît pas le sens de ses paroles, il sentit qu'elles constituaient un aveu de culpabilité. Le ton dont Stephen les avait murmurées éveillait la pitié.

» – Je n'ai jamais réellement eu l'intention de te faire tuer à bord de ce paquebot, poursuivit Stephen. Tout cela n'était qu'une plaisanterie; tu sais bien que je n'aurais jamais voulu te faire de mal! Tu le sais, n'est-ce pas? Ecoute...

» Stephen était debout dans l'encadrement de la porte, serrant sa robe de chambre contre lui. Tony ne comprit pas pourquoi il se tourna tout à coup vers le couloir. Peut-être avait-il entendu du bruit derrière lui; peut-être avait-il vu quelque chose... Toujours est-il qu'il se retourna et se mit à hurler.

» Tony ne vit rien d'autre, car la lumière du couloir s'éteignit. La frayeur avait repris possession de lui, et il ne pouvait bouger. Et, soudain, il vit une main; ou plutôt, le léger mouvement d'une main.

» Cette main sortit brusquement de l'obscurité; elle saisit la poignée de la porte de la chambre et ferma la porte; puis elle tourna la clef dans la serrure, de l'extérieur, enfermant Tony dans la pièce. Elle retint dans le couloir obscur Stephen, qui continuait à hurler.

» C'est une bonne chose, d'ailleurs, que Tony ait été enfermé dans sa chambre, car cela lui épargna, par la suite, des ennuis avec la police.

» La suite de la déposition a été donnée par Mrs. Beach, la gouvernante. Sa chambre était voisine de celle de Stephen, à l'extrémité du couloir. Elle fut réveillée par des cris, des bruits qui lui parurent être ceux d'une lutte, et d'une respiration rauque. Tout ce vacarme sembla se diriger vers la chambre de Stephen.

» Au moment où elle sautait du lit et enfilait un peignoir, elle entendit la porte de Stephen se fermer et, en arrivant dans le couloir, perçut, pour la deuxième fois en quarante-huit heures un coup de feu.

» Or, Mrs. Beach est prête à affirmer devant le tribunal que personne n'a quitté, ni ne peut avoir quitté la chambre de Stephen après ce coup de feu. Elle avait les yeux fixés sur la porte et, bien qu'il lui fallût un certain temps pour rassembler son courage avant d'ouvrir celle-ci, quand elle y parvint, tout bruit avait cessé dans la chambre.

» Stephen avait été tué d'un coup de pistolet tiré à bout portant dans la tempe droite – probablement par lui-même, puisqu'on découvrit l'arme à côté de lui, sur le drap taché de sang. Il n'y avait personne d'autre dans la pièce, et toutes les fenêtres étaient fermées de l'intérieur. La seule chose que remarqua Mrs. Beach fut une odeur, extrêmement désagréable, de tissu moisi ou de fourrure mouillée.

Le commissaire Hargreaves fit une nouvelle pause. Il semblait être parvenu à la fin de son récit. Un profane aurait pu croire qu'il en avait exagéré l'horreur, car la jeune fille assise en face de lui gardait la tête cachée dans ses mains. Mais Hargreaves connaissait son métier.

– Eh bien, demanda-t-il doucement, vous avez trouvé l'explication, n'est-ce pas?

Judith retira les mains de son visage en répétant :

– L'explication?

– L'explication naturelle, reprit Hargreaves en détachant les syllabes. Tony n'est pas en train de devenir fou. Il n'a jamais eu de transport au cerveau ni de « passage à vide. » Il a seulement cru en avoir. Toute l'affaire n'a été qu'une cruelle et sanglante mise en scène imaginée par Stephen, et qui a mal tourné. Mais, si son coup avait réussi, Stephen Marvell aurait commis un crime parfait.

Le soulagement intense, la lueur d'espoir qu'il vit briller dans les yeux de Judith allèrent droit au cœur du commissaire : mais il n'en laissa rien paraître.

– Reportons-nous huit mois en arrière, poursuivit-il, et reprenons l'affaire à son début. Tony est un jeune homme très riche. Par contre, Stephen, le distingué chirurgien, était écrasé de dettes et sans cesse au bord de la faillite. Si Tony venait à mourir, Stephen, son plus proche parent, hériterait de toute sa fortune. Aussi Stephen décida-t-il que Tony devait mourir.

» Mais un homme de science comme lui connaissait bien les risques qu'aurait entraînés un meurtre. Aussi habilement soit-il monté, un meurtre donne toujours lieu à quelques soupçons, et Stephen pouvait être soupçonné. Il ne voulait pas s'exposer aux questions indiscrètes de la police, aux recherches, à une autopsie peut-être... Mais, il y a un peu plus de huit mois, il découvrit soudain le moyen de faire disparaître Tony sans attirer sur lui-même le moindre soupçon.

» A l'hôpital St. Jude où, de temps à autre, Stephen allait soigner bénévolement les malades, se trouvait un ancien instituteur nommé Rupert Hayes, atteint de tuberculose. Tout homme, dit-on, possède en ce monde son « double » exact. Hayes était, trait pour trait, le sosie de Tony. Il lui ressemblait de si étrange façon qu'en le voyant pour la première fois, Stephen ne put réprimer un tressaillement.

» Le mal avait déjà fait ses ravages, et il restait à

Hayes, tout au plus, un an à vivre. Le malheureux était prêt à accueillir favorablement toute proposition qui lui permettrait de finir confortablement sa vie et de mourir de sa belle mort dans un lit douillet. Stephen lui expliqua son projet.

» Tony partirait – en apparence – pour une croisière autour du monde. Le soir où il s'embarquerait, Hayes l'attendrait à bord du paquebot avec un revolver dans sa poche. Lorsque Stephen et les autres qui avaient accompagné Tony seraient redescendus à terre, Hayes, sous un prétexte quelconque, attirerait le jeune homme sur le pont des embarcations où il faisait très sombre, lui tirerait une balle dans la tête et ferait basculer le corps par-dessus bord.

» Vous êtes-vous jamais rendu compte, poursuivit le commissaire, qu'un paquebot sur le point de quitter le port est le lieu idéal pour commettre un meurtre? Qui donc, par la suite, se souviendra de la victime? Les passagers ne remarquent rien : ils sont trop énervés; les membres de l'équipage non plus, car ils ont trop à faire. La confusion, le désordre, sont extrêmes.

» Et qu'advient-il du malheureux jeté par-dessus bord? Il est généralement happé et broyé par les terribles hélices, qui le rendent méconnaissable. Lorsqu'on retrouve le cadavre – si on le retrouve jamais – on suppose qu'il s'agit de celui de quelque bambocheur qui se promenait sur le quai. Personne ne pensera jamais à établir un rapport entre ce cadavre et l'un des passagers du paquebot, pour la bonne raison que nul n'est porté manquant sur la liste des passagers.

» Car, bien entendu, en l'occurrence, il ne manquerait personne sur cette liste. Hayes, voyez-vous, devait aller trouver le commissaire de bord pour le prier de faire descendre à terre les bagages de Tony, en prétendant qu'il annulait sa traversée. Après avoir tué Tony, il devait quitter le paquebot en tant que...

La jeune fille poussa une exclamation.

– Vous avez compris, à présent, reprit le commissaire en hochant la tête. Il devait descendre à terre sous l'identité de Tony, et dire à ses amis que, réflexion faite, la perspective de cette traversée l'effrayait, qu'il préférait y renoncer. Tout le monde aurait été satisfait de cette explication. Pourquoi pas? Le véritable Tony a bien été à deux doigts d'agir de la sorte.

» Puis Hayes, après avoir bien appris sa leçon, se disposerait à jouer le rôle de Tony pendant le restant de ses jours. Notez bien cela : le restant de ses jours, c'est-à-dire au maximum un an. Bien entendu, il serait en trop mauvaise santé pour s'occuper de ses affaires. Il ne vous verrait même pas très souvent, vous, sa fiancée. S'il lui arrivait de commettre un impair, on mettrait cela sur le compte du mauvais état de ses nerfs. Au bout de quelque temps, il « contracterait » une maladie des poumons qui irait, peu à peu, en s'aggravant... Un an plus tard, entouré de ses amis affligés...

» Stephen avait brillamment conçu son plan. Un meurtre? Comment aurait-on pu parler de meurtre? Les médecins pouvaient bien examiner le cadavre autant qu'ils le voulaient, la police poser toutes les questions qu'il lui plairait. Quelle que fût la façon dont l'enquête serait menée. Stephen était absolument au-dessus de tout soupçon. Car le pauvre diable couché dans ce lit est réellement mort de mort naturelle.

» Seulement... eh bien, les choses ne se passèrent pas tout à fait comme Stephen l'avait prévu. Hayes n'avait pas l'étoffe d'un meurtrier. Je n'ai pas eu l'occasion de faire sa connaissance, mais je crois qu'au fond, ce devait être un brave type. Il promit de faire ce que Stephen lui demandait, mais, le moment venu, il ne put se résoudre à tuer Tony – cela lui fut, littéralement, impossible.

» Il jeta son revolver et s'enfuit. Mais, une fois descendu à terre, il n'eut pas le courage d'avouer à Stephen que Tony vivait toujours. Il ne pouvait pas renoncer à cette année de vie confortable, avec tout l'argent de Tony à sa disposition pour soigner ses poumons malades. Aussi laisse-t-il croire à Stephen qu'il avait rempli sa mission, et Stephen sauta de joie.

» Mais, au fur et à mesure que les mois passaient, Hayes, lui, ne se réjouissait pas. Il savait bien que Tony n'était pas mort. Il savait que, bientôt, il lui faudrait rendre des comptes, et il ne put envisager cette perspective. Une semaine avant la date à laquelle il pensait que Tony devait revenir, Hayes, ayant adressé à la police une lettre où il racontait tout, se tira une balle dans la tête pour ne pas être démasqué.

Il y eut un silence, puis Hargreaves reprit d'un ton calme :

– Ceci, je crois, explique tout en ce qui concerne Tony.

Judith Gates se mordit les lèvres. Son joli visage était crispé et elle croisa les mains comme pour une prière.

– Dieu merci ! murmura-t-elle, je craignais que...

– Oui, répondit le commissaire, je sais.

– Mais, cependant, cela n'explique pas *tout*. Pas...

– J'ai dit, interrompit Hargreaves, que cela expliquait tout en ce qui concerne Tony. Et c'est tout ce dont vous devez vous soucier. Tony est libre. Vous êtes libre. Quant à la mort de Stephen Marvell, il s'agit d'un suicide, comme l'a établi le rapport officiel de la police.

– Mais c'est absurde! s'écria Judith. Je n'aimais pas Stephen; j'ai toujours su qu'il détestait Tony; mais il n'était pas homme à se suicider, même s'il se savait découvert. Vous voyez bien que vous n'avez pas tout expliqué : vous n'avez pas expliqué le comble de l'histoire... cette « horreur ». Il faut que je sache... Je veux dire : il faut que je sache si vous pensez la même chose que moi à ce sujet. Qui était l'homme au col de fourrure marron? Qui a suivi Tony chez lui cette nuit-là? Qui s'est tenu auprès de lui pour le protéger des influences néfastes? Qui s'est constitué son gardien? Qui a tué Stephen pour venger Tony?

Sir Charles Hargreaves baissa les yeux vers le feu crépitant. Son visage, impénétrable, était creusé de rides profondes. Son cerveau conservait de nombreux secrets. Il était prêt à enfermer ce secret-là avec les autres une fois assuré que la jeune fille et lui s'étaient compris.

– A vous de me le dire, répondit-il simplement.

Traduit par Denise Hersant.
Titre original :
THE ONE REAL HORROR.

L'ARME INVISIBLE

– Oui, dit notre hôte, je veux savoir s'il n'y a aucun danger à dormir dans cette petite pièce juste en haut de l'escalier.

Il venait d'acheter la maison et nous avions été conviés à la pendaison de crémaillère. C'était une demeure aux plafonds très hauts, cachée derrière une colline du Sussex. Le salon, où nous étions rassemblés devant un grand feu à l'issue du dîner, était une pièce trop grande et pleine de courants d'air, mais ornée de très belles boiseries sur lesquelles jouaient inlassablement les reflets du feu.

La maison nous avait beaucoup plu, avec ses bruits qui se déclenchaient dans les canalisations dès que l'on ouvrait un robinet. Elle avait comme un parfum du passé et on y avait fréquemment l'impression d'être suivi par quelqu'un. Aussi la déclaration de notre hôte fit-elle son effet et nous regardâmes vivement nos épouses.

– Mais, s'exclama la femme de l'historien, quelque peu choquée, vous ne nous aviez pas dit que vous aviez un fantôme!

– J'ignore si j'en ai un, répondit très sérieusement le maître de maison. Tout ce que je sais, c'est qu'il existe plusieurs documents attestant qu'il s'est passé ici jadis – des choses extrêmement bizarres. Mais rassurez-vous : je n'ai mis personne dans la petite chambre la plus concernée... Mais, nous pourrions en rester là et changer de sujet.

– Vous savez bien que non, déclara l'inspecteur qui, en fait, était un des adjoints du Chef de la Police. C'est Noël et l'époque convient donc particulièrement bien à une conversation sur les esprits. Souvenez-vous de Dickens! Donnez-nous tous les détails, soyez gentil! dit-il en exhalant une bouffée d'odorante fumée après avoir tiré sur son havane.

– Ma foi, c'est assez dans vos cordes, lui dit lentement notre hôte. Et dans les vôtres aussi, ajouta-t-il à l'adresse de l'historien, car cela remonte à plusieurs siècles.

– Quelle date?

– En l'an de grâce 1660.

– C'est sous Charles II, n'est-ce pas, Will? s'enquit la femme de l'historien, c'est une époque que j'adore!

Mais elle manquait de conviction en disant cela et, par-dessus ses lunettes, l'historien lui décocha un regard sceptique.

– Je vous avertis, dit-il à notre hôte, s'il s'agit de quelque chose que vous prétendrez avoir découvert dans un tiroir, une sorte de grimoire difficilement lisible, je vais tout de même vous écouter, mais avec extrême attention, et au moindre anachronisme...

Mais lui aussi avait dit cela sans beaucoup de conviction, car la mine de notre hôte était trop grave pour qu'il pût s'agir d'une farce, et un silence pesa un instant sur la pièce.

– Non, je ne l'ai pas découvert dans un tiroir : c'est le pasteur qui me l'a donné. Et l'écriture ne fut pas trop difficile à déchiffrer. Je ne puis vous le montrer, car on est en train de m'en faire une copie dactylographiée; il s'agit d'un journal fort épais. La majeure partie de ce qui s'y trouve relaté est sans grand intérêt, mais j'avoue avoir quand même pris grand plaisir à me plonger ainsi dans ce lointain passé. Ce journal commence durant l'été de 1660, juste après la Restauration, et s'achève à la fin de 1664. Il était tenu par Mr Everard Poynter, qui était propriétaire de Manfred Manor (à une dizaine de kilomètres d'ici) alors que celui-ci n'était encore qu'une ferme.

» Je sais tout de lui, continua notre hôte en regardant pensivement le feu. Je suis au courant de sa sciatique, de ses options politiques et de son élevage de moutons. Je sais aussi ce qui l'a poussé à se rendre à Londres pour danser sur la tombe d'Oliver Cromwell, et je crois avoir deviné qui a volé les deux sacs de malt qui, en son absence, ont disparu de sa petite brasserie. Il avait acheté pour son mariage un chapeau en poil de castor dont je crois bien qu'il a dû le porter jusqu'à sa mort. C'est de son journal que je tiens les détails concernant les protagonistes de l'affaire; pour les faits, je les ai trouvés dans les minutes de l'enquête présidée par le coroner, que m'a prêtées le pasteur.

– Un instant! intervint l'inspecteur en se redressant sur son siège. Est-ce que Poynter a vu le fantôme et en est mort?

– Non, non. Pas du tout. Mais il fut l'un des témoins... Il a vu un homme mourir de treize blessures qui lui furent infligées par une main invisible à l'aide d'une arme qui n'existait pas!

Un silence se fit.

– Un meurtre? questionna l'inspecteur.

– Un meurtre, oui.

– Commis où?

– Dans la petite pièce en haut de l'escalier, qu'on appelait à l'époque le salon des Dames.

Aux lecteurs sceptiques, je dirai que pour comprendre ce que nous ressentions, il faudrait se trouver dans une grande pièce aux extrémités obscures, tandis que le vent hurle autour de la maison, et en sachant que, à une certaine heure, vous allez devoir vous retirer dans une chambre qui ne vous est pas familière et y éteindre la lumière.

– J'ai le regret de dire, poursuivit notre hôte, qu'aucun grand nom n'intervient dans cette affaire. Les gens qui y sont mêlés – à une exception près – n'avaient pas plus de rapports avec la Cour de Charles II que nous avec celle de George VI. Ils vivaient confinés dans leur petit monde très probablement restreint. La plupart d'entre eux étaient des Royalistes purs et durs qui gravèrent à nouveau les armes des Stuarts sur le manteau de leurs cheminées, et ne se rendirent en ville que pour y voir exécuter les régicides, en octobre 1660. Parmi eux, il y avait le squire Radlow, qui possédait alors la maison où nous sommes et qui était un grand ami de Poynter. La femme du squire Radlow s'appelait Martha et sa fille, Mary.

» Agée de dix-sept ans à peine, mistress Mary Radlow n'était pas du tout le genre de jeune fille qui s'évanouit à la moindre émotion. Poynter – qui avait la passion du détail – précise qu'elle mesurait un mètre cinquante-cinq et soixante-cinq centimètres de tour de taille. Il la dit « fine et jolie » avec une bouche petite et des yeux noisette. Mais elle pouvait rivaliser avec n'importe quelle autre femme du comté pour ce qui était de filer le lin et, une fois, à la suite d'un pari, on l'avait vue boire d'un trait une chopine de vin. D'autre part, elle n'était pas ennemie d'un bon spectacle, sachant apprécier un combat entre un ours et des chiens ou une pendaison. Je ne dis pas cela pour plaisanter : Poynter mentionne expressément la chose. Elle aimait aussi les belles robes et dansait fort bien.

» Au cours de l'été 1660, mistress Mary fut fiancée à Richard Oakley, de Rawndene. Il semble que personne ne sût grand-chose de ce dernier. Poynter nous apprend simplement qu'il était plus âgé que la jeune fille et d'un commerce agréable, bien qu'il eût les cheveux coupés court comme les Puritains; en outre, il lisait beaucoup de livres. Il avait à Rawndene un bon domaine qu'il gérait bien, même s'il restait très tard à lire. Toujours vêtu de noir, il aimait sortir par n'importe quel temps, été comme hiver.

» Tout allait pour le mieux quand la Restauration vint gâter les choses en ce qui concernait Oakley. Non que son loyalisme fût sérieusement mis en doute, mais il avait acquis sa propriété durant le Commonwealth, le gouvernement établi en 1649 après l'exécution de Charles Ier. Si les cessions effectuées durant le Commonwealth étaient déclarées nulles et non avenues, ce serait la ruine pour Oakley, et du même coup la fin du mariage prévu avec mistress Mary.

» Et sur ces entrefaites, survint Gerald Vanning.

» Quel effet il a dû faire! Pensez donc : il arrivait de Versailles, Cologne, Bruges, Bruxelles, Breda... Bref, de partout où il était allé à la suite du souverain exilé. C'était un de ces jeunes gens « débordants d'assurance » dont se plaignaient les vieux cavaliers, les partisans des Stuarts, dans les premières années de la Restauration. Sa famille avait été très puissante dans le Kent avant les guerres civiles. On s'attendait donc à ce qu'il soit richement récompensé, et ce fut le cas.

» S'il s'agissait d'un roman d'amour, je pourrais maintenant vous raconter comment mistress Mary s'éprit du jeune et beau cavalier au point d'oublier Oakley. Mais la vérité est qu'elle paraît n'avoir jamais aimé Vanning. Celui-ci écœurait Poynter par ses façons maniérées et le sourire supérieur qu'il affichait à tout propos.

» Dans son journal, il relate alors un dîner que le squire Radlow donna ici même en l'honneur de Vanning. Bien que les routes fussent dans un état déplorable, notre jeune homme arriva en carrosse, et avec une demi-douzaine de laquais. Cela ne manqua pas de faire impression sur Radlow, même si Vanning à l'époque n'avait pas encore vu ses espérances concrétisées par le nouveau régime. Il avait les cheveux longs, alors que les autres commençaient seulement à les laisser pousser. Aussi devaient-ils avoir un peu l'air mité de gens ayant décidé de laisser pousser leur barbe, ce qui ne pouvait que divertir Vanning.

» Mais mistress Mary était aussi là. Dès qu'il la vit, Vanning porta une main à son cœur en s'inclinant profondément et se mit à lui faire une cour empressée, se pavanant et glissant sans cesse des bons mots dans la conversation tout en la gratifiant de regards énamourés. Le squire Radlow et sa femme furent charmés. Certes, ils aimaient bien Oakley, mais dans un mois, celui-ci pouvait se retrouver sans le sou, tandis que Vanning était promis à toutes les faveurs, comme il ne manquait pas de le laisser entendre. Durant le repas, Richard

Oakley parut malheureux, évitant le regard des autres convives.

» Lorsque les hommes eurent bu tout leur saoul à l'issue du dîner, Oakley sortit prendre un peu l'air sous les pommiers car, l'alcool s'ajoutant à son infortune, il ne se sentait vraiment pas bien. Pendant ce temps, Vanning et le squire se lièrent encore davantage d'amitié et, les larmes aux yeux, Vanning en profita pour jurer qu'il n'aurait jamais d'autre épouse que mistress Mary. Le squire se montra alors sévère, mais pas trop : « Monsieur, dit-il, vous abusez de mon hospitalité; ma fille est fiancée au gentleman qui vient de nous quitter. Mais il se pourrait que nous ayons sous peu l'occasion d'en reparler. » Ayant surpris ces propos, Poynter rentra chez lui profondément déprimé.

» Ceci dit, Gerald Vanning n'était nullement un mauvais parti. J'ai vu un portrait de lui peint quelques années plus tard lorsque ce fut la mode des perruques. Il avait un visage avenant, une certaine culture classique, ainsi qu'un goût très vif pour ces divertissements scientifiques qui faisaient fureur à l'époque. Mais avant tout, c'était un garçon qui pensait à l'avenir. Quand le moment viendrait de récompenser leurs plus fidèles sujets, le Roi et Sir Edward Hyde n'oublieraient certainement pas Vanning de Mellingford.

» Au cours des trois semaines qui suivirent, il devint presque acquis que Vanning allait devenir le gendre du squire. Certes, rien ne fut fait ni dit dans ce sens. Mais Vanning dîna ici une bonne douzaine de fois, et offrit à la femme du squire une broche ayant naguère appartenu à Charles Ier. Tout cela fut rapporté avec colère à Poynter par mistress Mary.

» Puis la nouvelle arriva que Oakley n'avait plus à

craindre pour sa maison et ses terres. Acte avait été promulgué, confirmant toutes les ventes et locations de propriétés ayant eu lieu depuis les guerres civiles. Du coup, Oakley redevenait un gendre très enviable, et le squire n'avait plus aucune raison de faire objection à son mariage avec mistress Mary.

» J'ai lu le récit de la façon dont cette nouvelle fut reçue au manoir, non pas dans le journal de Poynter, mais dans les minutes de l'enquête du coroner. Ce qui ne manque pas d'étonner lorsqu'on lit ces chroniques, c'est la violence sans détour dont usaient les gens de l'époque pour arriver à leurs fins. Car, tout juste deux mois plus tard, il y eut un meurtre.

Là, notre hôte marqua une pause, cependant que les reflets du feu continuaient de courir sur le poli des boiseries. Il leva les yeux vers le plafond, mais ce que nous entendions n'était pas le pas de quelque domestique marchant à l'étage.

– Vanning, reprit-il alors, semble avoir pris la chose assez calmement. Il se trouvait ici lorsque Oakley vint annoncer l'heureuse nouvelle, vers cinq ou six heures de l'après-midi. Mistress Mary, ses parents et Vanning étaient tous assis dans le salon des Dames qui est, je vous le rappelle, la pièce se trouvant juste en haut de l'escalier. Une petite pièce carrée avec en guise de fenêtre, un panneau vitré qui ne s'ouvrait pas. Elle était meublée de fauteuils en chêne tendus de velours, d'une table, et d'une desserte ne proposant d'autres délices que des oranges, un pot à eau en cristal et des verres assortis.

» L'unique bougie allumée se trouvant à quelque distance de Vanning, le visage de ce dernier restait dans la pénombre. Il était en tenue de cheval, avec son épée en travers des genoux. Lorsque Oakley annonça la nouvelle, on vit Vanning poser la main sur son épée; mais, peu après, il prit congé et s'en fut sans faire de commentaire.

» A l'origine, le mariage avait été prévu pour fin novembre; tant mistress Mary que Oakley demandèrent que l'on maintînt la date. Le squire y consentit avec d'autant plus de joyeux empressement que, entre-temps, Vanning n'avait rien reçu de tout ce qui était censé lui échoir. Certes, il avait désormais une rente de 500 Livres par an qui lui avait été octroyée pour « bons et loyaux services »; toutefois cela ne faisait que le mettre à égalité avec Oakley et « ce qui est dit est dit » déclara le squire à celui qu'il appelait déjà son cher fils.

» Après ça, Vanning demeure cantonné à Mallingford. Mais, dans le même temps, d'étranges rumeurs se mirent à courir dans le comté, sur le compte de Richard Oakley. Poynter en a noté quelques-unes dans son journal, ne s'étant pas tout d'abord rendu compte à quoi elles tendaient. Mais elles eurent un effet insidieux.

» Qui était Oakley? Que savait-on de lui, sinon qu'il était arrivé un jour dans la région et y avait acheté des terres sous Cromwell? Il avait une vaste culture et plus d'une centaine de livres chez lui; qu'était-il donc auparavant? Un pasteur? Un docteur en sciences physiques? Ou en sciences beaucoup moins avouables? Pourquoi faisait-il de si longues promenades dans les bois, notamment après la tombée de la nuit?

» Si on l'interrogeait à ce propos, Oakley répondait que c'était dans sa nature. Mais un honnête homme – entendez par là un homme ordinaire – ne pouvait comprendre qu'on fût ainsi. Un bois, c'est épais, touffu... Nul ne sait ce qu'on y peut rencontrer quand il ne fait plus jour; aussi l'honnête homme préfère-t-il la taverne au bois. Ces rumeurs se répandaient d'autant plus vite que l'on vivait encore des jours troublés par les séquelles de la Révolution. Et puis il y avait aussi le temps inhabituel pour la saison. Cet hiver-là, il ne faisait pas froid du tout, au point que les routes étaient poussiéreuses et que l'on continuait à être infesté par les mouches, cependant que les rosiers étaient couverts de feuilles en janvier.

» Oakley n'eut pas vent de ces rumeurs ou du moins, fit mine de n'en rien savoir. Ce fut Jamy Achen, un garçon quelque peu demeuré et qui, de ce fait n'avait peur de rien, qui vit quelque chose suivre Richard Oakley à travers le Hallier du Gibet. Il dit n'avoir rien pu voir distinctement parce que cela se passait à la nuit tombée, mais il avait remarqué un frémissement de feuilles dans le sillage de Mr Oakley, comme si l'on suivait le promeneur. Pressé de questions, il déclara n'être pas sûr que c'était un être d'ici-bas.

» Dans la soirée du vendredi 26 novembre, Gerald Vanning se présente aux alentours de sept heures, ce qui est une heure tardive pour la région. Il est reçu dans le vestibule par Kitts, l'intendant du squire, et demande à voir Mr Oakley. Kitts lui répond que Mr Oakley se trouve à l'étage avec mistress Mary, tandis que le squire est demeuré dans la salle à manger en compagnie de Poynter.

» On a la certitude que Vanning ne portait pas d'épée. Kitts tenait haut le chandelier et l'observait avec attention car, tout en ôtant ses gants, le visiteur se retournait fréquemment en jetant derrière lui des regards inquiets. Il était en tenue de cheval, la veste à demi boutonnée, avec un jabot de dentelle, des bottes de cavalier, un chapeau en poil de castor à calotte basse, et il transpirait comme s'il venait de courir.

» – Je crois que Mr Oakley a amené un ami avec lui? dit-il à l'intendant.

» – Non, monsieur, répondit Kitts, il est seul.

» – Je suis pourtant sûr que son ami l'a suivi! insista Vanning en regardant de nouveau derrière lui.

» Il se mit à jeter des coups d'œil de tous côtés dans le vestibule et, à un moment donné, il sursauta comme si quelque chose l'avait touché.

» – Alors, dit-il, conduisez-moi auprès de mistress Mary... Non, attendez! Allez d'abord chercher deux ou trois valets dégourdis, et vous viendrez tous avec moi.

» Nettement alarmé cette fois, Kitts lui demanda ce qui se passait. Vanning ne voulut pas le lui dire, mais lui recommanda de veiller à ce que les valets apportent avec eux des chandelles et des bâtons.

» Ils furent donc quatre à gravir l'escalier. Vanning frappa à la porte du salon, et fut invité à entrer. Les valets restèrent sur le palier et tant les chandeliers que les bâtons tremblaient dans leurs mains sans qu'ils pussent dire pour quelle raison.

» Le temps que la porte soit ouverte et refermée, Kitts aperçut mistress Mary assise près de la table, vêtue de la robe de brocart rose que, d'ordinaire, elle mettait seulement le dimanche, et Oakley était assis à côté d'elle sur un coin de la table. Tous deux s'étaient retournés, comme surpris par cette visite.

» Presque aussitôt on parla dans la pièce, mais trop bas pour que l'intendant pût comprendre ce qu'on disait. Puis quelqu'un se déplaça et Kitts entendit un bruit qui lui parut être celui d'un candélabre qu'on aurait renversé, à quoi succéda un bruit de respirations haletantes et de lutte; alors, mistress Mary se mit à pousser de grands cris.

» Kitts et les trois valets se précipitèrent vers la porte, mais quelqu'un l'avait verrouillée. Ils s'attaquèrent à elle avec tant de force que le squire les entendit depuis la salle à manger, mais la porte résista. De l'autre côté, après un silence, on entendit quelqu'un trébucher en direction de la porte; le squire Radlow et Mr Poynter arrivèrent en haut de l'escalier juste comme le verrou était tiré.

» Mistress Mary apparut dans l'encadrement de la porte, haletante, les yeux exorbités. Elle tenait un côté de son ample jupe qui, à cet endroit, était tachée de sang comme si quelqu'un y avait essuyé une arme qui venait de servir. Elle cria qu'on apporte de la lumière et un des valets s'approcha du seuil, en levant le bougeoir qu'il tenait à la main.

» Vanning était comme tapi contre le mur opposé; le visage blême, il s'efforça de lever les yeux vers eux. Mais les arrivants regardaient Oakley, ou plus exactement ce qu'il en restait. Il était à terre, le long de la table, avec le chandelier près de lui. Ils n'auraient su dire combien il présentait de blessures au cou et sur le corps; Poynter estime qu'il y en avait au moins une douzaine et il était dans le vrai. Se remettant debout, Vanning essaya de le soulever mais, bien sûr, c'était trop tard. Ecoutez maintenant ce que Poynter déclara au coroner.

» Mr Radlow se précipita vers Mr Vanning et le saisit par les épaules en criant « Vous êtes un assassin! Vous l'avez tué! » Et Mr Vanning de protester avec véhémence : « Dieu m'est témoin, je ne l'ai pas touché! Je n'ai ni épée ni dague! » Et c'était la vérité. Sur ordre du squire, il fut immédiatement fouillé et on ne trouva pas même une épingle sur lui.

» D'après l'aspect des blessures béantes, j'estime qu'elles avaient dû être causées par un couteau à large lame ou quelque chose du même genre. Mais on eut beau chercher par toute la pièce et jusque dans ses hauteurs, ses moindres crevasses, on ne découvrit pas même une épingle.

» Lors de sa déposition, Mr Vanning dit qu'il était en train de parler avec Mr Oakley lorsque quelque chose avait culbuté le chandelier, éteignant la bougie, et renversé Mr Oakley avant de l'immobiliser en pesant sur sa poitrine. Mais il fut incapable de dire de qui ou de quoi il s'agissait, ni comment cela avait pu disparaître lorsque la pièce avait été de nouveau éclairée.

Penché vers la clarté du feu, notre hôte avait achevé de nous lire ses notes. Il plia les feuilles et les remit dans sa poche, puis nous regarda.

La femme de l'historien, qui s'était rapprochée de son mari, eut un geste expressif :

– Je regrette que vous nous ayez raconté cette histoire, se plaignit-elle. Mais puisque c'est fait, dites-nous la suite. Je ne comprends pas bien : avec quoi, alors, cet homme avait-il été tué?

– C'est justement toute la question, répondit notre hôte en allumant sa pipe. Si vous êtes d'accord que notre monde est régi par des lois naturelles, rien n'avait pu le tuer. Ecoutez-moi donc...

(Ceci parce que nous regardions tous le plafond.)

– Le squire supplia mistress Mary de lui dire ce qui s'était passé. Mais elle gémit au lieu de lui répondre et, pour la première fois de sa vie, elle s'évanouit. Le squire s'apprêtait à lui jeter de l'eau au visage, mais Vanning l'emporta dans ses bras au rez-de-chaussée et, là, ils réussirent à lui faire avaler un peu de cognac. Lorsqu'elle reprit connaissance, la jeune fille n'eut aucune précision utile à leur fournir.

» Quelque chose avait éteint la bougie. Elle avait entendu comme un bruit de chute, et il lui avait semblé qu'on se battait dans l'obscurité. L'odeur du sang dans cette pièce à l'atmosphère confinée... Quelque chose avait semblé vouloir lui déchirer sa jupe en tirant dessus...

» C'était vraiment tout ce qu'elle se rappelait.

» Bien entendu, Vanning fut appréhendé, cependant qu'on envoyait quérir un magistrat. Ils étaient dans cette pièce – laquelle était beaucoup plus froide et nue qu'aujourd'hui – et ils avaient acculé Vanning dans le coin de la cheminée. Le squire avait sorti son épée et menaçait de l'en transpercer mais, dans le même temps, tous deux pleuraient, comme il semblait que ce fût alors la mode. Et Poynter avait ordonné aux valets de retenir leur maître, à qui il déclara : « Il faut que tout se fasse dans l'ordre et la légalité. »

» Ce que je voudrais que vous compreniez bien, c'est que ces gens n'étaient pas des imbéciles. Ils avaient l'habitude de se mesurer aux réalités de l'existence; ils voyaient clairement que les blessures d'Oakley étaient profondes d'une quinzaine de centimètres et larges de deux, au point que, à certains endroits, l'os avait été atteint. Mais ils étaient tout aussi conscients de n'avoir trouvé nulle part une lame ayant pu causer ces blessures.

» A eux quatre, c'est en vain, je vous l'ai dit, qu'ils avaient fouillé partout dans la pièce. Or personne n'avait pu emporter ou même jeter cette arme hors de la pièce, car celle-ci n'avait qu'une seule porte, devant laquelle se trouvaient rassemblés les valets. Oakley avait été cruellement frappé à treize reprises, avec quelque chose d'introuvable.

» Très pâle mais calme, Vanning maintint ce qu'il avait dit. Comme on lui demandait pour quelle raison il était venu ici ce soir-là, il répondit que c'était parce qu'il avait quelque chose à régler avec Oakley. Invité à préciser de quoi il s'agissait, il déclara que, n'aimant pas du tout les conditions dans lesquelles il vivait chez lui depuis un mois, il était venu demander à Oakley d'y remédier. Il n'avait fait aucun tort à Mr Oakley, sauf en essayant de lui ravir sa fiancée, et il voulait donc que Mr Oakley rappelle ses chiens. Quels chiens? Là, Vanning expliqua qu'il ne s'agissait pas exactement de chiens, mais de quelque chose qui s'introduisait, la nuit, dans le placard de sa chambre. Il avait toutes raisons de penser que c'était le fait de Mr Oakley, car cela s'était produit précisément lorsqu'il s'était mis à courtiser mistress Mary.

» Poynter commanda à l'intendant de remonter fouiller à nouveau le petit salon, mais Kitts s'y refusa. C'était humain, après tout. La petite graine de terreur avait commencé à développer des tentacules dans toutes les directions. Il était facile dès lors d'oublier le visage souriant d'Oakley, pour ne plus se rappeler que son regard si souvent furtif. Et quand on se disait qu'il avait deux fois l'âge de mistress Mary, on en arrivait à se demander qui était-ce, au juste, qu'on avait reçu à sa table. Aussi même le squire Radlow n'eut pas le courage de remonter dans cette pièce de sa propre maison. Confiné dans son coin de cheminée, Vanning finit par proposer d'y aller. Ils le laissèrent faire. Mais à peine avait-il pénétré dans le petit salon que la porte claqua de nouveau et qu'il redescendit en courant. Alors, il s'en fallut de peu que tous abandonnent la maison.

De nouveau, notre hôte fit une pause. Ce fut l'inspecteur qui rompit le silence; tout en regardant son cigare, il s'enquit posément :

– Etes-vous en train de nous raconter une histoire de fantôme que les gens de la région se transmettent d'une génération à l'autre, ou bien avancez-vous tout cela sérieusement?

– Il s'agit de dépositions faites lors de l'enquête devant le coroner.

– Par des témoins dignes de foi?

– Je le crois, oui.

– Moi pas, rétorqua le policier. Je suppose qu'il nous faut admettre qu'un homme a bien été assassiné, puisqu'il y a eu une enquête devant coroner. Mais s'il est mort après avoir reçu treize blessures, quelque chose a causé ces blessures. Qu'est devenue l'arme du crime? Vous dites qu'elle n'était nulle part dans la pièce, mais qu'en savons-nous? Rien ne nous prouve qu'elle n'était pas dans une cachette qu'ils n'ont pas su découvrir?

– Je pense pouvoir vous donner ma parole, dit lentement notre hôte : aucune arme n'y était dissimulée!

– Alors que diable est-elle devenue? Un couteau dont la lame a quelque quinze centimètres de long et deux de large...

– Certes! Mais le fait est que personne n'a pu la voir.

– Elle n'était pas cachée, et pourtant personne ne pouvait la voir?

– Exactement, oui.

– Une arme invisible?

– Oui, répondit notre hôte dont le regard s'était mis à briller. Une arme invisible, au sens littéral du mot.

– Comment le sais-tu? questionna brusquement sa femme.

Jusqu'alors, elle n'avait pas pris part à la conversation, mais elle n'avait cessé d'observer son mari. Alors, comme il hésitait, elle se leva, indignée, en s'écriant :

– Oh! tu es abominable! Tu as tout inventé! Afin que nous ayons peur d'aller nous coucher! Tu tires profit de ce que j'ignore tout de cette maison pour nous servir un tissu de mensonges qui...

Mais il l'interrompit :

– Non. Si je l'avais inventée, j'aurais dit qu'il s'agissait d'une histoire qu'on raconte par ici à la veillée.

De nouveau, il marqua une hésitation, mordillant sa lèvre supérieure.

– J'avoue avoir cherché un peu à vous mystifier. Mais, très sincèrement, j'ignore moi-même quelle est la vérité. J'ai une hypothèse, c'est tout. Je crois pouvoir expliquer comment les blessures ont été infligées, là n'est pas le véritable problème, et ce n'est point ce qui me tracasse.

– Comme j'ai beaucoup lu, intervint alors l'historien, je crois savoir ce que vous avez en tête. Votre hypothèse ne serait-elle pas que la victime a été poignardée à l'aide d'un glaçon acéré, comme dans plusieurs contes dont je pourrais vous donner les titres? Ensuite, le glaçon a fondu et l'arme est devenue introuvable. C'est ça?

– Non, dit notre hôte.

Et de poursuivre :

– J'entends par là que c'est impossible. Souvenez-vous : il est dit que l'hiver était anormalement doux. Où aurait-on déniché un glaçon? Et puis un glaçon est fragile, cassant; il faudrait être au pôle pour trouver un glaçon aussi plat, large et solide; pensez que la victime a été poignardée treize fois et que, à certains endroits, l'arme en question a même heurté l'os. Et puis un glaçon n'est pas invisible. Tandis que, en l'occurrence, cette arme était invisible... malgré sa taille.

– Allons donc! fit la femme de l'historien. Une telle chose ne peut exister!

– Quand on y réfléchit bien, si, contredit le maître de maison. Encore une fois, ça n'est qu'une idée qui m'est venue et peut-être est-elle totalement fausse. Mais, comme je le disais, ce n'est pas là le véritable problème, même s'il y est étroitement associé... Voulez-vous que je vous raconte le reste de l'histoire?

Il y eut un chorus d'acquiescements.

– Eh bien, il suffisait désormais de prononcer le nom de Richard Oakley pour inciter les gens de par ici à se barricader chez eux. « L'ami d'Oakley » devint localement synonyme de n'importe quoi qui pouvait vous tomber dessus si vous n'étiez pas sur vos gardes. Une ou deux personnes affirmèrent avoir vu le mort se promener au crépuscule par les bois, le corps comme percé en treize endroits par ses blessures.

» Un jury de gentlemen du Sussex, présidé par Sir Benedict Skene, innocenta complètement Gerald Vanning. Le verdict fut « meurtre par personnes ou choses inconnues », et le président adressa quelques paroles de sympathie à mistress Mary, se réjouissant qu'elle fût libérée d'une dangereuse union. Et vous ne serez pas surpris d'apprendre que, dix-huit mois après la mort d'Oakley, elle épousa Vanning.

» A cette époque, lorsqu'elles avaient le choix, les jeunes demoiselles n'optaient pas pour le célibat. Toutefois, mistress Mary n'avait plus sa vivacité d'antan : elle souriait, acquiesçait, faisait les réponses qui convenaient, mais de toute évidence elle ne se remettrait jamais de ce qui lui était arrivé.

» Les choses s'étant tassées, la vie redevint très quotidienne pour un Vanning de plus en plus cossu et considéré. Pour avoir des précisions à cet égard, j'ai dû consulter d'autres sources, car le journal de Poynter s'interrompt à la fin de 1664. Je puis vous dire qu'un gouvernement reconnaissant le fit Sir Gerald Vanning et baronnet. Il devint un membre éminent de la Royal Society, continuant à s'intéresser aussi bien aux sciences qu'à la physique amusante. Il prit du poids, porta perruque à la mode, et roula dans un carrosse tiré par quatre chevaux gris des Flandres. Lorsqu'il était ici, il se partageait entre Mallingford et cette maison, qui lui était revenue à la mort du squire Radlow. Il lui arrivait rarement de pénétrer dans la pièce qui, naguère, avait inspiré tant de terreur; mais la porte n'en était pas fermée à clef.

» Sa femme veillait à ce que tout dans la maison fût parfaitement astiqué. C'était une bonne épouse et lui, dans son genre, un bon mari : il la traitait bien et ne buvait que modérément, bien qu'elle l'y encourageât volontiers. Et c'est à ce stade de leur vie conjugale que nous avons les minutes d'une autre enquête tenue par-devant coroner.

» Au cours de la nuit du 5 octobre 1667, Vanning eut la gorge tranchée.

» Par une soirée où le vent soufflait avec force, sa femme et lui arrivèrent ici, venant de Mallingford. Vanning était de très bonne humeur, car il venait de conclure une excellente affaire. Au cours du dîner, Vanning but beaucoup pour fêter l'événement, et sa femme lui tint compagnie (je vous ai dit, n'est-ce pas, qu'un jour, à la suite d'un pari, elle avait bu d'un trait une chopine de vin?) disant qu'il n'en dormirait que mieux. Il semble, en effet, que Vanning parlait quelquefois dans son sommeil. A huit heures, dit la jeune femme dans sa déposition, elle alla se coucher en laissant son mari encore attablé. Nous ignorons à quelle heure il est monté à son tour, sinon que Kitts, l'intendant, croit l'avoir entendu trébucher dans l'escalier à une heure très avancée. Kitts a également l'impression d'avoir entendu quelqu'un crier, mais comme je vous l'ai dit le vent soufflait très fort autour de la maison, et il ne put donc rien affirmer.

» Le matin du 6 octobre, un vacher nommé Coates longea le côté de la maison pour se rendre dans la prairie située à l'ouest. La tempête s'était apaisée, Coates s'arrêta pour boire un peu de l'eau de pluie que l'on recueillait dans un tonneau placé sous la gouttière, juste au-dessous de la petite pièce située en haut de l'escalier. Alors qu'il s'apprêtait à boire, l'homme trouva que l'eau avait une drôle de couleur. Levant la tête pour chercher à quoi cela pouvait tenir, il aperçut le visage de Sir Gerald Vanning qui le regardait. La tête de Sir Gerald jaillissait de la fenêtre et il ne bougeait pas plus que ses yeux. Une partie du panneau vitré tenait encore au chassis, bien que la tête l'eût fait voler en éclats et que...

Ce fut alors que l'Inspecteur poussa une exclamation, comme quelqu'un qui a enfin compris. Notre hôte le regarda d'un air un peu sardonique et acquiesça.

– Oui... A présent, vous connaissez la vérité, n'est-ce pas?

– La vérité? répéta la femme de l'historien, d'une voix que la perplexité rendait stridente. La vérité à propos de quoi?

– Du meurtre d'Oakley, répondit notre hôte. Touchant le truc auquel a eu recours Vanning pour assassiner Oakley sept ans auparavant. Je suis convaincu que c'est ainsi qu'il s'y est pris, continua-t-il en hochant la tête. A cette époque, rien ne divertissait autant les gens que les tours de physique amusante et ce qu'on appelle aujourd'hui les gadgets : clepsydres, cloches de plongée, etc, dont la Royal Society faisait ses choux-gras. Et Vanning sut mettre à profit certains tours qu'il avait appris en exil et se confectionna un poignard invisible.

– Mais voyons...! protesta l'historien.

– Bien entendu, continua posément le maître de maison, il avait fomenté tout un complot contre Oakley. Celui-ci n'était pas plus nécromancien qu'il n'avait commerce avec le diable. Toutes ces rumeurs le concernant avaient été lancées par Vanning lui-même dans un but bien précis. Il lui a suffi de se gagner avec quelque argent un gamin arriéré, ensuite, il a pu passer à l'action.

» Ce fameux soir, il vint ici avec en poche son couteau si particulier. Il fit mine alors d'être pourchassé par quelque monstre et n'eut aucune peine à impressionner l'intendant. Avec les domestiques comme témoins, il monta voir Oakley et mistress Mary. Ayant verrouillé la porte, il se mit à leur parler aimablement; dès qu'il eut réussi à détourner l'attention de la jeune fille, il renversa le bougeoir pour plonger la pièce dans l'obscurité, puis fit tomber Oakley et se mit à le larder de coups avec une sorte de couteau. Il fallait qu'il y eût de nombreuses blessures et beaucoup de sang pour justifier ensuite que ses propres vêtements fussent tachés. Dans l'obscurité, la jeune fille était bien trop terrifiée pour oser bouger. Vanning n'eut qu'à essuyer son arme ensanglantée dans les plis de la robe de brocart et poser ensuite le couteau bien en vue. Personne n'y prêta attention.

L'historien cligna des yeux :

– Comment ça? dit-il. Personne n'y prêta attention? Pouvez-vous nous dire quelle sorte de lame pouvait, en la circonstance, être posée bien en vue sans que personne ne la remarque?

– Eh bien, répondit notre hôte, une lame de verre ordinaire, placée dans le pot à eau transparent qui était posé sur la desserte.

Le silence fut alors total, marquant la stupeur.

– Je vous avais parlé de ce pot à eau en cristal, qui demeurait en permanence sur la desserte, avec des verres et un compotier d'oranges. Personne ne s'attarde plus d'une seconde à regarder un pot à eau transparent. Vanning avait pu facilement se confectionner un poignard à partir d'un morceau de verre, en utilisant n'importe quoi pour le tailler. Et le verre, voyez-vous, est une arme terrible : solide, tranchante, aussi aiguisée qu'on la souhaite. Souvenez-vous qu'il n'y avait que des chandelles à cette époque pour éclairer les pièces. Et s'il était resté quelques menues traces de sang sur le poignard de verre, lavées par l'eau, elles se seraient déposées au fond du pot, comme des sédiments quelconques, si bien que tout le monde pouvait regarder l'arme plongée dans l'eau et ne pas la voir. Et lorsque mistress Mary s'est évanouie, Vanning a retenu le squire de jeter le contenu du pot au visage de sa fille en emportant celle-ci dans ses bras jusqu'au rez-de-chaussée. Ensuite, après avoir raconté des tas de choses horrifiantes, il a profité de la peur des autres pour s'offrir à remonter dans la pièce tragique, ce qui lui a permis de récupérer son arme improvisée et de s'en débarrasser à la faveur de la confusion qui a suivi son retour précipité.

L'inspecteur fronça les sourcils d'un air pensif :

– Mais le véritable problème...

– Oui. Si les choses se sont passées ainsi, l'épouse était-elle au courant? Il a été dit que Vanning parlait quelquefois dans son sommeil.

Nous nous regardâmes, et la femme de l'historien posa la question que nous avions tous en tête :

– Quel a été le verdict à cette autre enquête?

– Oh! tout simplement « Mort accidentelle. En état d'ivresse, Vanning est tombé contre un panneau vitré dont les éclats lui ont tranché la gorge. » Quelqu'un avait bien fait remarquer que le parquet présentait des marques, comme auraient pu en laisser les talons de quelqu'un qui se serait trouvé là, mais on ne s'appesantit pas sur ce détail. Femme pleine de bonté et extrêmement charitable, mistress Mary vécut jusqu'à l'âge de quatre-vingt-six ans, où elle mourut durant son sommeil.

» Comme vous le voyez, tout s'explique de façon naturelle. Il n'y a rien d'insolite dans cette petite pièce en haut de l'escalier. A présent, on en a fait une chambre à coucher très confortable. Si quelqu'un veut y dormir, il est libre de le faire. Mais...

– Oui, nous sommes déjà très bien installés... clamèrent en chœur tous les invités. Merci!

Traduit par Maurice-Bernard Endrèbe.
Titre original :
PERSONS OR THINGS UNKNOWN.

LE RÉVEIL DES MORTS

Un flocon de neige passa devant les lumières, mais la haute porte de la maison restait ouverte à deux battants. On aurait dit une ombre plutôt qu'un flocon de neige car il fut chassé par une bourrasque de vent aigre, qui fit grincer les battants. A l'intérieur, Rodney et Muriel Hunter aperçurent un vestibule étroit, sombre, pavé de ternes carreaux rouges, avec un escalier du XVIIe siècle au fond. (A ce moment-là, bien sûr, il n'y avait pas de cadavre de femme gisant à l'intérieur.)

Trouver une maison pareille dans le coin le plus désert du Weald au fond du Kent – une résidence du XVIIe siècle dont les parquets étaient bombés et les poutres blanchies par l'âge – ils s'y étaient attendus. L'électricité même n'avait rien de surprenant. Mais Rodney Hunter pensa qu'il avait rarement vu autant de lumières dans une maison.

Claire-pelouse méritait bien son nom. Elle se dressait au milieu d'une pente à l'herbe courte, toute raide et blanche de gel, et il n'y avait ni arbre ni buisson dans un rayon de vingt mètres. Ces lumières contrastaient avec un air inhospitalier et humide qui émanait de la maison, comme si son propriétaire était contraint de les laisser allumées.

– Mais pourquoi la porte d'entrée est-elle ouverte? insista Muriel.

Dans l'allée, le moteur de la voiture toussa et se tut. La maison était maintenant une mystérieuse masse noire hérissée de pignons, qui émettait de la clarté par toutes ses ouvertures et faisait ressortir en ombres chinoises les glycines qui grimpaient dessus. De chaque côté de la porte d'entrée se trouvaient des fenêtres à petits carreaux dont les rideaux n'étaient pas tirés. Vers leur gauche, ils aperçurent une salle à manger basse, avec table et buffets disposés pour un souper froid; à leur droite il y avait une bibliothèque un peu sombre qu'animaient les reflets d'un feu vif.

La vue du feu réchauffa Rodney Hunter mais lui donna un sentiment de culpabilité. Ils étaient très en retard. Il avait promis à Jack Bannister qu'à cinq heures sans faute il seraient à *Claire-pelouse* pour inaugurer la réception de Noël.

Rien de répréhensible à être retardés par un moteur récalcitrant au départ de Londres, en revanche, ils avaient des scrupules à avoir perdu beaucoup de temps en cours de route dans un café de campagne à boire de la bière chaude et à écouter la radio qui diffusait des cantiques de Noël, jusqu'à être envahis par une jovialité digne de personnages de Dickens. Mais Muriel et lui étaient jeunes; ils rayonnaient d'amour l'un pour l'autre et pour les choses en général, et ils s'étaient pénétrés d'une chaude allégresse appropriée au temps de Noël, qui se refroidissait singulièrement maintenant qu'ils étaient devant la porte grinçante de *Claire-pelouse*.

Il n'y avait aucune raison valable de s'inquiéter, pensa Rodney. Il sortit leurs bagages du coffre arrière de la voiture ainsi qu'un grand carton de cadeaux pour les enfants de Jack et de Molly. Ses pas retentirent sur le gravier. Il passa la tête dans l'embrasure de la porte et siffla. Puis il se mit à donner de grands coups de heurtoir. Le bruit sembla aller dans tous les coins de la maison et revenir à la manière d'un écho qui meurt. Mais il n'y eut aucune réaction.

– Tu sais ce que je crois? déclara-t-il. Il n'y a personne.

Muriel monta vivement les trois marches pour le rejoindre. Elle avait relevé le col de son manteau de fourrure et son visage était rosi par le froid.

– Mais c'est impossible, dit-elle. Voyons, même s'ils sont sortis, les domestiques...! Molly m'a écrit qu'elle a une cuisinière et deux servantes. Es-tu sûr que nous sommes à la bonne adresse?

– Oui. Le nom est sur la grille et il n'y a pas d'autre maison dans un rayon de deux kilomètres.

D'un même mouvement, ils allongèrent le cou pour regarder par les fenêtres de la salle à manger sur la gauche. De la volaille froide sur le buffet; une grande coupe de châtaignes et – ils pouvaient le voir maintenant – un autre grand feu devant lequel il y avait un fauteuil avec, sur le côté, un ouvrage de tricot.

Rodney manœuvra encore avec vigueur le marteau, mais le son se répercuta bizarrement. Dans ce noyau de lumière, il leur semblait être encore plus seuls, avec ce vent d'est qui sifflait sur le Weald et la porte qui grinçait de nouveau.

– Je pense que nous ferions mieux d'entrer, dit Rodney. (Il ajouta, avec un manque total de jovialité :) Tout de même, quelle satanée aventure. Qu'est-ce qu'il a pu arriver, à ton avis? Je jurerais que le feu a été allumé il n'y a pas plus d'un quart d'heure.

Il entra dans le vestibule et posa les valises. Comme il se retournait pour fermer la porte, Muriel lui posa la main sur le bras.

– Dis donc, Rod. Crois-tu que c'est mieux de la refermer?

– Pourquoi pas?

– Je... je ne sais pas.

– La maison se refroidit suffisamment comme ça, observa-t-il, ne voulant pas admettre qu'il avait eu la même pensée.

Il ferma les deux battants et mit les barres en place. Et, au même moment, une jeune femme surgit de la bibliothèque sur la droite.

Elle avait un visage si avenant que tous les deux se sentirent soulagés. Pourquoi n'avait-elle pas répondu aux coups du heurtoir? Peu importait maintenant. Elle comblait un vide. Jolie, elle n'avait pas plus de vingt et un ou vingt-deux ans, et son air réservé fit que Rodney Hunter pensa vaguement avoir affaire à une gouvernante ou à une secrétaire, bien que Jack Bannister n'en eût jamais fait mention. Elle était bien en chair, mais avec une taille étrangement fine, et elle était habillée de marron. Ses cheveux bruns étaient partagés par une raie et ses yeux bruns – des yeux en amande qui auraient pu suggérer quelque mystère ou d'étranges sourires s'ils n'avaient été si placides – paraissaient soucieux. Dans une main, elle tenait un petit sac blanc en toile ou en coton. Et elle parlait avec une dignité qui n'était pas de son âge.

– Je suis vraiment désolée, leur dit-elle. J'avais cru entendre quelqu'un, mais j'étais si occupée que je n'en étais pas sûre. Excusez-moi, je vous prie.

Elle sourit. Personnellement, Hunter estimait qu'il avait frappé assez fort pour réveiller un mort, mais il murmura quelques mots de politesse. Comme si elle avait eu conscience de l'étrangeté du sac blanc qu'elle tenait à la main, elle le leva en l'air.

– Pour Colin-Maillard, expliqua-t-elle. On triche tellement, vous savez, et pas seulement les enfants. Si on utilise un mouchoir ordinaire noué devant les yeux, ils trouvent toujours moyen de voir par un coin. Mais avec ça, en le passant par-dessus la tête de quelqu'un et en l'attachant autour du cou – Rodney Hunter eut soudain une vision macabre – c'est beaucoup mieux, vous ne croyez pas? (Son regard parut se tourner en dedans et devint comme trouble.) Mais il ne faut pas que je vous retienne ici à parler. Vous êtes...?

– Mon nom est Hunter. Voici ma femme. Nous sommes en retard, j'en ai peur, mais je pense que Mr Bannister s'attendait...

– Il ne vous a pas dit? s'étonna la jeune femme en marron.

– Dit quoi?

– A cette heure-ci, et à cette date, tout le monde, y compris les domestiques, quitte la maison. C'est la coutume. Je crois que c'est une coutume établie depuis plus de soixante ans. Il y a une espèce de service spécial à l'église.

L'imagination de Rodney Hunter avait envisagé toutes sortes d'explications fantastiques, dont la première était que cette digne jeune personne avait assassiné les membres de la maisonnée et s'occupait à faire disparaître les corps.

Il ne pouvait pas dire ce qui lui avait mis en tête cette idée saugrenue; peut-être était-ce sa profession d'écrivain de romans policiers. Mais il fut soulagé d'entendre une explication banale. La jeune femme reprit la parole.

– Evidemment, c'est en réalité un prétexte. Le recteur, ce cher homme, a inventé cela il y a des années pour sortir d'embarras. Ce qui s'est passé ici n'avait rien à voir avec le meurtre, puisque les dates étaient si différentes, et je suppose que la plupart des gens ont oublié maintenant pourquoi les occupants de cette maison préfèrent être ailleurs entre 7 et 8 heures la veille de Noël. Je doute que Mrs Bannister sache même la véritable raison, bien que je suppose que Mr Bannister la connaisse. Mais ce qui se passe ici n'est pas très agréable et il ne serait pas bon que les enfants le voient... n'est-ce pas?

Muriel intervint soudain avec une franchise si bourrue que son mari comprit qu'elle avait peur.

– Qui êtes-vous? dit-elle. Et de quoi diable parlez-vous?

– Je ne suis pas folle, croyez-le bien, affirma leur hôtesse avec un sourire à la fois cordial et timide. Je me doute que vous n'y comprenez rien, ma pauvre. Mais j'oublie mes devoirs. Venez, je vous prie, vous asseoir devant le feu et permettez-moi de vous offrir quelque chose à boire.

Elle les fit entrer à droite dans la bibliothèque, où elle les précéda (elle avait l'air plutôt de bondir que de marcher) en les fixant de ses yeux en amande par-dessus son épaule. La bibliothèque était une longue pièce basse avec des poutres apparentes. Les fenêtres donnant vers la route n'avaient pas de rideaux, mais sur la paroi latérale, où se trouvait une cheminée de briques rouges ternes, il y avait des baies garnies de tentures complètement fermées. Pendant que leur hôtesse les installait devant le feu, Hunter aurait juré qu'il avait vu bouger l'une des tentures.

– Il ne faut pas vous tracasser, assura la jeune

femme qui avait suivi son regard. Même si vous y jetiez un coup d'œil, vous n'y verriez rien maintenant. Un monsieur a essayé une fois, je crois, il y a longtemps. Il était resté dans la maison à la suite d'un pari. Mais quand il a tiré le rideau, il n'a rien aperçu – au moins rien de précis. Il a senti des cheveux, et cela a disparu. C'est pourquoi, de nos jours, on fait tant de lumière.

Muriel s'était assise sur un canapé et allumait une cigarette, ce que leur hôtesse, pensa Hunter, avait l'air de désapprouver.

– Est-ce que nous pourrions avoir une boisson chaude? demanda Muriel d'une voix sèche.

» Ensuite, si vous n'y voyez pas d'inconvénient, nous irons au-devant des Bannister sur le chemin de l'église.

– Oh! je vous en prie, ne faites pas ça, s'écria l'autre.

Elle était restée debout près de la cheminée, les doigts enlacés et les paumes tournées en dehors. Elle s'élança vers Muriel et s'assit à côté d'elle; la rapidité de son mouvement aussi bien que le contact de sa main sur le bras de Muriel firent reculer celle-ci.

Hunter était à présent convaincu que leur hôtesse avait l'esprit dérangé. Toutefois, il n'arrivait pas à comprendre pourquoi elle le fascinait à ce point. Dans son désir de les retenir là, la jeune femme avait eu une nouvelle idée. Sur une table derrière le canapé se trouvait une rangée de romans modernes entre des serre-livres. Bien en vue – sans doute par une attention de Molly Bannister – deux d'entre eux étaient des romans de Rodney Hunter. La jeune femme posa le doigt dessus.

– Puis-je vous demander si c'est vous qui les avez écrits?

Il acquiesça.

– Alors, dit-elle avec un calme soudain, cela vous intéressera probablement d'avoir des détails sur le meurtre. Ce fut une affaire bien troublante, vous savez, la police n'y comprenait rien, et personne n'a jamais été capable de la tirer au clair. (Un regard fasciné s'attacha au sien.) Cela s'est passé là, dans le hall. Une pauvre femme y a été assassinée alors qu'il n'y avait personne pour la tuer, et que personne ne pouvait l'avoir fait. Pourtant, elle fut bel et bien assassinée.

Hunter fit un mouvement pour se lever, puis il changea d'avis et se rassit.

– Continuez, dit-il.

– Pardonnez-moi si je ne puis vous donner de dates précises, s'excusa-t-elle. Je crois que c'était au début des années 1870, et je suis sûre que c'était au commencement de février, à cause de la neige. L'hiver avait été très dur, le bétail mourait partout dans les fermes. Je le sais bien, car ma famille est installée dans la région depuis longtemps. Cette maison était à peu près ce qu'elle est à présent, sauf qu'il n'y avait pas tout cet éclairage, mais seulement des lampes à pétrole, pauvres gens! On était obligé de pomper l'eau dont on avait besoin; les gens lisaient le journal de la première à la dernière ligne et en discutaient pendant des jours entiers.

» Les gens avaient aussi un aspect bien différent. Je ne comprends vraiment pas pourquoi on trouve aujourd'hui la barbe si étrange; on paraît croire que les hommes qui portent la barbe veulent dissimuler leurs sentiments. Pourtant, même les jeunes gens l'arboraient, et cela leur allait très bien. A cette époque, la maison était habitée par un couple de jeunes mariés, du moins leur union ne datait-elle que de l'été précédent. Ils s'appelaient Edouard et Jane Waycross, et aux yeux de tous c'était un bon ménage.

» Edouard Waycross n'avait pas de barbe, mais portait d'épais favoris qu'il frisait. Il n'était pas beau non plus, avec un corps plutôt maigre et un visage ingrat, mais il était pieux et c'était un brave homme, doublé d'un excellent homme d'affaires. A ce qu'on dit, il était fabricant d'outillage agricole à Hawkhurst.

» Il avait estimé que Jane Anders serait pour lui une bonne épouse et j'ose dire qu'elle le fut. La jeune fille avait plusieurs prétendants. Quoique Mr Waycross fût le meilleur parti, je sais que les gens furent surpris qu'elle l'acceptât; on la croyait éprise d'un autre homme, plus brillant et qui était convoité par de nombreuses jeunes filles.

» Il s'agissait de Jeremy Wilkes, qui était issu d'une très bonne famille, mais passait pour un mauvais garçon. Il n'était pas plus jeune que Mr Waycross mais il avait une grande barbe noire, portait des gilets blancs avec des chaînes d'or, et conduisait un cabriolet. Il y avait eu bien entendu des commérages, mais c'était parce que Jane Anders était très jolie...

Leur hôtesse était assise, adossée au canapé, pliant tranquillement le petit sac blanc d'une seule main, et parlant d'une voix composée. Elle fit alors quelque chose qui jeta un froid sur ses auditeurs.

Vous l'avez peut-être vu faire bien des fois. Elle s'était effleuré légèrement la joue avec les doigts de l'autre main. Elle toucha ainsi la chair au-dessous de la paupière inférieure et rabattit par mégarde l'angle de cette paupière – ce qui aurait dû découvrir la partie rouge intérieure du coin de l'œil. Or ce n'était pas rouge. C'était d'une couleur livide.

– Pour ses transactions commerciales, poursuivit-elle, Mr Waycross devait aller souvent à Londres et il était généralement obligé d'y rester jusqu'au lendemain. Mais Jane Waycross n'avait pas peur d'être seule à la maison. Elle avait une excellente domestique, une femme âgée dévouée, et un bon chien. Néanmoins, Mr Waycross rendait hommage à son courage. (La jeune femme sourit.) La nuit dont je veux vous parler, en février, Mr Waycross était absent... Malheureusement, la vieille servante était absente, elle aussi; on avait fait appel à ses talents de sage-femme pour assister sa cousine et Jane Waycross l'avait autorisée à y aller. On le savait au village, car ce genre de choses se sait toujours, et cela provoquait un certain malaise, cette maison, comme vous le savez, étant isolée. Mais Jane n'avait pas peur.

» Il faisait très froid cette nuit-là et la neige était tombée en abondance jusque vers 9 h. Il faut que vous sachiez que la pauvre Jane Waycross était incontestablement en vie après qu'il eut cessé de neiger. Il ne devait pas être bien loin de 9 h 30 quand un Mr Moody, en revenant chez lui – c'était un homme estimable et sobre qui habitait Hawkhurst – passa sur la route devant cette maison. Comme vous l'avez vu, elle se trouve au milieu d'une grande pelouse découverte et on la distingue nettement de la route.

» Mr Moody aperçut la pauvre Jane à la fenêtre d'une des chambres à coucher du premier, une bougie à la main, en train de fermer les volets. Mais il fut le dernier à l'avoir vue vivante.

» Le même soir, Mr Wilkes, le bel homme dont je

vous ai parlé tout à l'heure, se trouvait dans une taverne au village de Fives Ashes avec le Dr Sutton, le médecin du pays, et un turfiste du nom de Pawley. Vers 23 h 30 ils partirent pour rentrer chez eux à Cross-in-Hand dans le cabriolet de Mr Wilkes. Ils avaient un peu bu, je le crains, mais aucun d'eux n'était ivre.

» Le propriétaire de la taverne s'est souvenu de l'heure parce qu'il était allé sur le pas de la porte regarder le cabriolet qui avait de jolies roues jaunes filer grand train comme s'il n'y avait pas de neige; et Mr Wilkes arborait un de ces nouveaux chapeaux melon avec un bord retroussé.

» Il y avait un magnifique clair de lune. Et pas le moindre danger, devait affirmer par la suite le Dr Sutton, les ombres des arbres et des clôtures étaient aussi nettes que s'ils avaient été découpés par un maître faiseur de silhouettes à six pence. Mais au moment où ils passèrent devant la maison, Mr Wilkes s'arrêta net. Il y avait une vive clarté à la fenêtre d'une des pièces du rez-de-chaussée : celle-ci même. Ils se penchèrent hors de la capote du cabriolet, se demandant ce qui se passait.

» Mr Wilkes prit la parole : « Je n'aime pas cela, dit-il. Vous savez, Messieurs, que Waycross est toujours à Londres et cette dame a l'habitude de se coucher tôt. Je vais aller voir s'il y a quelque chose qui cloche. »

» Là-dessus, il sauta à bas du cabriolet, la barbe au vent et l'haleine fumante. Il ajouta : « Et si c'est un cambrioleur, alors, par *machin*, Messieurs (je ne répéterai pas le mot qu'il employa) – par *machin*, Messieurs, je lui réglerai son compte. »

» Il franchit la grille, monta jusqu'à la maison – les autres voyaient tous ses mouvements – et regarda par les fenêtres de cette pièce où nous sommes. Il revint bientôt, l'air rassuré (ses amis le voyaient bien à la lueur des lanternes du cabriolet), mais en essuyant la sueur sur son front.

» – Tout va bien, leur dit-il. Waycross est de retour, mais par *machin*, messieurs, il ne cesse de maigrir ces temps-ci, ou bien c'est un fantôme.

» Puis il leur raconta ce qu'il avait vu. Si l'on regarde par les fenêtres de cette façade-là, on peut jeter un coup d'œil sur le côté et, par la porte, voir jusque dans le vestibule. Il déclara avoir aperçu Mrs Waycross debout dans le vestibule, tournant le dos à l'escalier, vêtue d'une robe de chambre bleue sur sa chemise de nuit et les cheveux épars sur les épaules. Devant elle, visible seulement de dos pour Mr Wilkes, il y avait un homme assez grand et mince comme Mr Waycross, avec un long pardessus et un chapeau haut de forme, comme Mr Waycross.

» Il tenait soit une bougie, soit une lampe, et il se rappela que le chapeau semblait aller et venir comme si l'homme lui parlait ou tendait les mains vers elle. Car, précisa-t-il, il ne pouvait pas voir le visage de la femme.

» Bien entendu, ce n'était pas Mr Waycross. Mais comment s'en seraient-ils doutés?

» Vers sept heures, le lendemain, Mrs Randall, la vieille servante, revint. Sa cousine avait mis au monde au cours de la nuit, un beau garçon. Elle revint au petit jour dans la neige blanche, et trouva la maison complètement fermée. Elle frappa mais n'obtint pas de réponse. En femme décidée, elle brisa une vitre et entra. Mais devant le spectacle qu'offrait le vestibule, elle sortit en appelant au secours.

» Pauvre Jane, on ne pouvait plus rien pour elle. Je ne devrais pas parler de ça, mais il le faut. Elle gisait à plat ventre dans le vestibule. De la taille jusqu'aux pieds, son corps était tout carbonisé et... nu, voyez-vous, parce que le feu avait brûlé presque entièrement sa chemise de nuit et sa robe de chambre. Les carreaux du vestibule étaient couverts de sang et de pétrole; celui-ci avait coulé d'une lampe avec un épais abat-jour de soie bleue qui était par terre. A côté, il y avait un chandelier de porcelaine avec une bougie.

» Le feu avait aussi calciné une partie des boiseries du mur et une partie de l'escalier. Heureusement, le sol était carrelé et il n'y avait plus beaucoup de pétrole dans la lampe, sinon la maison aurait entièrement brûlé.

» Cependant elle n'était pas morte de ses brûlures. Elle portait une profonde entaille à la gorge, vraisemblablement faite par une lame affilée. Mais elle avait survécu assez pour souffrir des deux manières, car elle avait rampé sur les mains pendant qu'elle brûlait. Ce fut une mort cruelle, une mort atroce pour une femme si douce.

Il y eut un silence. L'expression du visage de la jeune femme vêtue de marron, changea légèrement l'expression de ses yeux. Elle était assise à côté de Muriel et s'en rapprocha un peu.

– Les policiers sont venus, bien entendu. Je ne sais pas comment, mais ils ont découvert que la maison n'avait pas été cambriolée. Ils ont remarqué aussi un fait bizarre : il y avait à la fois une lampe et une bougie dans le chandelier auprès d'elle. La lampe venait de la chambre de Mr Waycross, au premier étage, de même que le bougeoir. Il n'y avait en bas aucune autre lampe ni chandelier, à l'exception des lampes qui devaient être remplies le lendemain matin dans l'arrière-cuisine.

» Les policiers estimèrent impossible qu'elle soit descendue avec la lampe et le bougeoir en même temps.

» Le rapport conclut qu'elle devait porter la lampe lorsqu'elle fut attaquée par le meurtrier; qu'ensuite, elle laissa tomber la lampe qui s'éteignit, le pétrole coulant sans s'enflammer; l'homme au chapeau haut de forme, pour parachever son œuvre après lui avoir tailladé la gorge, dut monter au premier étage prendre une bougie pour enflammer le pétrole répandu.

» Je ne suis pas très expérimentée dans ce domaine, mais même moi j'aurais deviné que ce crime-là avait été commis par un familier de la maison. Voyez-vous, si elle était descendue, c'était sûrement pour faire entrer quelqu'un qui se trouvait à la porte; ce ne pouvait pas être un cambrioleur!

» Toutes les commères des environs se sont acharnées dès le début à jouer les limiers alors que la police piétinait, parce qu'elles savaient que Mrs Waycross avait dû ouvrir la porte à un homme qui n'était pas son mari. Elles découvrirent immédiatement un indice dans le gâchis que le feu et le sang avaient fait dans le vestibule. Juste à côté du corps de l'infortunée Jane, il y avait un flacon de médicaments.

» Je crois qu'il était cassé en deux; sur un fragment, on trouva collés des morceaux d'une lettre qui n'étaient pas entièrement calcinés.

» C'était une écriture masculine, qui n'était pas celle de son mari. C'était rempli de... d'expressions d'amour, vous savez, et on lui donnait rendez-vous chez elle cette nuit-là...

Quand la jeune femme se tut un instant, Rodney

Hunter ne put s'empêcher de lui poser une question.

– A-t-on su de qui était l'écriture?

– C'était celle de Jeremy Wilkes, répondit l'autre simplement. Bien que ce n'ait jamais été prouvé. En fait, on trouva effectivement un couteau taché de sang, chez Mr Wilkes, mais les policiers n'en tirèrent aucun avantage car, voyez-vous, ni Mr Wilkes... ni personne au monde... ne pouvait avoir commis le meurtre.

– Je ne comprends pas, dit Hunter d'une voix assez sèche.

– Excusez-moi, dit leur hôtesse d'un ton confus, si je ne sais pas raconter les choses. (Elle sembla prêter l'oreille au grondement de la cheminée.) Même les commères du village savaient cela. Quand Mrs Randall arriva à la maison ce matin-là, aussi bien la porte de devant que celle de derrière étaient fermées à clef, et les verrous de sûreté étaient tirés à l'intérieur. Toutes les fenêtres étaient bloquées du dedans. Si vous regardez les fermetures de cette maison, vous saurez ce que ça signifie.

» Mais attendez, ce n'est encore rien! Je vous ai parlé de la neige. Elle avait cessé de tomber à neuf heures du soir, des heures avant que Mrs Waycross fût assassinée. Quand la police est arrivée, il n'y avait que deux séries distinctes d'empreintes sur les deux mille mètres carrés de neige immaculée autour de la maison. L'une était celle de Mr Wilkes, qui était venu regarder à la fenêtre la veille au soir. L'autre était celle de Mrs Randall. La police pouvait suivre et expliquer les deux séries d'empreintes, *mais il n'y en avait aucune autre et personne ne se cachait dans la maison.*

» Naturellement il était absurde de suspecter

Mr Wilkes. Non seulement il racontait une histoire parfaitement plausible concernant l'homme au chapeau haut de forme, mais encore le Dr Sutton et Mr Pauley, qui étaient revenus avec lui de Fives Ashes, étaient là pour jurer qu'il n'avait pu commettre le meurtre. Vous comprenez, il n'était pas allé plus loin que les fenêtres de cette pièce. Le clair de lune leur avait permis de suivre le moindre de ses gestes.

» Plus tard, Mr Wilkes et le Dr Sutton déclarèrent avoir continué leurs beuveries jusqu'à l'aube. Il est exact qu'on a trouvé un couteau avec du sang dessus, mais il a expliqué qu'il s'en était servi pour dépouiller un lapin.

» Il en fut de même pour la pauvre Mrs Randall, que ses devoirs de sage-femme avaient tenue debout toute la nuit. Il était encore plus absurde de la soupçonner. Mais il n'y avait pas d'autres empreintes allant vers la maison, ou en repartant, or rappelez-vous : toutes les sorties et entrées étaient verrouillées de l'intérieur.

C'est Muriel qui prit alors la parole, d'une voix qui essayait d'être tranchante, mais qui tremblait malgré elle.

– Ne me dites pas que tout ça est vraiment arrivé, s'exclama-t-elle.

– Je vous fais languir un peu, ma chère, dit l'autre. Mais, vrai de vrai, tout cela est bien arrivé. Je vous le montrerai peut-être dans un moment.

– Je suppose que c'est le mari qui était le coupable? ajouta Muriel d'un ton péremptoire.

– Pauvre Mr Waycross, dit leur hôtesse tendrement. Il avait passé la nuit dans un hôtel de tempérance près de la gare de Charing Cross, comme il le faisait toujours et, bien entendu, il n'en était pas sorti. Quand il fut mis au courant de la duplicité de sa femme, il faillit perdre la raison. Je crois qu'il abandonna les machines agricoles pour la prédication, mais je n'en suis pas certaine. Je sais qu'il a quitté la région peu après et, avant son départ, il a voulu absolument brûler le matelas de leur lit. Ce fut un affreux scandale.

– Mais en ce cas, insista Hunter, qui l'a tuée? Et s'il n'y avait aucune empreinte et si toutes les portes étaient fermées, comment le meurtrier est-il entré et sorti? De plus si tout s'est passé en février, quel rapport cela a-t-il avec l'absence des gens de chez eux la veille de Noël?

– Ah! C'est là le fond de l'histoire. Voilà où je voulais en venir. (Elle se mit à parler d'une voix étouffée.) Cela a dû être très intéressant de voir les gens changer et vieillir, ou prendre de curieux chemins au cours des années qui suivirent. Car, bien sûr, rien ne s'est produit dans l'immédiat. La police classa bientôt l'affaire; on eut, pour défrayer les conversations, l'installation d'une pompe sur la place du marché, et la nouvelle du voyage du prince de Galles aux Indes; puis une nouvelle famille ne tarda pas à venir habiter *Claire-pelouse,* où elle éleva ses enfants. Les arbres et les pluies d'été étaient toujours les mêmes, vous savez. Il a bien dû s'écouler sept ou huit ans avant que quelque chose survienne, car Jane Waycross était très patiente.

» Entre-temps, plusieurs personnes étaient mortes. Mrs Randall, d'une angine de poitrine, ainsi que le Dr Sutton, mais ce fut une bénédiction, car il a succombé alors qu'il allait faire une amputation après avoir trop bu. Seul Mr Pawley avait prospéré et, plus encore, Mr Wilkes. Il était devenu encore plus bel homme, à ce qu'on m'a dit, en approchant de la quarantaine. Avec le mariage, il avait renoncé à toutes ses mauvaises habitudes. Oui, il s'était marié, avec l'héritière de Tinsley, Miss Linshaw, qu'il courtisait au moment du meurtre, et j'ai entendu dire que la malheureuse Jane Waycross, même après avoir épousé Mr Waycross, était si jalouse de Miss Linshaw qu'elle en mordait son oreiller la nuit.

» Mr Wilkes avait toujours été grand. Maintenant il avait pris de l'embonpoint. Il portait toujours une redingote. S'il avait perdu presque tous ses cheveux, sa barbe restait fournie et frisée; il avait des yeux noirs pétillants, des joues colorées et une voix assurée. Tous les enfants l'adoraient. On dit que c'était toujours un terrible bourreau des cœurs. Dans toutes les réceptions dignes de ce nom, il était toujours le premier à conduire le cotillon ou à applaudir le violoneux, et je ne sais ce qu'auraient fait sans lui les hôtesses.

» La veille de Noël – rappelez-vous que je ne suis pas sûre de l'année – les Fenton organisèrent une soirée. Les Fenton étaient les gens charmants qui étaient venus habiter cette maison, vous savez. Il ne devait pas y avoir de bal, mais seulement tous les divertissements traditionnels. Naturellement, Mr Wilkes fut le premier à être invité, et le premier à accepter car, avec le temps, tout s'était effacé, comme un château de sable après la marée... Comme on dit, le passé c'est le passé. La maison avait été décorée avec du houx et du gui, et dès deux heures de l'après-midi les invités commencèrent à arriver.

» Je tiens tout cela de la tante de Mrs Fenton. Miss Abbott de Warwickshire. En dépit de la période des fêtes, les préparatifs avaient posé quelques problèmes contrairement à d'habitude.

Miss Abbott se plaignait qu'il régnât dans la maison une odeur désagréable de terre.

» Même les cheminées ne semblaient pas tirer comme elles l'auraient dû. Pour couronner le tout Mrs Fenton s'entailla le doigt en découpant la viande froide, surprise par un des enfants qui s'était caché derrière les rideaux de cette fenêtre pour l'épier. Elle fut très fâchée.

» Il est bien certain qu'on avait oublié tout cela quand on commença les jeux. On n'avait jamais entendu pareils cris perçants. Mr Jeremy Wilkes était le roi de la fête. Il se tenait avec une gravité paternelle au centre des réjouissances avec son affreuse femme près de lui et il se caressait la barbe. Sous le gui, il embrassa sur la joue toutes les dames. Lorsqu'il resta bien plus longtemps que nécessaire derrière les rideaux de la fenêtre avec la jeune Miss Twigelow, sa femme ne fit qu'en sourire.

» Il n'y eut qu'un incident déplaisant, vite oublié. Vers la tombée de la nuit se leva un grand vent qui soufflait par rafales, et les cheminées se mirent à fumer plus que d'habitude. Comme il faisait presque noir, Mr Fenton déclara qu'il était temps d'aller chercher la jatte de snapdragon pour le regarder brûler. Vous connaissez ce jeu? C'est une grande coupe de cognac flambant, dans laquelle on plonge la main pour pêcher au fond des raisins secs sans se brûler les doigts.

» Mr Fenton l'apporta sur un plateau dans la demi-obscurité; elle luisait de cette flamme bleue qu'on voit sur les puddings de Noël. Miss Abbott a raconté que, pendant qu'il portait la jatte, il s'était arrêté et s'était retourné. Elle a cru alors, voir une seconde, un visage qui regardait par-dessus l'épaule de Mr Fenton, et ce n'était pas un visage beau à voir...

» Plus tard dans la soirée, quand le sommeil eut gagné les enfants, et qu'il y eut du papier de soie éparpillé dans toute la maison, les grandes personnes s'adonnèrent à leurs jeux pour de bon. Quelqu'un suggéra de jouer à Colin-Maillard. On utilisa surtout le vestibule et cette pièce-ci, où il y avait plus de place que dans la salle à manger. Plusieurs invités eurent les yeux bandés avec des mouchoirs d'homme, mais on tricha beaucoup.

» Mr Fenton en fut vivement contrarié, car les dames s'arrangeaient pour attraper Mr Wilkes chaque fois qu'elles le pouvaient; celui-ci riait de bon cœur et sa grande cravate à épingle d'argent était presque dénouée.

» Pour être sûr que personne ne puisse tricher, Mr Fenton prit un petit sac de toile blanche comme ceci. C'était en fait la taie d'oreiller du berceau du bébé et il déclara qu'on serait incapable de voir au travers si on l'attachait par-dessus la tête.

» Je dois expliquer qu'on avait eu des ennuis avec la lampe de cette pièce. Mr Fenton dit : « Que diable, maman, qu'est-ce qu'il y a avec cette lampe? Remonte la mèche, veux-tu? » C'était une très bonne lampe de chez Spence et Minstrad, et elle aurait dû brûler plus clair que ça.

» Dans la confusion, pendant que Mrs Fenton essayait de forcer la lumière, son mari, tout en la surveillant du coin de l'œil, avait machinalement attaché le sac sur la tête de la dernière personne attrapée. Il a déclaré ensuite qu'il n'avait pas remarqué qui c'était. Personne d'autre n'y avait d'ailleurs prêté attention car il faisait si peu clair et il y avait tellement de monde. Il semblait que c'était une jeune femme avec une robe large de couleur bleuâtre, qui était restée près de la porte.

» Vous savez sans doute comment se comportent les gens dans ce jeu après avoir eu les yeux bandés. D'abord, ils restent immobiles comme s'ils flairaient ou cherchaient dans quelle direction aller. Parfois, ils font tout à coup un bond; quelquefois ils s'avancent doucement en traînant les pieds. Tout le monde remarqua l'air délibéré de cette personne dont le visage était masqué. Elle avança très lentement et sembla se ramasser légèrement sur elle-même.

» Elle se dirigea vers Mr Wilkes par petites saccades très courtes, mais très vives, le sac blanc oscillant sur sa tête. A ce moment, Mr Wilkes, dont le visage tout rose émergeait de sa barbe, était assis au bout de la table et riait, un verre de notre cidre du Kent à la main. Je voudrais que vous imaginiez cette pièce toute sombre et beaucoup plus encombrée avec tous ces glands qu'on accrochait alors aux meubles et, en plus, les coiffures hautes des dames.

» La femme encapuchonnée atteignit le bout de la table. Elle se mit à avancer vers la chaise de Mr Wilkes, puis elle bondit.

» Mr Wilkes se leva et fit un saut de côté – oui, un saut – en riant pour l'éviter. La personne marqua une pause, tranquillement, après quoi elle alla de nouveau vers lui, de la même allure lente. Elle ne disait rien, voyez-vous, alors que tout le monde l'applaudissait et lui criait des encouragements. Elle gardait la tête baissée.

» Miss Abbott raconte qu'elle commença à remarquer une faible odeur déplaisante de tissu brûlé qui l'incommoda très vite. Lorsque la personne encapuchonnée, toujours courbée, traversa la pièce d'un pas aussi assuré que si elle pouvait le voir, Mr Wilkes ne riait plus.

» Dans un coin, près d'une bibliothèque, il dit à haute voix :

» – J'en ai assez de ce petit jeu stupide; allez-vous-en, vous entendez?

» Personne, parmi l'assistance, ne l'avait jamais entendu s'exprimer comme cela, avec autant de violence, mais on rit en pensant que c'était dû au cidre de Kent.

» – Allez-vous-en, cria de nouveau Mr Wilkes, et il se mit à frapper avec le poing.

» Pendant tout ce temps, les invités purent voir son visage s'altérer graduellement. Il se jeta de nouveau de côté, très gracieux et agile pour un homme de cette stature, mais la sueur coulait sur sa figure. Il repartit au fond de la pièce, elle, le suivant toujours, et il cria quelque chose qui, naturellement, stupéfia l'assistance au-delà de toute expression.

» Il hurla : « Pour l'amour de Dieu, Fenton, arrêtez-la! »

» Et pour la dernière fois, la poursuivante bondit en avant.

» Ils se trouvaient là-bas près des rideaux de cette baie, qui étaient tirés comme maintenant. Miss Twigelow, qui en était la plus proche, déclara que Mr Wilkes ne pouvait rien distinguer puisque le sac était toujours rabattu sur le visage de cette femme. La seule chose qu'elle remarqua, c'est qu'à la partie inférieure, là où devait être le visage, il y avait comme une curieuse ternissure, une sorte de tache qui n'y était pas avant; comme si quelque chose suintait au travers.

» Mr Wilkes tomba à la renverse entre les rideaux, suivi par la personne encapuchonnée, et il hurla de nouveau. Il y eut un bruit de lutte dans, ou derrière les rideaux, puis les plis de l'étoffe retombèrent tout droits et le silence se rétablit.

» Evidemment, notre cidre du Kent est très fort et, pendant un instant, Mr Fenton ne sut que penser. Il essaya de rire, mais son rire sonnait faux. Puis il se dirigea vers les rideaux en leur disant d'un ton brusque de sortir de là et de ne pas faire les idiots. Mais après avoir regardé à l'intérieur des tentures, il se retourna vivement et demanda au recteur de faire sortir les dames de la pièce.

» Ce qui fut fait, mais miss Abbott a dit souvent qu'elle avait jeté un coup d'œil rapide. Bien que les vitres de la baie fussent fermées en dedans, Mr Wilkes était maintenant seul sur la banquette dans l'embrasure. Elle put voir sa barbe dressée à la verticale et le sang. Il était mort, bien entendu, mais puisqu'il avait assassiné Jane Waycross, j'estime sincèrement qu'il méritait la mort.

Pendant quelques secondes, les deux auditeurs restèrent immobiles. Elle avait si bien évoqué l'atmosphère de cette pièce au temps des dernières années 70 qu'on avait l'impression de continuer à y manquer d'air.

– Mais dites-moi, protesta Hunter quand il réussit à surmonter son envie de sortir de là rapidement, vous affirmez à présent qu'il l'a assassinée? Et pourtant vous nous avez déclaré qu'il avait un alibi inattaquable. Vous avez dit qu'il ne s'était pas approché de la maison plus près que les fenêtres...

– Et il n'a pas fait davantage, mon cher, répliqua l'autre.

» Il courtisait à cette époque l'héritière Linshaw,

reprit-elle, et Miss Linshaw était une jeune fille très bien qui aurait été horrifiée si elle avait entendu parler d'une liaison entre lui et Jane Waycross. Naturellement, elle aurait renoncé au mariage. Mais la pauvre Jane Waycross était très amoureuse de Mr Wilkes et elle était sur le point d'étaler toute l'affaire au grand jour. Mr Wilkes s'était efforcé de la persuader de n'en rien faire.

– Mais...

– Oh! ne comprenez-vous donc pas ce qui s'est passé? cria l'autre. Pourtant, c'est tellement simple... Je n'y entends pas grand-chose, mais j'aurais saisi sur-le-champ si je ne l'avais pas su déjà. Je vous ai tout raconté pour que vous soyez à même de deviner.

» Quand Mr Wilkes, le Dr Sutton et Mr Pawley passèrent devant la maison ce soir-là, dans le cabriolet, ils virent une vive lumière briller derrière les fenêtres de cette pièce, je vous l'ai dit. Mais la police ne s'est jamais demandé, comme cela s'imposait, ce qui causait cette clarté.

» Jane Waycross n'est jamais venue dans cette pièce, vous le savez; elle était dans le vestibule, et portait une lampe ou un chandelier. Mais cette lampe à l'épais abat-jour de soie bleue, tenue là dans le vestibule, n'aurait pas pu donner une lumière assez forte pour briller jusque dans cette pièce et l'illuminer. Pas plus que ne l'aurait fait une minuscule bougie; c'est absurde. Et je vous ai précisé qu'il n'y avait pas d'autre lampe dans la maison à l'exception de celles qui étaient vides dans l'arrière-cuisine.

» Ils n'avaient pu voir qu'une seule chose. Et c'est la grande flamme du pétrole autour du corps de Jane Waycross.

» Ne vous ai-je pas dit que c'était tout simple? La

pauvre Jane était en haut, attendant son amant. De la fenêtre du premier étage, elle a aperçu au clair de lune le cabriolet de Mr Wilkes arriver sur la route et elle ignorait qu'il y avait d'autres hommes avec lui; elle a cru qu'il était seul. Elle est descendue...

» C'est affreux que les policiers ne se soient pas inquiétés davantage de la présence du flacon pharmaceutique qui était brisé dans sa longueur juste en deux morceaux. Elle ne devait pas l'avoir descendu pour rien et, effectivement, elle en avait l'emploi. Vous savez que le pétrole de la lampe était presque épuisé, bien qu'il y ait eu une grande flamme autour du corps.

» Quand la pauvre Jane est descendue, elle portait dans une main la lampe éteinte; dans l'autre elle avait une bougie allumée et un vieux flacon de médicament qui contenait du pétrole. Une fois au rez-de-chaussée, elle avait l'intention de remplir la lampe avec le pétrole du flacon, puis de l'allumer avec la bougie.

» Mais elle était trop pressée d'arriver en bas, la pauvre. Quand elle ne fut plus qu'à mi-chemin de l'escalier, dans sa hâte, elle se prit le pied dans sa longue robe de chambre. Elle tomba en avant à plat ventre. Le flacon se brisa sous elle sur le carrelage et répandit une mare de pétrole autour d'elle. Evidemment, la bougie allumée mit le feu au pétrole en tombant. Mais ce n'est pas tout.

» Un côté intact de ce flacon brisé, long et coupant, lui trancha la gorge plus nettement qu'une lame lorsqu'elle s'affala sur la bouteille cassée. Elle n'était pas totalement étourdie par sa chute. Quand elle sentit la brûlure des flammes et le sang presque aussi chaud, elle essaya de se sauver. Elle tenta de se traîner sur les mains dans le vestibule pour se dégager du sang, du pétrole et de l'incendie.

» Voilà ce qu'a vu réellement Mr Wilkes quand il a regardé par la fenêtre.

» Il a vu la jolie Jane appuyée sur ses mains dans le vestibule le regarder d'un air suppliant tandis que la flamme bleue montait et se colorait en jaune. On aurait pu s'attendre à ce qu'il ait pitié d'elle, car elle l'aimait beaucoup. Sa blessure n'était pas très profonde. S'il avait brisé le carreau pour entrer dans la maison, il lui aurait peut-être sauvé la vie.

» Mais il a préféré la laisser mourir parce que, dorénavant, elle ne susciterait pas un scandale qui compromettrait son mariage avec la riche Miss Linshaw. Voilà pourquoi, revenu avec ses amis, il raconta ce mensonge d'un meurtrier avec un chapeau haut de forme. Voilà pourquoi, aux yeux de Dieu, c'est lui qui l'a assassinée. Vous savez maintenant pourquoi Jane Waycross est revenue alors le chercher.

La jeune femme se leva d'un mouvement bondissant à la fois évocateur et vaguement familier. On aurait dit qu'elle allait se mettre à courir. Elle était là, un tantinet courbée, dans sa stricte robe brune, si curieusement mince à la taille comme dans un antique modèle de robe et, dans les jeux de lumière sur son visage, Rodney Hunter eut l'impression que sa joliesse n'était qu'une apparence.

– L'apparition se reproduisit par la suite, à diverses veilles de Noël, expliqua-t-elle. Voilà pourquoi les gens qui habitent ici ne tiennent pas à courir de risque maintenant. Cela se produit à sept heures un quart...

Hunter eut un coup d'œil vers les rideaux.

– Mais il était 7 h 15 quand nous sommes arrivés, dit-il. Il doit être à présent...

– Oh! oui, répliqua la jeune femme dont les yeux s'embuèrent. Je vous avais bien dit que vous n'aviez rien à craindre; tout est terminé. Mais ce n'est pas de cela que je vous remercie. Je vous ai priés de rester, et vous êtes restés. Vous m'avez écoutée, alors que personne n'avait voulu le faire. Et, maintenant j'ai enfin tout raconté et je crois que je vais pouvoir me reposer en paix.

Pas un pli n'avait bougé ni changé dans les rideaux sombres; pourtant, comme si un objectif brouillé avait été mis au point, les murs semblaient à présent innocents et exempts de maléfice.

Rodney Hunter, que Muriel suivait des yeux, alla écarter les rideaux. Il vit une paisible banquette couverte de chintz et la lune qui se levait par-delà la fenêtre. Quand il se retourna, la jeune femme habillée à l'ancienne mode n'était plus là. Ils réalisèrent que la porte d'entrée était de nouveau grande ouverte en sentant un courant d'air pénétrer dans la maison.

Entourant de son bras Muriel dont le visage était livide, il sortit dans le vestibule. Ils ne s'attardèrent pas à regarder les taches de roussi et les cloques de peintures au bas des boiseries car même les traces d'incendie avaient maintenant un air innocent. Ils allèrent sur le pas de la porte regarder au-dehors dans la grande lumière que la maison projetait sur le sol glacé du Weald. C'était une lumière accueillante.

Au sommet d'une colline des points noirs qui cheminaient péniblement dans le froid indiquaient que les invités de Jack Bannister étaient sur le chemin du retour. Rodney et Muriel distinguaient le son des voix qui portaient loin. Ils entendirent quelqu'un chanter avec insouciance un cantique de Noël célébrant la gloire et la joie et des rires d'enfants revenant au bercail.

Traduit par Arlette Rosenblum.
Titre original :
TO WAKE THE DEAD.

POSTFACE

LE COLONEL MARCH A LA TÉLÉVISION

J'ai vu une ville aux mille visages. Celui d'une reine pleine de noblesse et de fierté. Celui d'un clown dont le rire cache souvent la tristesse. Celui d'un enfant et celui des maisons anonymes. J'ai pénétré ces retraites secrètes et j'ai vu ce qu'il y avait derrière ces mille visages...

C'est en ces termes que se présenta un jour de 1953 le colonel March, incarné pour la circonstance par Boris Karloff, sur les écrans de cinémas anglo-saxons. L'année précédente, la firme de télévision ITV avait entrepris de tourner une série de 26 courts métrages de 26 minutes maximum inspirés des exploits du personnage de John Dickson Carr. Les six premiers étaient des adaptations directes de ses nouvelles. Les vingt autres furent des scripts originaux signés Leslie Slote ou Leo Davis. Les trois premiers épisodes « pilotes » réalisés par Cy Endfield devaient être rassemblés en un long métrage, *Colonel March Investigates,* projeté dans les salles. Les vingt autres, en majorité dirigés par Bernard Knowles, mais parfois par D. Guisberg et même Terence Fisher furent diffusés à la télévision britannique au cours de la saison 1955-1956. A la même époque, en

France, certains d'entre eux furent exploités comme compléments de programme dans les salles de cinéma. Par la suite, la R.T.F. en diffusa une partie dans le courant de l'année 1961, les dimanches à 19 heures 25, dans un créneau intitulé « Pour les Jeunes »...

Homme de mystère, Boris Karloff devait apporter au personnage une célébrité que son créateur n'aurait jamais pu envisager sans cette prestigieuse incarnation. Borgne au bandeau noir et portant son inséparable canne-épée, à la fois perspicace et malicieux, Karloff fut un suave colonel March et sa présence demeure l'un des attraits primordiaux de ces bandes souvent décevantes sur le plan de l'intrigue, mais dispensant néanmoins un charme subtilement désuet. Souvent, Karloff présentait lui-même les épisodes en choisissant un objet dans son bureau transformé en un véritable musée et concluait par une déclaration des plus alléchantes : « Chacun de ces objets rappelle un crime. Un crime si fantastique, si incroyable, si franchement impossible qu'il ne pouvait avoir sa place nulle part dans les limites de la froide logique de Scotland Yard. Excepté dans le plus invraisemblable de ses services : le D-3 connu des initiés sous le nom de « Service des Causes Bizarres »... Et dans le bureau du colonel March, votre serviteur... ». Le titre même des épisodes était souvent porteur de promesses que le développement de l'intrigue ne remplissait pas toujours.

Outre Boris Karloff et Ewan Roberts, qui incarnait l'inspecteur Ames, certains acteurs britanniques célèbres firent parfois des apparitions dans la série. C'est ainsi qu'on put découvrir entre autres Richard Wattis dans *Death in the dressing-room,* Peter Illing dans *Death in inner space,* Christopher Lee dans *At night, all cats are grey,* Eric Pohlmann dans *Passage at arms,* Hugh Griffith dans *The stolen crime,* Tony Wright dans *The case of the living ghost,* George Coulouris dans *The deadly gift,* et Anton Diffring dans *The silent vow.*

Voici la liste complète de ces 26 épisodes, accompagnée de la majorité des titres français – lorsque la confirmation de la correspondance a été possible :

1 – HOT MONEY (L'Argent qui Brûle les Doigts)
2 – DEATH IN THE DRESSING-ROOM (Morte dans sa Loge)
3 – THE NEW INVISIBLE MAN (Le Nouvel Homme Invisible)
4 – ERROR AT DAYBREAK (Erreur à l'Aube)
5 – THE SILVER CURTAIN (Le Rideau d'Argent)
6 – THE INVISIBLE KNIFE (Le Poignard Invisible)
7 – DEATH IN INNER SPACE (Message interplanétaire)
8 – THE MISSING LINK
9 – THE SECOND MONA LISA (La Deuxième Joconde)
10 – THE TALKING HEAD (Le Mort Qui Parle)
11 – AT NIGHT, ALL CATS ARE GREY (La Nuit, Tous les Chats sont Gris)
12 – THE ABOMINABLE SNOWMAN (Le Monstre des Neiges)
13 – DEATH AND THE OTHER MONKEY
14 – PASSAGE AT ARMS (Passe d'Armes)
15 – THE STOLEN CRIME (Le Crime Volé)
16 – MURDER IS PERMANENT (Meurtre à l'Institut de Beauté)
17 – THE CASE OF THE LIVING GHOST (Le Fantôme Vivant)

18 – THE SORCERER (Folie Homicide)
19 – THE DEADLY GIFT (Le Coffret Maléfique)
20 – THE STRANGE EVENT AT ROMAN FALL
21 – THE DEVIL SELLS HIS SOUL (Le Diable Vend son Ame)
22 – THE SILENT VOW (Vœu de Silence)
23 – THE CASE OF THE MISGUIDED MISSAL (Le Missel Invisible)
24 – THE CASE OF THE KIDNAPPED POODLE (Le Caniche aux Diamants)
25 – PRESENT TENSE (L'Appel de l'Au-delà)
26 – THE HEADLESS HAT (Le Mystérieux Monsieur X)

Musique : Edwin Astley
Photo : Lionel Barres
Montage : Thelma Connell

BIBLIOGRAPHIE

LIVRES :

THE DEPARTMENT OF QUEER COMPLAINTS. William Morrow (New York, 1940); William Heinemann (Londres, 1940).

Comprenant : *The new invisible man, The footprint in the sky, The crime in nobody's room, Hot money, Death in the dressing-room, The silver curtain, Error at daybreak* (toutes histoires du Colonel March), plus *The other hangman, New murders for old, Persons or things unknown* et *Blind man's hood.*

RÉÉDITION :

SCOTLAND YARD, THE DEPARTMENT OF QUEER COMPLAINTS. Dell, 1965 (comprenant uniquement les nouvelles du Colonel March).

REVUES :

LE SECOND BOURREAU (The Other Hangman)

Première édition : *A Century of Detective Stories* (1935).

- *Avon Detective Stories* n° 2 (1947).
- *The Mysterious Traveler* (novembre 1951).
- *MacKill's Mystery Magazine* (avril 1953).
- *Ellery Queen's Mystery Magazine* (janvier 1965).

– *Stories Not for the Nervous* (Anthologie d'Alfred Hitchcock, 1965).
– *Ellery Queen's Anthology* (Printemps/Eté 1971).
– *Dear Dead Days* (Anthologie d'Edward D. Hoch, 1972).
– *Masterpieces of Mystery* (Anthologie d'Ellery Queen, Volume 18, 1979).

Traductions françaises :

– *Anthologie du Mystère* spécial n° 14.
– *Mystère-Magazine* n° 181 bis (août 1971) sous le titre *Le second bourreau* (Trad. Jacques Parsons).

LE RÉVEIL DES MORTS (Blind Man's Hood)

Première édition : *The Sketch* (Noël 1937).

– *Best Ghost Stories* (Anthologie de Anne Ridler, 1945).
– *Rex Stout's Mystery Monthly* (juin 1946).
– *The Magazine of Fantasy and Science Fiction* (janvier 1955).
– *The Saint Detective Magazine* (août 1959).
– *Ellery Queen's Mystery Magazine* (décembre 1966) sous le titre *To wake the dead.*

Traductions françaises :

– *Fiction* n° 26 (janvier 1956) sous le titre *Colin-Maillard de mort* (Trad. Roger Durand).
– Repris dans *Les Chefs-d'Œuvre du Crime* (éditions Planète, 1965).
– *Mystère-Magazine* n° 233 sous le titre *Le réveil des morts* (Trad. Arlette Rosenblum).

L'HOMME QUI VIT L'INVISIBLE (The New Invisible Man)

Première édition : *The Strand* (avril 1938).

– *The Saint Detective Magazine* (édition anglaise, août 1957), sous le titre, *The invisible murderer.*
– *Ellery Queen's Mystery Magazine* (décembre 1967), sous le titre *The man who saw the invisible.*
Traductions françaises :
– *Le Saint Détective Magazine* n° 38 (avril 1958), sous le titre *Le meurtrier invisible* (Trad. Simone Varay).
– *Mystère-Magazine* n° 244 (mai 1968) sous le titre *L'Homme qui vit l'invisible* (Trad. Maurice-Bernard Endrèbe).

CHEZ PERSONNE (The Crime in Nobody's Room)
Première édition : *The Strand* (juin 1938).
– *The Saint Detective Magazine* (janvier 1957).
– *Suspense* (octobre 1958).
– *Ellery Queen's Mystery Magazine* (septembre 1970).
Traduction française :
– *Le Saint Détective Magazine* n° 53 (juillet 1959), sous le titre *Chez personne* (Trad. Pierre Caillard).

AUBE DE MORT (Error at Daybreak)
Première édition : *The Strand* (juillet 1938).
– *Rex Stout Mystery Monthly* (octobre 1946).
– *The Saint Detective Magazine* (novembre 1958).
– *Ellery Queen's Mystery Magazine* (juillet 1967), sous le titre *The Lion's paw.*
Traduction française :
– *Mystère Magazine* n° 240 (janvier 1968), sous le titre *La patte de lion* (Trad. Simone Millot-Jacquin).
– Nouvelle traduction pour le présent volume, sous le titre *Aube de mort* (Trad. Maurice-Bernard Endrèbe).

L'ARME INVISIBLE (Persons or Things Unknown)
Première édition : *The Sketch* (Noël 1938).
– *Detection Medley* (Anthologie de John Rhode, 1939).
– *Murder by Experts* (Anthologie d'Ellery Queen, 1947).
– *The Saint Detective Magazine* (octobre 1957).
– *Ellery Queen's Mystery Magazine* (décembre 1977).
Traduit pour la première fois pour le présent volume, sous le titre *L'arme invisible* (Trad. Maurice-Bernard Endrèbe).

CHAUD DEVANT! (The Hiding Place)
Première édition : *The Strand* (février 1939).
– *Rex Stout Mystery Quarterly* (août 1945), sous le titre *Hot money.*
– *The Saint Detective Magazine* (novembre 1955), sous le titre *A case for Colonel March.*
– *Ellery Queen's Mystery Magazine* (avril 1966), sous le titre *Right before your eyes.*
Traductions françaises :
– *Le Saint Detective Magazine* n° 28 (juin 1957), sous le titre *Le sens de l'observation* (Trad. Jacques Brécard).
– Pour le présent volume, sous le titre *Chaud devant!* (Trad. Francine Thierry).

MORTE DANS SA LOGE (Death in the Dressing Room)
Première édition : *The Strand* (mars 1939).
– *The Saint Detective Magazine* (février 1958).
– *Ellery Queen's Mystery Magazine* (août 1972).

Traduction française :
- *Mystère-Magazine* n° 300 (février 1973), sous le titre *Morte dans sa loge* (Trad. Jacques Parsons).

LE RIDEAU D'ARGENT (The Silver Curtain)
Première édition : *The Strand* (août 1939).
- *Avon Mystery Storyteller* (1946).
- *Ellery Queen's Mystery Magazine* (avril 1960).

Traduction française :
- *Anthologie du Mystère* n° 8 (1966), sous le titre *Le rideau d'argent* (Trad. Simone Millot-Jacquin).

LE COMBLE DE L'HORREUR (New Murders for Old)
Première édition : *The Illustrated London News* (Noël 1939).
- *Rex Stout Mystery Magazine* (mars 1946).
- *The Magazine of Fantasy and Science Fiction* (janvier 1957).
- *My Favorites in Suspense* (Anthologie d'Alfred Hitchcock; réédition : *14 of My Favorites in Suspense*, 1966).
- *Ellery Queen's Mystery Magazine* (août 1966) sous le titre *The one real horror*.
- *Mysterious Visions* (Anthologie de Martin Greenberg, Joseph Olander et Charles Waugh, 1979).

Traductions françaises :
- *Fiction* n° 55 (juin 1958), sous le titre *L'homme au col de fourrure* (Trad. Roger Durand).
- *Les Meilleures Histoires de Suspense* (Tome I), présentées par Alfred Hitchcock (Robert Laffont, 1956), sous le titre *Le faux suicide* (Trad. Odette Ferry).

– *Mystère-Magazine* n° 230 (mars 1967) sous le titre *Le comble de l'horreur* (Trad. Denise Hersant).

L'EMPREINTE DE PAS DANS LE CIEL (The Footprint in the Sky)

Première édition : *The Strand* (janvier 1940), sous le titre *The clue in the snow.*

– *Ellery Queen's Mystery Magazine* (novembre 1958).
– *Alfred Hitchcock's Daring Detectives* (1969).
– *Masterpieces of Mystery* (Vol. 5, 1977) (Anthologie d'Ellery Queen).

Traductions françaises :

– *Le Yard* n° 16 (195), sous le titre *Les pas dans le ciel* (Trad. Denise Pascal).
– *Anthologie du Mystère* n° 8 (1966), sous le titre *L'empreinte de pas dans le ciel.* (Trad. Simone Millot-Jacquin).

Les Intégrales du Masque

CARR J.D.
tome 1 - Dr Fell 1 1933-1935
tome 2 - Dr Fell 2 1935-1939
tome 3 - Merrivale 1

CHRISTIE Agatha
tome 1 - Les années 1920-1925
tome 2 - Les années 1926-1930
tome 3 - Les années 1930-1933
tome 4 - Les années 1934-1935
tome 5 - Les années 1936-1937
tome 6 - Les années 1938-1940
tome 7 - Les années 1940-1944

EXBRAYAT
tome 1 - Les Imogène
tome 2 - Les Tarchinini
tome 3 - Le tour d'Europe

GOODIS David
tome 1
tome 2

MORTON Anthony
tome 1 - Le Baron 1
tome 2 - Le Baron 2

RENDELL Ruth
tome 1 - Les Wexford
tome 2 - 1965-1979

STEEMAN
tome 1
tome 2
tome 3

VÉRY Pierre
tome 1

Le Club des Masques

CARR J.D.
604 Le sphinx endormi
605 La maison de la terreur
606 Trois cercueils se refermeront
607 Les yeux en bandoulière
616 La chambre ardente
617 Le lecteur est prévenu
618 La mort en pantalon rouge
619 On n'en croit pas ses yeux
626 Arsenic et boutons de manchette
627 Mort dans l'ascenseur
628 L'homme en or

CASSELLS John
465 Solo pour une chanteuse

CHRISTIE Agatha
(86 titres parus, voir catalogue général)

EXBRAYAT
(97 titres parus, voir catalogue général)

HITCHCOCK DÉMASQUE...
1000 Une double ruse
1001 Un crime presque parfait
1002 Horace et les voraces
1003 L'abomination
1004 Le procès dans un miroir
1005 Le dernier plagiat
1006 Le mort ambulant
1007 L'homme aux serpents
1008 Un plat qui se mange froid

LOVESEY P.
609 Le Medium a perdu ses esprits
610 Le Bourreau prend la pose

RENDELL Ruth
451 Qui a tué Charlie Hatton?
501 L'analphabète
510 La danse de Salomé
551 Le petit été de la Saint-Luke
601 Morts croisées
602 Le lac des ténèbres
603 Une amie qui vous veut du bien
617 Ces choses-là ne se font pas
623 Son âme au diable
624 Fantasmes
625 Qui ne tuerait le mandarin?

STEEMAN Stanislas-André
586 L'assassin habite au 21
587 Six hommes morts
588 Le condamné meurt à 5 heures
589 Légitime défense (Quai des Orfèvres)
590 Le trajet de la foudre
592 La nuit du 12 au 13
594 Le mannequin assassiné
596 Un dans trois
600 La morte survit au 13
608 Le démon de Sainte-Croix
613 Que personne ne sorte (Six hommes à tuer)
614 Poker d'enfer

TERREL Alexandre
611 Le Témoin est à la noce
612 La morte à la fenêtre

IMPRIMÉ EN FRANCE PAR BRODARD ET TAUPIN
Usine de La Flèche (Sarthe).
ISBN : 2 - 7024 - 1802 - 3
ISSN : 0768 - 1089

H 52/1919/1